Nora Theresa Saller

Sommernächte

Für Lisa

Die 22-jährige Melissa, eine ehrgeizige Studentin der Tiermedizin, reist zu ihrer Familie aufs idyllische Land der Lüneburger Heide. Wie sie glaubt, steht ihr ein arbeitsintensives Praxissemester auf dem Milchhof ihrer Tante bevor. Doch noch nicht einmal richtig angekommen, stellt Mann ihre Welt gehörig auf den Kopf. Chris, der nicht nur unglaublich attraktiv, sondern unnahbar zu sein scheint, gewährt Melissa Einblicke in die dunkle Seite ihrer Familie. Im richtigen Moment erweist sich Chris` Zwillingsbruder Tom als ihr Rettungsanker. Bald findet sich die junge Studentin in einem sinnlichen Abenteuer zwischen den zwei Männern wieder. Aber tief verwurzelte Geheimnisse lassen Melissa nicht zur Ruhe kommen, sodass sie droht, an dem Chaos zu zerbrechen.

Über die Geschichte:
Viele der wunderschönen Schauplätze sowie sämtliche Protagonisten und deren Namen sind frei erfunden und etwaige Parallelen zur realen Welt rein zufällig. Dies ist ein erotischer Liebesroman.

Nora Theresa Saller lebt mit ihrer Familie in der Nähe von Hannover und arbeitet freiberuflich als Schriftstellerin. Seit früher Kindheit ist sie fasziniert von Texten und deren Wirkungsweisen. Die Lust am Schreiben und Lesen weckte ihre Großmutter, die sich in der Nachkriegszeit den Traum einer eigenen Buchhandlung erfüllte. Ihre Romane und Kurzgeschichten veröffentlicht sie unter Pseudonym.

NORA THERESA SALLER

Sommernächte

ROMAN

Impressum

3. Auflage, 2021

© Nora Theresa Saller seit 2016

Covergestaltung: Casandra Krammer,

www.casandrakrammer.de

Illustrationen Cover & Innenteil:

Shutterstock © Naticka,Ukraine

Herstellung und Verlag:

BoD - Books on Demand, Norderstedt

ISBN: 9783754308516

Bibliografische Information der Deutschen Nationalbibliothek: Die Deutsche Nationalbibliothek verzeichnet diese Publikation in der Deutschen Nationalbibliografie; detaillierte bibliografische Daten sind im Internet über http://dnb.d-nb.de abrufbar.

Kapitel 1

Es war ein ungewöhnlich heißer und stickiger Junitag. Laut Wetterbericht lag der heißeste Sommer seit 35 Jahren vor uns, denn eigentlich waren diese hochsommerlichen Temperaturen nicht vor Ende Juli zu erwarten. Doch die vielen gelblich verdorrten Wiesen, die vor meinen Augen vorbeizogen, waren der Beweis einer gnadenlosen Hitzeperiode, die uns dieses Jahr bereits zu Sommerbeginn überall in Deutschland heimsuchte.

Der Zug, in den ich vier Stunden zuvor gestiegen war, ratterte monoton vor sich hin. Mir klebte der Schweiß sämtliche Haarsträhnen an die Stirn und hinterließ wachsende Flecken auf meiner Kleidung. Es mussten an die 38°C in diesem Abteil sein. Kinder quengelten und der Geduldsfaden so mancher Eltern riss vermutlich eher als sonst. Unangenehme Gerüche machten sich breit. Der ungepflegte Mann neben mir schnarchte mit offenem Mund und sein Kopf fiel immer wieder auf meine Schulter. Sein Schweiß mischte sich mit meinem und brannte sich auf ekelerregende Weise in meine Haut. Eng ans Fenster gelehnt, blieb mir nichts anderes übrig, als seinen fettigen Rotschopf mit spitzen Fingern von mir zu schieben. Meine anfangs noch freundlichen und später forscheren Bitten prallten einfach an ihm ab.

Was für ein Albtraum!

Ich mochte weder Züge noch das Gefühl des Eingeengtseins. Doch diese furchtbare Reisebegleitung neben mir setzte dem Ganzen noch die Krone auf. Wie lange sollte das denn hier noch dauern? Mein Blick auf die Uhr verriet mir, dass ich lange noch nicht am Ziel war. Stöhnend stöpselte ich mir die Kopfhörer in die Ohren und beschloss, mich von meinen Lieblingssongs hinfort tragen zu lassen. Diese Fluchtmöglichkeit blieb mir zumindest.

Vor mir lagen drei Monate Semesterferien, die ich bei meiner Tante Eni und meinem Onkel Jo, auf deren Milchhof in der Lüneburger Heide verbringen durfte. Ich hatte das Grundstudium zur Tierärztin gerade hinter mich gebracht. Nun war es an der Zeit, die erlernte Theorie in die Praxis umzusetzen. In letzter Zeit hing ich nur über den Büchern und paukte für die Prüfungen. Dafür hatte ich mich mit meiner Freundin und Mitbewohnerin Amy, eigentlich Amelie Schneider, zwei Wochen lang in unserer kleinen Studentenwohnung in Stuttgart verschanzt, um die vielen Themengebiete in den Kopf zu bekommen. Wir hatten uns während der Immatrikulation kennengelernt und es war Liebe auf den ersten Blick gewesen – also im freundschaftlichen Sinne. Auf Anhieb verstanden wir uns so gut, dass wir beschlossen, uns gemeinsam nach einer Unterkunft auf dem Unigelände umzusehen. Die Verwaltung bot mir aufgrund meines Vollstipendiums ein Zimmer in einem 3-Raum-Apartment im Wohnheim an. Amy und ich zögerten nicht lang und sagten zu. Meine Freundin nahm das kleinere der zwei Schlafzimmer, da sie sich die Wohnung ohne meinen Anteil nicht hätte leisten können. Sie meinte, lieber so, als die Zwei-Bett-Zellen und Gemeinschaftsdusche zwei Stockwerke tiefer. Die Wohnung war ausgestattet mit einer Mini-Küche und besaß ein eigenes kleines fensterloses Bad. Nichts Hübsches, aber ein Traum für jeden Studenten.

Amy hatte sich den Kleintieren verschrieben und war Tierschützerin mit Leib und Seele. Das volle Programm! Vegetarische Ernährung und soweit ihr Geld ausreichte auch vegane Klamotten, zumindest jedoch von biologischer Herkunft. Oft war nur der Flohmarkt oder der Secondhandladen drin. Das war ihrer Meinung nach noch immer nachhaltiger, als die ethisch fragwürdigen Marken neu zu kaufen. Sie war loyal, aber auch chaotisch oder wie sie es nannte *kreativ*. Ihr kleines Zimmer bestand zu einer Hälfte aus einem Schreibtisch sowie zwei verwaisten Kleintierkäfigen und zur anderen Hälfte aus einem Klamottenhaufen, unter dem sich ihr Bett versteckte. Dann noch die vielen Bücher und Flugblätter der letzten und kommenden Demos, zu denen ich sie ab und an begleiten musste. Ich fand sie süß. Rote Locken, Sommersprossen und grüne Augen, dazu noch dieses bezaubernde Grinsen, wenn sie etwas ausheckte. Wir waren fast gleich groß, hatten eine ähnlichen Figur und somit ungefähr die gleiche Kleidergröße, so dass meine Freundin praktischerweise gern auf meine Klamotten auswich, wenn sie es mal wieder nicht geschafft hatte, ihre zu waschen, oder der Flohmarkt-Look gerade nicht passend erschien. Aber eigentlich passte mein eher unauffälliger Kleidungsstil gar nicht zu ihr. Jeans kombiniert mit den wahrscheinlich langweiligsten Oberteilen dieser Welt und jede Menge einfacher Kleider, waren mein Erkennungsmerkmal. Ich stach mittlerweile aus der Masse heraus, weil mir kaum jemand in Sachen Farblosigkeit das Wasser reichen konnte. *Königin Grau*, ja das traf es gut. Meine dunkelblonden und gewellten Haare reichten mir bis zum Po, da ich zu geizig und zu faul war, zum Frisör zu gehen. Ich trug der Einfachheit halber fast immer einen unordentlichen Dutt. Aber meine Augen fand ich schön! Blau und groß und die Wimpern so dunkel, dass ich in der Regel auf Mascara verzichten konnte. Da ich ab und zu mit Amy laufen ging und auf dem Campus gelegentlich den Fitnessbereich besuchte, war ich einigermaßen fit, aber als sportlich hätte ich mich nicht bezeichnet. Und weil mich selten ein Mann ansprach, war davon auszugehen, dass ich eher nicht zu dem attraktivsten Teil der Gesellschaft gehörte. Amy schimpfte immer mit mir, wenn ich das sagte. Sie fand mich schön. Meine verrückte Amy! Ich schüttelte vergnügt den Kopf und schmunzelte, als ich an unseren Abschied am Morgen dachte. Nachdem ich die Tür meines Zimmers mit der taubenblauen Tapete

4

und dem weißen Metallbett hinter mir schloss, breitete sich ein seltsames Gefühl in mir aus. Aufgeregte Vorfreude hinterließ ein Kribbeln im Bauch. Nur gut, dass Amy mich noch zum Zug begleitete, so hatten wir noch etwas mehr Zeit, uns zu verabschieden.

Auch sie hatte den Sommer für sich komplett verplant und somit würden wir uns erst in drei Monaten wiedersehen. Nachdem wir zwei Jahre wie siamesische Zwillinge gelebt hatten, war diese Vorstellung fast unerträglich. Gemeinsam mit unserem Kommilitonen Steve plante sie eine Tour durch Australien. Dort wollten sie sich einer Tierschutzorganisation anschließen und sich um Artenschutz und Tierzählungen kümmern - hörte sich eher nach Spaß als nach harter Arbeit an.

Nur zu gern hätte ich sie begleitet, aber mein Budget für große Reisen reichte leider nicht aus. Somit war der Hof meiner Tante eine kostengünstige und zudem sehr erfahrungsreiche Alternative. Mein Traum war es ohnehin nach dem Studium aufs Land zu ziehen, um mich dort den Kühen, Schafen und Pferden zu widmen. Mit Nagern, Vögeln und anderem Kleingetier hatte ich es nicht so. Außerdem vermisste ich es, meine Familie um mich zu haben.

So hing ich meinen Gedanken nach, als endlich, nach den wohl längsten sechs Stunden meines Lebens, ein Rauschen durch die Lautsprecher tönte und ein genervter Schaffner meinen Zielbahnhof ankündigte.

Lüneburg.

Beim Aussteigen hielt ich Ausschau nach meinem Onkel Jo. Er war es schon immer gewesen, der mich, und früher auch meine Mutter, vom Bahnhof abgeholt hatte. Nach zehn Minuten hatte ich seinen dunkelbraunen Haarschopf in der Bahnhofshalle immer noch nicht ausmachen können. Der Versuch, ihn oder meine Tante telefonisch zu erreichen, mündete jeweils auf der Mailbox. Frustriert legte ich auf. Das sah ihnen gar nicht ähnlich! Hatten sie mich vergessen? Ich beschloss, ihnen noch etwas Zeit zu geben und zu warten. Somit ließ ich mich, mittlerweile zu allem bereit, im hiesigen Coffee Shop auf einen dieser teuren eisgekühlten Milchkaffees ein. Da ich ohnehin Hunger hatte, kam ein leckerer Himbeer-Cheesecake-Muffin noch obendrauf. Am Fenster hatte man einen guten Blick auf Eingang und Bahnhofshalle und so setzte ich mich dort auf eine der mit braunem Leder überzogenen Bänke zu einer älteren Dame, die mir zuvor mit einem freundlichen Lächeln bedeutet hatte Platz zu nehmen. Als ich meine schwere Reisetasche verstaut hatte, kostete ich meine süßen Errungenschaften und spürte, wie mein Körper mit jedem Bissen an Energie gewann. Angenehmerweise war der Raum des Cafés klimatisiert und meine schweißnasse Haut trocknete langsam ab. Immer wieder wanderte mein Blick über die vielen verschiedenen Gesichter auf der anderen Seite der Fensterscheibe. An einem blieb ich schließlich hängen. Die quirlige Menge teilte sich und ließ einen auffallend schönen Mann sichtbar werden. Ein seltsames Gefühl der Verbundenheit flackerte in mir auf. Wie ich schien auch er nicht zum Rest der Masse zu passen. Dennoch hatten wir nichts gemein. Er trug ein rotes Karohemd, enganliegende gutsitzende Jeans mit einem breiten braunen Gürtel und äh ... Gummistiefel der Marke Kuhstall. Scheinbar nach jemandem suchend, drehte er sich um die eigene Achse.

Dann fiel mein Blick auf das Schild in seiner Hand. Ein Pappschild, auf dem MEIN Name stand - *Melissa Weyl*.

Oh Gott, ich verschluckte mich fast an meinem Kaffee und merkte, wie mir die Hitze unweigerlich in den Kopf schoss. Kurz überlegte ich, diesen Mann zu ignorieren und die Flucht per Taxi anzutreten. Doch das war doch zu kindisch. Schließlich war ich 21 Jahre und sah heute auch gar nicht mal schlecht aus. Also nicht der übliche Studentinnen-Sofa-Look. Meine Mähne war gezähmt und wie gewohnt zum Dutt hochgebunden. Die enge Röhrenjeans und ein hellblaues Top gehörten auf jeden Fall zu den besseren Teilen aus meinem Kleiderschrank.

Na schön. Melissa, reiß dich zusammen, sag freundlich Guten Tag zu Adonis. Keine fünf Meter, bevor ich ihn erreichte, schlug mir mein Herz bis zum Hals. Was war das denn? Seit wann machte mich das andere Geschlecht so nervös? Ich hatte schon mehr als einen Freund, mit dem ich intim gewesen war, und prüde war ich auch nicht, auch wenn ich mir leider eingestehen musste, dass seit Studienbeginn bei mir in Sachen Männer eine ungewollte Abstinenz herrschte. Meine Prioritäten lagen seither ganz klar beim Studium.

Ich straffte die Schultern und gab mir einen Ruck.

»Hi, ich bin die auf dem Schild«.

Große blaue Augen strahlten mich an und begannen mich abzuchecken. Hey, ein bisschen mehr Respekt mein Lieber, dachte ich.

»... äh, hallo ich bin Chris. Ich habe nach einem Teenager Ausschau gehalten, nachdem der Boss mir sagte, ich müsse einspringen, und die kleine Nichte vom Zug abholen«, erwiderte er sichtlich überrascht.

Ich war wirklich schon lange nicht mehr hier gewesen, aber die kleine Nichte ging dann wohl auf das Scherzkonto meiner Familie.

Ich musste lächeln und freute mich auf die kommende Zeit, die neben der harten Stallarbeit plötzlich jede Menge Spaß versprach.

»Hi Chris«, begrüßte ich ihn mit einem Lächeln, »lass uns fahren, ich bin total erledigt von der furchtbaren Zugfahrt.«

»Ja klar, und ich muss zurück in den Stall. Ella wartet hoffentlich auf mich, aber ich sollte mich beeilen!«, antwortete er ein wenig gehetzt und griff nach meiner Tasche, die ich ihm nur allzu gern überließ, und folgte ihm zum Parkplatz.

Meiner Vermutung nach war Ella eine Kuh, die gerade kalbte.

Ich konnte mein Glück in vielerlei Hinsicht kaum fassen. Endlich war ich aus diesem Zug raus, in unerwarteter und zugleich gutaussehender Begleitung und zu guter Letzt würde ich meine erste praktische Erfahrung fürs Studium machen. Fantastischer Auftakt!

Aber wie Chris in die ganze Sache hier passte? Boss? War er bei meiner Familie angestellt? Der Stallbursche? Hoffentlich nicht!

Aus der Nähe betrachtet, musste ich meine Meinung über ihn eindeutig revidieren. Dieser Mann neben mir war nicht nur schön, sondern atemberaubend sexy. Dunkelblonde kurze Haare, das Deckhaar etwas länger und wild zur Seite gestrichen, was aber nicht beabsichtigt schien und vielleicht der Aufregung um Ella geschuldet war. Dann diese braungebrannte Haut, die das strahlende Blau seiner Augen noch unterstrich. Volle Lippen, Dreitagebart und die markante Gesichtsform ließen mein Herz wild schlagen. Als er sich zu mir umdrehte und sah, wie ich ihn anstarrte, wurde es mir plötzlich bewusst, dass ich es nun war, die ihn abcheckte. Augenblicklich schoss mir wieder die Hitze ins Gesicht und ich senkte meinen Blick auf meine Hände, die nervös zitterten.

Oh mein Gott, Boden tu dich auf! Ich hörte ein leises Lachen neben mir, bevor er den Jeep startete und wir endlich losfuhren. Die Fahrt dauerte lange dreißig Minuten, in denen ich unentwegt aus dem Fenster starrte, weil mir die Situation zuvor unendlich peinlich war. Was war das überhaupt? Chris war ein gestandener Mann, ich schätzte ihn auf Mitte dreißig, und ich war nichts als ein junges, langweiliges Hühnchen. Egal, welche Bilder mir da gerade durch den Kopf schossen. DAS würde ohnehin NIE passieren!

Mit meiner Zustimmung hielt Chris direkt vor dem Kuhstall meiner Familie und wir stürmten zum abgetrennten Stallbereich, in dem Ella lag und unruhig atmete. Die Kontraktionen waren heftig und man sah bereits die Fruchtblase unter ihrem Schwanz hervortreten. Chris sah mit prüfendem Blick kurz zu mir herüber. Ich wusste nicht, ob er meinte, prüfen zu müssen, wie weit ich noch von einer nahenden Ohnmacht entfernt sei oder ob er mich kurzerhand um Hilfe bitten könnte. Ich entschied mich dafür, die Sache einfach selbst in die Hand zu nehmen, und griff mir den grauen Zinkeimer, um das alte Schmutzwasser darin durch neues, heißes Wasser zu ersetzen. Auf dem Weg zur Waschküche rekapitulierte ich noch einmal, was ich in den letzten Semestern über tierische Geburtshilfe gelernt hatte. Bislang war während der Praktika meistens alles gutgegangen, bis auf das eine Mal, als ich es nicht geschafft hatte, die Augenhaken anzulegen, und der Tierarzt wieder übernehmen musste, um das ohnehin feststeckende Kalb nicht noch mehr zu gefährden.

Als der Eimer gefüllt war, schnappte ich mir noch einen der hellgrauen abgetragenen Kittel, die an der Hakenleiste in der Waschküche hingen, und ging in Enis grünen Gummistiefeln zurück zu Chris. Er sah mich mit seinen großen Augen verwundert über mein angepasstes Äußeres an und schüttelte den Kopf.

»Wie die Tante, so die Nichte«, meinte er schließlich schief grinsend.

»Naja, von meiner Mutter habe ich die Liebe zum Stallgeruch jedenfalls nicht geerbt. Sie konnte nicht schnell genug von hier fortkommen«, antwortete ich ein wenig frustriert. »Viel lieber wäre ich hier auf dem Land als in der Großstadt aufgewachsen.«

»Du stehst also auf Kuhscheiße und Silage-Duft?«, fragte er mich und zog dabei zur Untermalung seiner Skepsis eine Augenbraue hoch.

»Nichts gibt mir mehr das Gefühl zu Hause zu sein als das hier«, nickte ich in Richtung Ella. »Das ist es, was ich immer wollte. Irgendwann werde ich meine eigene Tierarztpraxis haben!«, sagte ich mehr zu mir als zu ihm.

»Du studierst Tiermedizin?«, kam es angestrengt von ihm, da er bereits mit halbem Arm in Ella steckte, um das Kalb etwas zu drehen.

»Ja und die nächsten drei Monate werde ich hier aushelfen und hoffentlich neben der anstehenden Stallarbeit auch in Sachen Tiermedizin Erfahrungen sammeln können.«

Kurze Zeit später war das kleine Kälbchen geboren und ich rieb es kräftig mit Stroh ab, um den Kreislauf anzuregen. Chris strich ihm über die kleine rosa Schnauze, um den Schleim und das Fruchtwasser aus den Nasenlöchern zu entfernen, damit das Kalb besser atmen konnte. Den Rest übernahm Ella, die zwar erschöpft war, doch ihr Junges weiter ableckte. Damit überließen wir der Natur ihren Lauf.

Nachdem ich mich gewaschen hatte, verabschiedete ich mich von Chris und dankte ihm für dieses schöne Begrüßungsgeschenk. Erschöpft machte ich mich auf den Weg zum Haupthaus, als die Dämmerung langsam einsetzte und den Horizont orange färbte. Ich lauschte dem Vogelgesang, der mir in der Großstadt oft verwehrt blieb. Es waren nur ein paar hundert Meter, die über einen sandfarbenen Schotterweg führten, der von prachtvollen Lindenbäumen der Länge nach eingefasst war. Hier und da rankte wilder Efeu über den Boden. Weiße und blaue Hortensien und Rosen in den schönsten

Farben säumten den Weg. Ein Paradies! Ich konnte die Entscheidung meiner Mutter, von hier wegzugehen, immer weniger verstehen. Als ich die letzte Linde erreichte, fiel mein Blick auf das Haus meiner Familie. Das große Bauernhaus aus dunkelrotem Backstein und bemoostem Dach sah so einladend aus und ließ mein Herz einen Satz machen. Dieses warme Gefühl des Heimkehrens breitete sich in mir aus, welches ich schon zu lange nicht mehr gespürt hatte. Dunkelgrüner Efeu wuchs an den Hauswänden rund um den Eingang empor und ich verharrte einen Moment, um diesen wundervollen Anblick aufzusaugen. Ich roch an den Rosen im Beet, die herrlich nach süßem Honig dufteten, und beobachtete eine dicke Hummel beim Nektarsammeln. Hätte nicht plötzlich mein Magen laut geknurrt und meine Aufmerksamkeit auf sich gelenkt, wäre ich wahrscheinlich noch lange dort verweilt. So trat ich vor die große dunkelbraune Holztür, die beim Öffnen einen quietschenden Laut von sich gab.

Kaum, dass ich einen Fuß über die Schwelle gesetzt hatte, ertönte auch schon die Stimme meiner Tante.

»Komm rein Liebes, es gibt dein Lieblingsessen.« Freudestrahlend betrat ich die Küche. Eni stand mir mit dem Rücken zugewandt im Jogginganzug und Schürze vor dem Herd. Ihre schönen kastanienbraunen Locken schienen flüchtig zum Zopf gebunden und einzelne Strähnen standen ihr wild vom Kopf ab. Sie legte sonst immer viel Wert auf ihr Äußeres, ging es mir durch den Kopf. Sicher ist sie, aufgrund der vielen Arbeit hier auf dem Hof, einfach nicht dazugekommen, sich zurechtzumachen. Ich gab ihr einen Kuss auf die Wange und umarmte sie herzlich.

»Hi Tante Eni, schön wieder hier zu sein.«

Sie drehte sich zu mir und lächelte mich an. Doch ihr Blick wirkte müde.

»Dein Besuch war mehr als überfällig, Liebes. Lass dich mal anschauen. Meine Güte, aus dir ist eine bildhübsche junge Frau geworden. Du bist deiner Mutter wie aus dem Gesicht geschnitten.« Ihr Lächeln erstarb kurz und in ihren Augen zeichnete sich Traurigkeit ab. Sie vermisste meine Mutter. Ich auch. Doch bevor die Situation unangenehm wurde, atmete sie schon wieder ein und gab mir einen Kuss auf die Wange und Anweisung den Tisch zu decken.

»Für drei bitte, Liebes.«

Klar für drei, dachte ich. Onkel Jo musste auch gleich da sein.

Ich hatte meine erste Portion fast aufgegessen, da ertönte das Quietschen der Eingangstür erneut und kündigte weiteren Besuch an. Ich rechnete fest mit dem Erscheinen meines Onkels. So grinste ich breit in Richtung Küchentür, doch zu meiner Überraschung war es Chris, der um die Ecke bog und nicht mein Onkel. Meine Mundwinkel sanken wieder ab. Aha, dachte ich. Für drei also?

Eni sah die Fragezeichen in meinem Gesicht und wollte gerade etwas sagen, als Chris sich ganz selbstverständlich an den Tisch setzte.

»Sorry Eni, ich musste nur schnell duschen, um den Stallgeruch loszuwerden«, versuchte er, seine

Verspätung zu entschuldigen, und nahm sich nebenbei von der Lasagne. Immer noch überfordert von der Situation, blickte ich von einem zum anderen und versuchte, die Puzzleteile zu einem großen Ganzen zusammenzufügen.

»Ach, halb so wild. Wie geht's Ella? Alles gut soweit?«, fragte meine Tante und ich erkannte Resignation in ihrer Stimme. Chris blickte zu mir und sah mir für meine Begriffe etwas zu lang in die Augen. Dann begann er zu lächeln.

»Konnte nicht besser laufen. Ich hatte doch fachmedizinische Unterstützung!«

Nun lächelte auch Eni und schaute zu mir rüber.

»Ach Lissy, du hast ja gar nichts davon erzählt. Das ist ja großartig! Und ich habe schon gedacht, der Zug hätte Verspätung gehabt oder dein Onkel hätte vergessen, dich abzuholen, weil er anderes im Kopf hat.«

Sie stockte und sah Chris mit unergründlicher Miene an. Ich bemerkte sehr wohl, dass hier etwas nicht stimmte.

»Chris hat mich abgeholt«, sagte ich deshalb so neutral wie möglich. Daraufhin hörte ich Besteck auf Porzellan knallen und sah meine Tante ungehalten aus der Küche stürmen. Chris stand ebenfalls abrupt auf, um Eni hinterherzulaufen, und ließ dabei den Stuhl laut über den Boden schnarren. Da saß ich nun vor meiner zweiten Portion Lasagne und verstand gar nichts mehr. Mehrere Minuten verharrte ich dort, hörte aber niemanden. Den beiden nachgehen wollte ich aber auch nicht.

Die Müdigkeit hatte vollends Einzug gehalten und lähmte meine schweren Glieder. Da mir zudem der Appetit vergangen war, entschied ich, die halbfertig gegessenen Teller abzuräumen und die Küche schnell in Ordnung zu bringen.

Mit einer Flasche Wasser ging hoch in das Gästezimmer, welches früher das Jugendzimmer meiner Mutter gewesen war. Die Reisetasche viel raschelnd von meiner Schulter und schlug dumpf neben meinen Füßen auf. Erschöpft ließ ich mich auf das Bett sinken und schaute aus dem Fenster. Die alte knorrige Trauerweide im Garten hinter dem Haus wiegte im lauen Sommerwind und zwei kleine Spatzen flatterten von Ast zu Ast. In der Ferne erkannte ich die schwarzen Schatten weidender Pferde. Die Sonne war längst hinter dem Hügel mit dem kleinen Wäldchen untergegangen und ich beschloss, nicht weiter zu grübeln, was meine Tante verärgert hatte, sondern sie morgen früh einfach zu fragen. Meinen Wecker stellte ich auf 4:30 Uhr. Nachdem ich kurz im angrenzenden kleinen Bad war und mich bettfertig gemacht hatte, zog ich mir das Laken über die Schultern, um ausgelaugt von der Reise sofort einzuschlafen.

Kapitel 2

Es war 5 Uhr morgens, als ich in die Küche einbog. Der berauschende Kaffeeduft, der das Haus erfüllte, verriet, dass bereits jemand wach sein musste.

Mein Blick fiel auf Chris, der nachdenklich mit einer Tasse in der Hand angelehnt an der Spüle stand und mit leerem, melancholischem Blick durch das Küchenfenster starrte. Ich hielt inne, als ich sah, dass er mich nicht bemerkte, und erlaubte mir kurz, diesen schönen Mann zu betrachten. Eine Sekunde dachte ich daran, mich wieder leise zurückzuziehen, doch schon drehte er den Kopf langsam zu mir und sah mich kurz verwirrt an, als hätte er nicht mit mir gerechnet.

»Guten Morgen Melissa, nimm dir bitte Kaffee. Wir sind spät dran«, sagte er etwas zu forsch für meine Begriffe.

Entweder hing seine schlechte Laune mit dem Vorfall von gestern Abend zusammen oder er war ein Morgenmuffel. Ich ging auf ihn zu und sein undurchdringlicher Blick wich nicht von mir.

»Was ist mit Frühstück?«, fragte ich ihn, als ich mir Kaffee einschenkte.

»Du bist hier auf dem Land. Da wird sich erst ums Vieh gekümmert, Melissa!«, antwortete er barsch und stieß sich dabei vom Spülbecken ab. Er stellte, scheinbar äußerst genervt von meiner Frage, seine halbleere Tasse lauttönend in das Becken und verschwand mit den Worten: »Ich sehe nach dem Kalb«, was dem Knurren eines tollwütigen Hundes erschreckend ähnelte.

Ich versuchte erst gar nicht, sein Verhalten zu verstehen, und nahm schulterzuckend einen Schluck. Irgendwie hatte ich meinen Empfang hier etwas anders vorgestellt und kam mir in diesem Moment völlig deplatziert vor. Meine Tante hätte mir doch sagen können, wenn mein Besuch gerade unpassend war. Ich stellte die Tasse ab und beschloss, Eni sofort darauf anzusprechen. Die Treppe nach oben nahm ich mit wenigen Schritten, ging an meinem Zimmer vorbei in den Südflügel des Hauses.

Die Wände des schmalen Korridors waren bis zur Hälfte mit hellgrauen Paneelen getäfelt. Darüber hatte man vor vielen Jahren eine weiße Tapete mit kleinen bunten Blümchen geklebt. Das Weiß hatte mittlerweile an Strahlkraft verloren und war einer typischen Vergilbung gewichen. Früher musste dieses Design einmal sehr schön ausgesehen haben - lebendig. Heute wirkte der schmale, lange Raum einsam und vergessen. Am Ende des Korridors stand die Tür zu Enis und Jos Schlafzimmer einen Spalt breit offen. Ich klopfte an die weiße Facettentür, bevor ich eintrat, doch das Zimmer war leer. Von meiner Tante keine Spur. Das Bett schien ebenfalls unbenutzt. Meine Fragen blieben wohl vorerst ungeklärt und so machte ich mich auf den Weg in den Kuhstall. Noch brannte das Neonlicht kalt und ungemütlich und vermischte sich mit dem unrhythmischen Tuckern des Traktors und dem Muhen vieler Kühe. Als ich das Tor durchschritt, sah ich Moni und Henk in der Nähe der Melkanlage und beschloss, sie erst einmal zu begrüßen.

»Guten Morgen ihr zwei, lange nicht gesehen«, grinste ich ihnen freundlich entgegen.

Henk sah mich zuerst, stieg vom Traktor ab und drückte mich fest. Er war ein Bär von einem Mann. Groß, kräftig und herzensgut. Moni war seine Frau. Beide sollten bald in Rente gehen. Seit ich denken kann, arbeiteten die zwei hier. Moni war kugelrund und klein. Sie lachte viel und sah mit Kopftuch und dem blauen Kittel noch am ehesten aus, als gehörte sie hierhin. Ich umarmte beide herzlich. Endlich zwei Menschen, die hier noch was zu lachen hatten. Meine Frage nach Enis Aufenthalt konnten sie mir leider nicht beantworten. Und da ich keine Lust auf den schlechtgelaunten Chris hatte, entschied ich mich dafür, im Stall zu helfen. Moni nahm mich mit, um ihr beim Melken zu helfen, während Henk die gemolkenen Tiere durch die altersschwache Stalltür auf die Weide entließ und anschließend mithilfe des kleinen grünen Traktors den Stallboden reinigte. Zwei Tiere mussten per Hand gemolken werden, da diese entzündeten Euter hatten. Moni und ich teilten uns diese Arbeit. Vor vielen Jahren hatte sie mir das Melken beigebracht. Und letztendlich verhielt es sich wie mit dem Fahrradfahren. Kaum hatte ich begonnen die samtigen festen Zitzen zu bearbeiten, merkte ich bereits das Ziehen in den Händen und Unterarmen. Ich musste mir doch noch einiges an Muskelmasse zulegen und zukünftig den Fitnessbereich auf dem Campus häufiger besuchen!

Nachdem das Melken erledigt war und wir die zwei Viecher auf die Weide geführt hatten, dachte ich bei mir, dass ich mehr Kühe in Erinnerung hatte.

»Wie viele Tiere sind das denn momentan?«, fragte ich Moni.

»Wir haben jetzt noch fünfzig Milchkühe, drei Kälber und die Ziege. Hermann ist alt und blind, der macht's nicht mehr lang.«

Hermann war der zottelige alte Hund, der hier Haus und Hof bewachen sollte. Eine typische Dorfmischung, aber eine treue Seele. Die Ziege fand ihre Daseinsberechtigung darin, dass sie das Vieh vor Unheil schützen sollte.

»Waren es früher nicht mehr Tiere?«, fragte ich in meiner Annahme bestätigt, dass sich hier etwas verändert hatte.

Sie nickte.

»Vor zwei Jahren waren es fast 200 Milchkühe! Deine Tante überlegte sogar, zu modernisieren und auf Bio umzustellen. Aber die Preise für Milch gingen immer weiter in den Keller und Eni wollte auf Nummer sicher gehen und erst einmal abwarten, ob der Abnahmepreis politisch gesichert wird. War aber nix. Tja, von der Politik kann man nichts erwarten. Die machen mit der Industrie gemeinsame Sache«, winkte sie resigniert ab.

Ich war baff. In den monatlichen Telefonaten mit meiner Tante war bei ihr immer alles gut gewesen, aber sie war auch immer wissbegierig, wie es in meinem Studentenleben lief. Wollte sie einfach immer von sich ablenken? Ich bekam ein denkbar schlechtes Gewissen, weil ich nie gefragt hatte, wie es bei Eni und Jo lief. Die letzten Monate mussten schrecklich für sie gewesen sein. Warum hatten sie mir nur nie etwas gesagt?

»Hast du Lust auf ein Glas frische Milch?«, riss mich Moni aus meinen Gedanken. Mittlerweile war es weit nach 7 Uhr und als ich drüber nachdachte, knurrte mir plötzlich der Magen.

»Sehr gerne, Moni. Ich habe einen Bärenhunger«, gab ich zu. Da lachte sie. Dieses herzliche Moni-Lachen, wie nur sie es hatte.

Ich folgte ihren Tippelschritten in die Waschküche des Stalls. Im hinteren Teil befand sich eine kleine Küche. Jo hatte hier vor vielen Jahren die ehemalige Küche des Wohnhauses eingebaut.

»Was hältst du von Omelett mit Speck mein Mädchen? Harte Arbeit braucht eine gute Grundlage!«, meinte sie und holte Speck und Eier aus dem Kühlschrank.

»Ich würde gerade alles verspeisen, solch einen Hunger habe ich«, antwortete ich ehrlich und trank den Rest der Milch aus, die sie mir in dem alten Emaillebecher gereicht hatte.

»Nimm dir ein Brett und das scharfe Messer mit dem Holzgriff und schneide den Speck. Henk kommt auch gleich. Also schneide so viel, dass es für fünf reicht!«, lachte sie erneut. Wie hatte ich sie vermisst!

Als alles zusammen in dieser riesigen Pfanne zusammengerührt war und Moni den Deckel daraufsetzte, kam Henk auch dazu. Von Chris jedoch keine Spur. Wir aßen zusammen das leckerste Omelett, was ich jemals verspeisen durfte und klönten von alten Zeiten, als ich noch ein Kind war und mit meiner Mutter oft hier zu Besuch war. Moni, schon damals mit geblümtem Kopftuch und Kittelschürze, packte uns immer den geflochtenen Picknickkorb zurecht, den meine Mutter und ich dann im Bollerwagen auf den kleinen Hügel zum Wäldchen zogen. Dort auf der Decke unter den rauschenden Baumwipfeln lagen und aßen wir solange, bis am Himmel die Sterne zu sehen waren und die Grillen um uns herum ihre bezaubernden Liedchen zirpten. Ich erinnere mich noch genau an das goldene Haar meiner Mutter. Bilder von Strähnen, die sich aus ihrem Bauernzopf lösten und im Wind wehten und das karierte Sommerkleid, dass ihr so gutstand, kamen mir wieder in den Sinn. Sogar jetzt konnte ich ihr glockenklares Lachen noch hören und ihren Maiglöckchenduft riechen. Viele Lieder sangen wir an diesen Tagen und erzählten uns Geschichten. Heimwärts durfte ich dann immer in den Bollerwagen, wenn ich zu müde war, den drei Kilometer langen Weg zu laufen. Meinen zwölften Geburtstag feierten wir auch so. Das war leider auch der letzte Tag, den wir auf diese Weise verbrachten. Danach war ich häufig ohne meine Mutter hier, da sie viel arbeiten musste und mich in den Ferien aber nicht allein lassen wollte.

Doch bevor ich wehmütig werden konnte, verabschiedeten sich Henk und Moni und machten sich wieder an die Arbeit. Ich blieb noch eine Weile in der Küche zurück und mit den Bildern meiner Kindheit vor Augen räumte ich gedankenversunken das Geschirr und die Pfannen zusammen.

Schweren Herzens machte ich mich auf den Weg durch den Stall, um Chris zu suchen. Vielleicht war er noch immer beim Kälbchen? Welchem Chris würde ich wohl jetzt wieder gegenübertreten? Dem heißen Mann von gestern oder dem mürrischen Typen von heute Morgen?

Das Kälbchen stand bereits sicher auf den eigenen Beinen und hing am Euter von Ella. Ich lehnte mich an die Stalltür und betrachtete Mutterkuh und Kalb. Ein friedliches Bild. Der Nabel des Kälbchens war bereits eingesprüht, so dass bestimmt der Tierarzt da gewesen sein musste. Schade, dass ich das verpasst habe, dachte ich bei mir, als Chris plötzlich aus dem Schatten der Stalltür hervortrat. Himmelherrgott, hatte der mich erschreckt! Meine Hand flog an meine Brust und mein Atem hatte sich merklich beschleunigt. Er muss mich die ganze Zeit beobachtet haben, schoss es mir durch den Kopf. Er stand da und sah mich einfach nur an. Ich konnte keine Gemütsregungen ausmachen. Was ging in ihm vor? Was machte er hier? Wer war er überhaupt?

»Wie passt du hierher, Chris?«, hörte ich mich sagen und war ebenso verblüfft über meinen Mut zu dieser direkten Frage, wie er, was mir sein überraschter Gesichtsausdruck nur allzu deutlich zeigte.

»Gar nicht, Melissa. Ich passe gar nicht hierher«, antwortete er mit zusammengepressten Zähnen und geballten Händen. Als er dabei einen Schritt auf mich zuging, wich ich zurück, ohne es überhaupt beeinflussen zu können. Er entschuldigte sich augenblicklich, als er meine Reaktion bemerkte.

»Tut mir leid, ich wollte dich nicht anfahren. So bin ich gar nicht und du kannst am Allerwenigsten dafür!«

Dann drehte er sich um und setzte an, den Stall zu verlassen, schnappte seinen Kittel und ging schnellen Schrittes über den Hof zu seinem Jeep.

Wütend rannte ich ihm nach.

»Wofür kann ich nichts, Chris? Bleib stehen verdammt noch mal! Was ist hier eigentlich los? Wer bist du? Und wo ist meine Tante?«

Ich hielt ihn am Arm fest, als ich ihn endlich eingeholt hatte. Er drehte sich zu mir und war mir körperlich auf einmal sehr nahe. Seinen Kopf hatte er soweit gesenkt, dass sich unsere Nasen fast berührten.

»Du willst also wissen, was hier los ist?«, fragte er leise mit zusammengepresstem Kiefer. Doch er wartete meine Antwort gar nicht erst ab und fuhr sogleich fort. »Dann schwing deinen hübschen Hintern in den Jeep.«

Chris öffnete die Wagentür und stieg ein. Bevor ich darüber groß nachdenken konnte, fand ich mich neben ihm auf dem Beifahrersitz wieder.

»Schnall dich an!«, befahl er mir und gab so stark Gas, dass die Reifen durchdrehten und ich in den Sitz gedrückt wurde. Okay, nicht anschnallen stand definitiv nicht zur Debatte!

Drei Dörfer weiter und zwei Kilometer Wald- und Wiesenweg später hielt er an und stieg aus. Ich folgte ihm und blieb neben ihm stehen. Er sah zur angrenzenden Lichtung hinauf, auf der ein kleines Haus stand. Idyllisch. Es war ein schönes Häuschen am Waldrand, eingefasst von mehreren hohen Tannen.

»Wo sind wir hier?«, fragte ich, da er nichts sagte.

»Das da«, nickte er in die Richtung seines Blickes, »ist mein Haus. Hier sollten meine Kinder aufwachsen und ein glückliches Leben führen. Nur, dass meine Frau das anders gesehen hat.«

Er machte eine kurze Pause, in der er scharf die Luft einsog. Diese Geste signalisierte mir, wie nah ihm dieses Problem, oder was auch immer sich hier abspielte, gehen musste.

»Bestimmt vögeln sie gerade auf dem Küchentisch, den ich ihr zum Einzug geschenkt habe. Nur zwei Jahre hat sie es ausgehalten mit mir allein. Du willst wissen, was hier los ist? Dann gehe hoch und klopf mal an die Tür. Dann wirst du deine Antworten bekommen. Ich muss hier weg, sonst geht das noch übel für alle Beteiligten aus.«

Er sah mich mit einem wütenden Blick an, doch ich merkte, dass seine Wut nicht mir galt, sondern seiner Frau. Ich war hin- und hergerissen. Was erwartete mich dort oben? Schließlich kannte ich Chris doch gar nicht! Warum sollte ich darauf vertrauen, dass das hier nicht auch für mich übel ausging?

Wenn ich Antworten wollte, dann musste ich wohl hinter die Tür da oben blicken. Vielleicht fand ich meine Tante sogar hier und konnte sie endlich zur

Rede stellen. Ich folgte dem Waldweg Richtung Haus und hörte einen startenden Motor. Doch bevor ich mein Veto einlegen konnte, war Chris davongefahren. So hatte ich mir das nicht vorgestellt und hätte mich am liebsten selbst geohrfeigt. Denk nach, Melissa, ermahnte ich mich. Eni kannte Chris scheinbar gut, der zudem regelmäßig im Haus meiner Tante ein und auszugehen schien.

Kein Grund zur Panik!

Ich entschied mich dafür, meinen Gang fortzusetzen, und fand zu meiner Erleichterung allerlei Kitsch in den Rabatten, die die Einfahrt säumten. Niemand, der mir gefährlich werden konnte, hatte Gartendeko in seinen Beeten. Das redete ich mir in diesem Moment jedenfalls ein. Dennoch schlug mein Herz wild vor Anspannung, als ich vor der Tür stand und am Türschild *Willkommen bei Familie Noack* las. Der Name sagte mir nichts.

Ich klopfte mutig an die hell gebeizte Holztür. Aber es tat sich nichts. Da entdeckte ich die Klingel seitlich der Haustür und drückte diese. Aber ein Läuten war nicht zu hören. Wahrscheinlich war sie abgestellt oder defekt. Kurz setzte ich mich auf die kleine blaue Bank neben der Tür und überlegte, ob ich nicht zurückgehen sollte. Mein Handy hatte ich nicht dabei. Mist! Aber vielleicht gibt es ja einen Hintereingang, dachte ich und ging um das Haus unter den hohen Tannen entlang, als mich plötzlich ein Geräusch ablenkte. Es kam durch die offene Terrassentür. Ein monotones Klatschen. Ich schlich hinter die Zweige der Tanne nahe der offenen Glastür und sah sie. Eine Blondine. Nackt und mir mit dem Rücken zugewandt, die gerade mit einem Mann Sex hatte. Sie saß rittlings auf ihm und ihr langes Haar wippte dabei im Takt ihrer Auf- und Abwärtsbewegungen. Das war dann wohl Chris' Frau. Klar, dass die zwei mich bei dieser Geräuschkulisse nicht gehört hatten. Seine Prophezeiung hatte sich hiermit bestätigt. Nur, dass sie es auf dem Sofa trieben und nicht auf dem Küchentisch.

Ich war gefangen von dem Bild, welches die zwei mir boten. Noch nie hatte ich jemandem beim Sex beobachtet. Es fesselte mich geradewegs. Mein Puls raste und meine Atmung beschleunigte sich merklich. Ich drehte mich hinter den Stamm der Tanne und rang nach Atem. Oh Gott, das war zu viel. Es machte sich durchaus bemerkbar, dass ich schon monatelang nicht mehr mit einem Mann zusammen war. Ich wagte noch einen Blick in ihre Richtung. Sie hatten ihre Position gewechselt und er stand seitlich zu mir gedreht, so dass ich sein Gesicht nicht erkennen konnte. Sie kniete vor ihm und verwöhnte ihn mit dem Mund. Ich fragte mich langsam, was ich Chris' Meinung nach hierfür Antworten finden sollte? Der Mann stöhnte indessen und hielt ihren Kopf fest, um seine letzten Stöße in ihrem Mund zu präzisieren, und kam schließlich mit einem lauten Stöhnen.

»Oh Theresa, das war unglaublich«, sprach dann eine mir durchaus bekannte Stimme. Ich erstarrte. Er drehte sich, sein Gesicht ein wenig mehr zu mir gewandt und mein Herz blieb vor Entsetzen kurzzeitig stehen.

Es war Jo!

Mein Onkel.

Kapitel 3

Ich rannte. So schnell mich meine brennenden Beine trugen, rannte ich. Weg von diesem unglückseligen Ort! Heiße Tränen strömten über meine Wangen und nahmen mir die Sicht, so dass ich mehrmals schmerzhaft mit den Füßen umknickte oder ungelenk über die Unebenheiten des Waldbodens stolperte. Ich kam erst wieder zum Stehen, als ich die Hauptstraße erreichte. Mein Herz schlug so stark, dass ich die Druckwellen an den Zähnen spürte. Mit den Händen oberhalb der Knie gestützt, hielt ich mich gebeugt, um wieder zu Atem zu kommen, und verharrte einen Moment in dieser Position.

Als das Rauschen in meinen Ohren zurückwich und ich langsam wieder die Geräusche um mich herum wahrnehmen konnte, ging ich zurück in die Richtung, aus der Chris und ich zuvorgekommen waren. Meine Gedanken überschlugen sich. Ich wollte doch nur meine Tante finden. Und Antworten! Was war nur aus Eni und Jo geworden? Diese große Liebe, die meine Mutter gelegentlich auf ein Podest als Beispiel einer perfekten Beziehung gehoben hatte. Solch eine Liebe könnte nichts erschüttern, waren ihre Worte. Aber das schien ganz und gar nicht mehr zutreffend zu sein. Ich keuchte enttäuscht, als mich meine Gedanken wie ein Blitz trafen.

Die Tränen schränkten meine Sicht derart ein, dass ich den Mann, der auf mich zukam, erst wenige Meter vor mir bemerkte. Ich wischte mir mit dem Handrücken wiederholt über die Augen und war mehr als überrascht, als er mich ansprach.

»Hey, ich schätze, du bist Melissa. Mein Bruder Chris, das Arschloch, hat mal wieder ganze Arbeit geleistet, wenn ich dich ansehe. Fährt dich einfach zu seinem Haus, obwohl er sich denken kann, dass seine Frau und dein Onkel dort gemeinsam …«

Er verstummte und sein Blick war mitfühlend auf die Tränen gerichtet, die mir unentwegt über die Wangen rollten. Dann wurde er ernst.

»Es reicht ihm wohl nicht, dass es ihm und Eni dreckig geht. Jetzt zieht er dich da auch noch mit rein. Komm, ich bring dich nach Hause.«

Seine Worte unterstrich er, indem er mir eine Hand reichte, die ich nicht nahm. Stattdessen legte ich den Kopf schief und betrachtete diesen völlig fremden Mann, der mir auf seltsame Weise doch bekannt vorkam. Er ließ seine Hand wieder sinken und lächelte mich an. Dieser Mann vor mir sah aus wie Chris und irgendwie auch wieder nicht. Sein Haar war kürzer und frecher und sein lässiger Kleidungsstil das Gegenteil von Chris', dennoch war die Ähnlichkeit zu ihm unverkennbar. Noch so einer, dachte ich sarkastisch.

»Verrätst du mir auch, wie du heißt? Oder ist hier alles ein großes Rätselraten?«, fragte ich schnippischer als gewollt.

»Wow wow wow, Prinzessin. Ich habe mit dem ganzen Scheiß hier nichts zu tun«, wehrte er ab und hob dabei beide Hände in die Höhe.

»Ich bin Tom, der nettere und besser aussehende Zwilling!« Ein Augenzwinkern konnte er sich dabei nicht verkneifen.

»Zwilling«, wiederholte ich erstaunt.

»Jepp, eineiig, falls das nicht offensichtlich ist. Und nun bringt dich der nette Zwilling nach Hause. Na komm schon. Ich beiße nicht.«

Da war ich mir nicht so sicher. Eineiige Zwillinge hatten bestimmt nicht nur das Äußerliche gemein. Ich zog die Augenbraue skeptisch in die Höhe.

»Ich kann mich nur für meinen Bruder entschuldigen«, sprach er, als hätte er in meinen Kopf schauen können. Dabei schob er sich seine Hände in die enganliegende Jeans und wippte auf den Füßen vor und zurück.

»Er macht gerade eine schwere Zeit durch. Eigentlich ist er ein Pfundskerl. Kaum hatte er dich hier abgesetzt, hatte er mich auch schon angerufen und mich gebeten dich abzuholen. Ihm ist bereits klar gewesen, dass er einen Fehler gemacht hat. Bitte steige ins Auto, damit ich dich nach Hause bringen kann.«

Mein Körper kam meinem Verstand zuvor und nahm mir meine Entscheidung ab, denn meine Knöchel schmerzten immer noch. Den Weg zurück hätte ich mit Sicherheit nicht zu Fuß geschafft. Ich ergab mich und stieg ein. Was hatte ich mir eigentlich dabei gedacht, als ich bei Chris eingestiegen war? Was war ich nur für ein naiver Trottel! Antworten wollte ich finden, dabei hatte ich mehr Fragen denn je im Kopf! Amy rief mir am Bahnsteig am Tag zuvor noch zu, dass ich mich nicht langweilen sollte. Rückblickend trieb mir die ungewollt eingesetzte Ironie ihres Wunsches erneut die Tränen in die Augen.

Tom kannte sich erstaunlich gut in Enis Küche aus und schien ebenfalls nicht zum ersten Mal hier zu sein. Zumindest wusste er, wo Großvaters Selbstgebrannter und die Schnapsgläser zu finden waren. Er schenkte uns ein und gab das Kommando zum Runterkippen. Ja, das brannte. Aber es war ein tröstliches Gefühl. Dann gab es gleich noch einen und noch einen.

»Aller guten Dinge sind drei«, grinste er wieder. Wie sein Bruder sah auch Tom unheimlich gut aus. Doch schaffte er mit seiner offenen Art sofort ein vertrautes Verhältnis zwischen uns - im Gegensatz zu seinem mürrischen Bruder. Tom schien ein netter Mensch zu sein.

»Geht's wieder, Prinzessin?«, fragte er nach einem kurzen Moment der Stille.

Ich nickte schwach.

»Danke Tom, das hat jetzt gutgetan. Aber ich muss mit dem, was ich da heute gesehen habe, erst einmal klarkommen. Meine heile Welt ist gerade zusammengebrochen. Verstehst du?«, erklärte ich mit bebender Stimme. Tom nahm meine Hand und schaute mich an.

»Menschen machen Fehler, Melissa. Und man bekommt nicht immer das, was man will. Chris hätte dich einfach nicht dort hinbringen dürfen! Du hast jetzt für immer ein Bild von deinem Onkel im Kopf, was ihn auf etwas reduziert, was ihm sicher nicht gerecht wird und nicht der Wirklichkeit entspricht.«

»Wie bitte? Nicht der Wirklichkeit entspricht? Was er dort mit dieser Frau getrieben hat, war sehr real«, schrie ich ihn fassungslos an und vergrub mein Gesicht zwischen meinen Händen.

»Melissa, das meinte ich nicht. Bevor du ungerecht wirst, rede mit Jo«, sprach er ruhig und strich mir sanft über den Arm.

Heute war mir alles egal. Es war einfach zu viel. Tom zog mich zu sich und nahm mich in den Arm, wie es gute Freunde tun, wenn das Leben mal zu schwer wurde. Ich ließ diese intime Geste zu, weil ich einerseits keine Kraft zur Gegenwehr übrighatte und weil es sich einfach gut anfühlte. So saßen Tom und ich eine halbe Ewigkeit da und sagten nichts. Als es allmählich dämmerte, war Eni immer noch verschollen und Tom rief seinen Bruder an, um ihn darüber zu informieren.

»Er wird sich drum kümmern«, wandte Tom sich an mich, als er auflegte, was mich erstaunlicherweise beruhigte. Jemand hielt Ausschau nach Eni. Das war mehr, als ich gerade konnte. Dann öffnete er mit einer Selbstverständlichkeit den Küchenschrank, holte eine Salami raus, nahm noch etwas Baguette aus dem Brotkasten und zwei Bier aus dem Kasten neben der Spüle und zog mich gemeinsam mit seiner Beute raus auf die Veranda. Dort setzten wir uns auf die

Hollywoodschaukel und er erzählte mir ein bisschen von sich und ich erzählte ihm ein wenig von mir. Tom versorgte mich mit kleinen Häppchen und das Bier ließ mit jedem Schluck die Spannung aus meinem Körper weichen. Ich genoss die seltsame Vertrautheit zunehmend. Die Sonne hatte sich inzwischen hinter dem kleinen Hügel verabschiedet und machte einem großen weißen Mond und unzähligen Funkelsternen Platz. Fast schon romantisch, wenn man die Umstände, die uns hierhergeführt haben, mal außer Acht ließ. Wir kuschelten uns aneinander und irgendwann schlief ich ein. Erst als Tom sich regte, weil sein Fuß eingeschlafen war, wurde ich wach.

»Komm meine Schöne. Ich begleite dich noch hinein und verschwinde dann«, lächelte er mich mit seinen schönen blauen Augen an. Doch dann nahm er mich auf den Arm, was ich mit einem überraschten Quieken kommentierte, und trug mich bis vor mein Zimmer.

Behutsam ließ mich heruntergleiten und strich mir eine Strähne aus dem Gesicht.

»Gute Nacht, Melissa«, flüsterte er, dass mir ein heißkalter Schauer über den Rücken lief. Ich fühlte mich zu diesem Mann in jenem Moment auf unerklärliche Art und Weise so sehr hingezogen. Oder war es nur die Angst davor, die Nacht allein in diesem großen Haus zu verbringen? Ich wusste es nicht.

»Bleib bitte bei mir, Tom«, hörte ich mich sagen, bevor ich überhaupt begriff, was ich da forderte.

»Ich will heute Nacht nicht allein in diesem großen Haus sein«, versuchte ich, meine spontane Bitte zu rechtfertigen.

Meine Gedanken waren ganz vernebelt. Was machte ich hier mit diesem Fremden? Warum fühlte es sich so gut an? Selbst wenn ich wollte, könnte ich ihn jetzt noch fortschicken? Doch mir war längst klar, wonach sich mein Körper sehnte. Ich sendete tausende eindeutige Signale aus. Auch wenn ich nicht damit gerechnet habe, nickte Tom mir bestätigend zu. Er verringerte den Abstand zwischen uns und schließlich berührten seine Lippen meine. Ganz zärtlich. Seine Hände wanderten über meine Rücken und Gänsehaut überzog mich. Ich umfasste seinen Nacken und zog mich noch enger an ihn heran. Das kurze Haar fühlte sich unter meinen Fingerspitzen genauso weich an, wie ich es mir vorgestellt hatte. Als ich meine Lippen öffneten und sich unsere Zungen berührten, gab es kein Zurück mehr.

Ich wollte ihn.

Ich wollte mehr!

»Du bist so schön, Melissa. Und das hier ist total verrückt, weißt du das?«, grinste er. Ich nickte ihm zu.

Es war verrückt!

Seine Hände zogen meine Kinnpartie nach und blieben auf meiner Unterlippe liegen. Dort ersetzte er diese erneut durch seine weichen Lippen. Diese Zärtlichkeit überwältigte mich regelrecht.

Geschickt zog er mir die geblümte Hemdbluse aus und ließ einen anerkennenden Blick über meine nackte Haut schweifen. Ich tat es ihm gleich und befreite ihn von seinem blauen Henley-Shirt und konnte gar nicht genug von dem Anblick bekommen, der sich mir bot. Er war noch viel attraktiver, als ich es mir ausgemalt hatte. Meine Begierde wuchs ins

Unermessliche. Ich fuhr mit den Fingerspitzen auf seiner gebräunten, glatten Haut entlang. Seine Muskeln spannten sich unter meiner Berührung an. Unterhalb seines Bauchnabels angelangt, öffnete ich seinen Gürtel.

Er stöhnte erwartungsvoll und ließ den Kopf in den Nacken fallen. Ich schob seine Jeans hinunter und nahm die Wölbung in seinen Shorts nur allzu wahr. Er war mindestens genauso bereit für mich wie ich für ihn. Tom zog mich an sich und küsste mich fordernder als zuvor. Unsere Zungen tanzten wild umeinander und lösten dabei lang verdrängte Empfindungen in meiner Körpermitte aus. Er schmeckte nach so viel mehr. Sein Mund wanderte meinen Hals entlang und ich genoss seine Zärtlichkeiten. Gekonnt öffnete er meinen weißen BH und entblößte meinen Busen.

»Oh mein Gott«, hauchte er erregt und nahm meine Brüste in seine Hände. Meine Brustwarzen stellten sich verräterisch auf, was Tom zum Anlass nahm, sie zwischen Daumen und Zeigefinger zu zwirbeln. Bald so fest, dass ich befürchten musste, auf der Stelle zu explodieren.

Mit einer Hand wanderte er weiter über meinen Bauch bis zu meinem Höschen und seine Finger streichelten sanft über meine Scham.

»Es ist mir unbegreiflich, wie man so zarte Haut haben kann. Du schmeckst nach Karamell mit Meersalz und duftest nach Rosen. Wie machst du das?«, raunte Tom mir zu.

Doch bevor ich überhaupt ansatzweise etwas antworten konnte, umschloss sein Mund saugend eine

Brustwarze und ließ mich hemmungslos aufstöhnen. Wellen purer Lust durchzogen meinen Körper. Mir fiel es vermehrt schwer diesem inneren Druck, der sich in Windeseile aufgebaut hatte, standzuhalten. Nur zu gern hätte ich mich diesen nahenden Wogen unterworfen. Tom ließ sich auf mein Bett fallen und zog mich auf seinen Schoß. Immer wieder platzierte er seine heißen Küsse auf meiner Haut. Und sobald unsere Münder aufeinandertrafen, wirbelten unsere beiden Zungen wild umeinander. Mit festem Griff packte er schließlich meine Pobacken und presste mich gegen seine Härte.

»Ich will dich schmecken. Lass mich dich kosten, bitte«, begehrte er auf.

Ich erhob mich und ließ mich von ihm von meinem Höschen befreien. Gefühlvoll begann er meine Scham zu küssen. Ich schnappte nach Luft, als unzählige Lustblitze über meine Nervenbahnen jagten. Seine Zunge streichelte meine Schamlippen und teilte sie, um noch zärtlicher meine Knospe zu liebkosen.

»Berühr dich, Melissa. Zeig mir, wie sehr es dich erregt, wenn ich dich hier küsse.«

Vor genau zwölf Stunden hätte mich diese zwischenmenschliche Situation deutlich überfordert, doch wie ferngesteuert fanden meine Hände zu meinen Brüsten und massierten sie, als hätte dies bereits viele Male stattgefunden, und ließen beinahe eine gewisse Routine erahnen. Ich war allem Anschein nach nicht mehr die Melissa, die einen Tag zuvor in den Zug gestiegen war, der mich hierhergeführt hatte. Dessen war ich mir bewusst, nun, da ich vor diesem schönen Mann meine Brustwarzen umkreiste und zwirbelte, wie er es zuvorgetan hatte. Genussvoll schloss ich die Augen und ergab mich der Ekstase und diesem Mann mit der talentierten Zunge. Tom ersetzte diese durch zwei Finger und streichelte meine Perle etwas schneller und fester. Ich blinzelte an ihm hinab und bemerkte, dass auch er sich mit einer Hand streichelte und mich mit wildem Blick beobachte. Selbstbewusst ergriff ich seine Hände und zog ihn vom Bett, um ihn seiner Shorts zu entledigen. Sein pralles, großes Glied sprang mir bereitwillig entgegen. Auch ich wollte Tom verwöhnen. Mutig senkte ich meinen Kopf und leckte über seine Spitze, was ein tiefes Grollen in ihm auslöste. Ich nahm seine Eichel in den Mund und saugte sanft an der samtigen, salzigen Haut, wofür er mir ein lautes Stöhnen schenkte. All meine Leidenschaft legte ich in diese Liebkosungen, unter derer seine Härte schnell an Größe gewann. Die Erregung ließ ihn zucken und plötzlich hielt er mich zurück und drückte mich küssend aufs Bett. Seinem Blick verriet pures Verlangen.

»Ich will dich so sehr! Ich halte es kaum noch aus!«

Seine Worte waren nicht viel mehr als ein heiseres Flüstern, als sie seine Lippen verließen. Bestätigend zog ich ihn an mich und ließ ihn in mich eindringen. Dieses Gefühl, ihn in mir zu spüren, war nahezu überwältigend. Er dehnte mich langsam, bis er mich komplett ausfüllte und den Rhythmus seiner Stöße erhöhte. Unser beider Atem beschleunigte sich gleichermaßen bis ich an diesen einen magischen Punkt angelangte, der mich erst zusammenkrampfen ließ, um sich dann in intensiven Wellen langsam wieder abzubauen. Ein langgezogenes lautes Stöhnen entkam mir dabei. Tom ließ mir einen Augenblick Zeit, um dieses Hochgefühl vollends auskosten zu können. Als ich mich wieder gesammelt hatte, legte ich meine Hände auf seinen wohlgeformten festen Po, um ihm mit festem Griff zu signalisieren, dass ich auch ihm diesen Moment nicht verwehren wollte.

Er begann sich wieder in mir zu versenken und erhöhte seinen Rhythmus. Fest prallten unsere Körper aufeinander. Er packte schließlich meine Hüften, um noch tiefer in mich eindringen zu können. Kurz darauf kam er mit kehligem Laut in mir.

Verschwitzt kamen wir nebeneinander zum Liegen. Niemand sagte etwas. Wir lagen nur da und genossen den Augenblick der vollkommenen Befriedigung. Zweifelsohne war das der intensivste und zugleich beste Sex, den ich je hatte. Zumal mit einem nahezu fremden Mann. Damit war der Maßstab für künftige Aktionen dieser Art schon mal ganz schön hoch angesetzt, grinste ich vor mich hin.

»Das war unbeschreiblich, Melissa«, hörte ich Tom undeutlich in meine Halsbeuge nuscheln, bevor er neben mir einschlief.

Kapitel 4

Als ich am nächsten Morgen erwachte, fiel mein verschlafender Blick zuerst auf den schönen Mann, der neben mir friedlich und tief atmend schlief. Ich erschrak, als ich mir der Helligkeit bewusst wurde, da die bereits aufgegangene Sonne das Zimmer hell erleuchtete. Der Wecker verriet, dass es bereits weit nach 7 Uhr war. Oh nein, ich hatte verschlafen! Dabei wollte ich doch im Stall helfen! Und jetzt, wo Eni und Jo nicht da waren, konnte ich Moni und Henk nicht alleine die ganze Arbeit machen lassen. Vorsichtig schwang ich meine Beine über den Matratzenrand, um Tom nicht zu wecken, und erhob mich langsam. Unsere wild verteilten Kleidungsstücke auf dem Boden ließen mich lächeln und riefen mir faszinierende Bilder von einem schweißnassen, nackten Tom in Erinnerung.

Gut gelaunt ging ins benachbarte Badezimmer, um zu duschen. Das heiße Wasser prickelte angenehm über meine müde Haut. Gern hätte ich mir noch etwas mehr Zeit dabei gelassen, ermahnte mich aber selbst zur Eile. Als ich mich gerade einseifen wollte, umfassten mich zwei Arme und weiche Lippen trafen auf meine Halsbeuge. Kurz zuckte ich erschrocken zusammen, ließ mir die Berührungen aber gefallen, als mir klar wurde, wer hinter mir stand.

»Nicht doch Prinzessin. Lass mich das machen«, forderte er unmissverständlich, was mir ein Lächeln ins Gesicht zauberte. Er drehte mich zu sich um, umfasste meine Wangen und küsste mich genauso leidenschaftlich wie gestern Nacht. Trotz der atemberaubenden und äußerst befriedigenden Stunden mit ihm, spürte ich erneut Leidenschaft zwischen uns aufkeimen. Seine Berührungen erregten mich und auch ihn ließen unsere Zärtlichkeiten nicht unbeeindruckt.

Gewandt fanden seine Finger meine Mitte, teilten sie und umkreisten sanft meine Klit. Meine Brustwarzen wurden hart unter seinen Berührungen. Zwei Finger drangen in mich ein und stießen rhythmisch zu. Hungrig nach mehr spreizte ich die Beine, um ihn tiefer in mir aufzunehmen.

»Melissa, ich kann spüren, wie sehr du mich willst. Du bist so feucht. So eng. Ich liebe es, wie dein Körper auf mich reagiert.«

Seine Worte durchbrachen den letzten Widerstand in mir. Ich kam unerwartet schnell und wurde von den heftigen Wogen des Orgasmus geschüttelt. Doch Tom ließ mir keine Zeit, Atem zu schöpfen. Kräftig packten mich seine zuvor sanften Hände am Po und hoben mich hoch. Ich schloss meine Beine um seine Hüfte und ließ mich auf ihn herabgleiten. Quälend langsam schob er seine Härte Zentimeter für

Zentimeter in mich. Endlich ganz in mir, begann er schnell und kraftvoll zuzustoßen, so dass ich mit dem Rücken gegen die kalte gefliese Duschwand knallte. Überrascht von dem Temperaturunterschied, sog ich scharf die Luft ein und suchte mit einer Hand nach etwas, woran ich mich klammern konnte, und fand dankbar Halt an der Duschstange. Kurz danach ergoss er sich am ganzen Körper zitternd und laut stöhnend in mir, während ich dabei meinen Blick nicht von ihm abwenden konnte. Wo sich erst noch die Anspannung in einer wilden ursprünglichen Mimik in seinem Gesicht widerspiegelte, wurde diese mit jeder erlösenden Zuckung zu einem Abbild höchster Befriedigung und Entspannung. Er hielt seine schönen blauen Augen noch für einen kurzen Moment geschlossen und gab mir somit Gelegenheit, mir jeden seiner attraktiven Züge einzuprägen. Gedanklich zog ich seine geschwungenen Augenbrauen nach, küsste seine gerade schmale Nase und umzeichnete mit meinem Daumen seine vollen weichen Lippen. Das Badezimmer verschwand in den dampfenden Schwaden und über den Spiegel rannen kleine kondensierte Tropfen.

Er öffnete die Augen, zog sich aus mir heraus, um mich langsam auf die Füße zu stellen.

»Meine Liebesgöttin«, feixte er. »Wo warst du nur all die Jahre?«

Ich lächelte ihn an, schwieg aber, weil ich keine Antwort darauf wusste. Bislang hatte ich eine Vorstellung von mir gehabt, die nicht einmal annähernd auf dieses Bild zutraf. Hübsch, aber langweilig - ja. Liebesgöttin? Auf gar keinen Fall!

40

Nachdem wir dann schnell das nachholten, wozu man eigentlich eine Dusche betrat, beeilten wir uns mit Abtrocknen und Ankleiden.

Schließlich gab es viel zu tun!

Als Tom aufbrach, war es um acht. Auch er musste arbeiten und war spät dran. Er hätte einen wichtigen Termin und müsse sich vorher dafür noch umziehen, meinte er und verschwand mit einem letzten flüchtigen Kuss auf die Wange die Treppe hinunter.

Ich blieb mit einem sonderbaren Gefühl zurück. Doch der wiederholte Blick zur Uhr ließ mir keine Zeit für Grübeleien über letzte Nacht oder mit wem ich sie verbracht hatte! Schnell sprang ich die Treppenstufen hinunter und lief über den Hof zum Kuhstall. Der kurze Besuch bei Ella verriet, dass diese alles unter Kontrolle hatte. Das Kalb sah gesund und munter aus.

»Heute kommt der Tierarzt noch einmal und schaut sich beide an. Dann können sie umziehen«, meinte Henk, der mich hatte kommen sehen und gerade den Stall säuberte.

»Henk, tut mir leid, dass ich verschlafen habe. Gib mir den Besen. Ich übernehme hier«, antwortete ich mit schlechtem Gewissen.

»Ach, eigentlich haben wir gar nicht mit dir gerechnet, Mädchen. Wir dachten, du wärst mit Eni heute zum Gericht gefahren.«

Gericht?

»Gericht? Was will Eni beim Gericht?«, fragte ich erstaunt.

Henk sah plötzlich gar nicht glücklich aus. Etwa wie jemand, der ein Geheimnis verraten hat und nun Ärger befürchtete.

»Henk, komm sag schon! Niemand spricht mit mir. Eni habe ich schon seit Samstagabend nicht mehr gesehen. Ich mache mir Sorgen! Wo ist sie nur die ganze Zeit?«, wollte ich endlich wissen, auch wenn ich befürchtete, dass Henk mir meine Fragen nicht beantworten konnte.

»Ach, ich weiß nicht, wo sie immer ist. Ich dachte, wenn du hier bist, dann wird wieder alles gut. Aber wie es aussieht, wird es das wohl nicht!«, antwortete er resigniert und stützte sich dabei mit beiden Händen auf den Besenstiel.

»Wie lange geht das denn schon, dass Eni nicht hier ist, meine ich?«

Das konnte doch alles nicht wahr sein! Wut stieg in mir auf, aber Henk konnte nichts dafür.

»Seit Jo zu der Frau gezogen ist. Das mit denen ging schon ein Jahr. Heimlich haben die sich immer getroffen. Und vor drei Monaten ist er ausgezogen und zu ihr rüber. Keiner hat es kommen sehen. Alle waren überrascht. Eni hat sie im Stall erwischt.«

Er deutete mit dem Daumen auf die Heuballen hinter uns mit wertfreier Miene. Mir war auch so allzu klar, was sich dort abgespielt haben muss. Mehr Details, um mein Kopfkino erneut anzufachen, brauchte ich nun wirklich nicht.

»Sie wollte in die Stadt, hatte aber Unterlagen für die Bank vergessen und musste noch einmal zurückkommen. Da hat sie die beiden gesehen.«

Ach du Scheiße. Das meine Tante selbst die beiden dabei erwischt hatte, muss furchtbar gewesen sein. Ich hielt mir fassungslos die Hände vor den Mund. Kein Wunder, dass sie gerade neben sich stand.

»Und was ist heute bei Gericht los?«, fragte ich verwirrt. Geschieden werden konnten sie ja noch nicht, wenn die Affäre vor drei Monaten erst ans Licht gekommen war.

»Der Hof wird zwangsversteigert«, sprach er ebenso emotionslos, was mich einen Moment von der Schwere dieser Information ablenkte. Als ich seine Worte im Kopf solange wiederholt hatte, bis ich sie vollends verstand, setze so etwas wie ein Schockzustand ein. Meine Hände zitterten vor Aufregung und das unheilvolle Ohrenrauschen setzte ein. Ich presste die Luft aus meinen Lungen, die ich für einen Moment angehalten hatte.

»Zwangsversteigert? Aber wie …?«, fragte ich Henk mit entsetzter Stimme.

»Die Milchpreise sind kaputt. Auch der Verkauf von Vieh und Land konnte die Zinsen nicht tilgen. Vor zehn Jahren wurde hier viel saniert und Jo und deine Tante nahmen damals einen Kredit auf. Vergangenes Jahr hatte Eni die Idee alles auf Bio umzustellen und viele Gespräche mit kleineren Molkereien geführt, welche die Milch zu besseren Preisen abnehmen wollten. Mit diesen Unterlagen wollte sie dann vor drei Monaten zur Bank und neues Geld beantragen. Was dann passierte, weißt du ja nun. Schreckliche Sache!«

Ich nickte zustimmend.

»Und heute früh war Eni hier?«, wandte ich mich noch einmal an Henk.

»Ja, gegen halb acht ist sie fort.«

Oh nein, oh nein! Das bedeutete, dass sie mich und Tom gehört haben muss. Ich musste aber auch wirklich in jeden Fettnapf treten. So ein Mist!

»Wo ist das Gericht?«, fragte ich, im Begriff sofort nach seiner Antwort loszustürmen.

Doch Henk schien zu ahnen, was mir durch den Kopf ging und schüttelte verneinend den Kopf.

»Lass mal Mädchen. Das Gericht ist in der Stadt. Das ist mit dem Auto eine halbe Stunde zu fahren und wir haben hier nur den Traktor«, antwortete er und ich musste mir eingestehen, dass er vollkommen recht hatte. Mein Blick fiel auf den alten grünen *John Deere* unter dem Dachüberstand des Stalls. Sicher würde ich Stunden brauchen, bis ich angekommen war. Mit den Bildern von mir auf diesem Ding und eine hupende Kolonne genervter Autofahrer hinter mir verwarf ich die Idee, damit in die Stadt tuckern zu wollen, gleich wieder. Ich konnte ihr im Moment sowieso nicht helfen. Und falls meine Tante Tom und mich beim Sex gehört haben sollte, wäre ich sicher die Letzte, die sie jetzt um sich haben wollte. Somit folgte ich Henk mit gesenkten Schultern und machte mich an die Arbeit. Das stupide Strohschaufeln und Ausmisten tat gut, um die Geschehnisse im Kopf zu sortieren und überhaupt erst einmal zu verarbeiten.

Später am Tag zeigte Moni mir, wie man Butter und Käse machte.

»Damit du später mal nicht verhungerst, Schätzchen. Halt dir 'ne Kuh und ein paar Hühner

44

und alles ist gut«, riet sie mir, mit ihrer liebevollen großmütterlichen Art.

Unweigerlich verzog sich meine Miene zu einem Lächeln, als skurrile Bilder von Hühnern, die kreuz und quer in meiner Studentenwohnung herumflatterten, vor meinem inneren Auge vorbeizogen. Ich würde ständig damit beschäftigt sein, die gefederten Tiere aus meiner Küche oder vom Sofa zu scheuchen, mal davon abgesehen, dass sie ihren Dreck überall verteilen würden.

Henk und Moni waren leider kinderlos geblieben, was mir für sie sehr leidtat, da die zwei sicher liebevolle Eltern geworden wären. Für mich waren sie die Großeltern, die ich nie hatte. Meinen Vater habe ich nie kennengelernt und die Eltern von Tante Eni und meiner Mutter waren leider früh verstorben. Mein Opa war beim Reparieren eines Mähdreschers tragisch ums Leben gekommen, als ich gerade zur Welt gekommen war. Meine Oma hatte zwei Jahre später einen Herzinfarkt. Meine Mutter hatte mir erzählt, dass sich meine Oma immer über die Verweichlichung der Jugend aufregte, die bei jeder Kleinigkeit einen Arzt aufsuchten. Tatsächlich war sie selbst nie in einer Arztpraxis gewesen. Nicht einmal, als ich geboren war, kam sie meine Mutter im Krankenhaus besuchen. Ganz nach dem Motto: Das sind alles Todesstationen, wenn man einmal drin ist, kommt man da nicht mehr raus.

Auf meine Wunden kamen daher oftmals zermahlene Wegerichblätter und selbstgemachte Ringelblumensalbe anstelle von Pflaster und

Apothekensalben. Meine Mutter war schließlich damit aufgewachsen.

Leider hatte die Natur nichts gegen Krebs zu bieten. Als der Brustkrebs bei meiner Mutter entdeckt wurde, steckte ich mitten im Abitur. Ich war so mit dem Lernen beschäftigt, dass mir anfangs gar nicht auffiel, wie schlecht es ihr ging. Sie hatte mir erst nach der letzten bestandenen Abiturprüfung verraten, wie es um sie stand und mich im selben Gespräch darum gebeten, die letzte Zeit mit ihr zu genießen, anstatt zu trauern. Dafür hätte ich auch noch danach Zeit, meinte sie. Nach der Zusage der Uni inklusive des Vollstipendiums ging es jedoch mit ihrem Gesundheitszustand rasant bergab und drei Wochen später musste ich sie beerdigen. So war meine Mutter. Ein herzensguter Mensch, der sich immer zurücknahm. Ich vermisste sie. Gerade jetzt hätte ich und sicher auch Eni einen Menschen, wie sie es war, an unserer Seite gebrauchen können. Ich seufzte, als mir meine eigene Einsamkeit in diesem Moment nur allzu bewusst wurde.

Gegen Feierabend war die Hitze unerträglich geworden. Die heiße stickige Luft flirrte über den ausgetrockneten Feldwegen rund um den Stall und jeder Schritt auf dem Kiesbett wirbelte staubige Wolken auf. Ich beschloss, nach diesem kräftezehrenden Arbeitstag hinunter an den kleinen See zu gehen, um mich abzukühlen und Körper und Geist zu entspannen. Schnell in den Bikini geschlüpft, schnappte ich mir ein Handtuch und machte mich auf den Weg über die Sommerwiese an den Weiden vorbei bis zum See.

Oh, meine Erinnerungen an diesen Ort waren überholt. Man hatte einen Steg gebaut und einen kleinen Sandstrand aufgeschüttet. Ich spürte den von der Sonne erwärmten feinen Sand unter meinen Füßen bewusst nach und genoss die Ruhe, die sich über diesen wundervollen Ort legte. Als ich barfuß über die dunklen Bohlen des Stegs lief, brannte die Hitze an meinen Sohlen fast schon schmerzhaft. Kurz überlegte ich noch, ob ich es wagen sollte, ließ dann aber mein Handtuch fallen und sprang mutig ins erfrischende Nass. Sonnenlichtreflektierende Wellen gingen von mir ab, denen ich mit zugekniffenen Augen fasziniert nachsah, wie sie am Ufer brachen. Ein paar aufgeschreckte Vögel protestierten an der von allerlei wilden Sträuchern überwucherten Seite des Sees. Ihr Ärger war meine Freude. Ich lauschte ihrem Gezwitscher, welches sich mit dem Summen einiger Insekten und meinem eigenen Geplätscher vermischte. Mit geschlossenen Augen ließ mich noch einen Moment auf der Wasseroberfläche treiben, bevor ich zurück ans Ufer schwamm und mich in den warmen, weichen Sand legte. Meine Gedanken ließ ich los, nicht Willens erneut an das komplizierte Wirrwarr auf dem Hof zu denken und lenkte meine Aufmerksamkeit wieder auf die bezaubernde Geräuschkulisse, die mich umgab. Der Wind streichelte sanft meine Haut, was einen wohligen Schauer in mir auslöste. Schließlich döste ich unter den wärmenden Sonnenstrahlen ein.

Als ich wiedererwachte, saß einer der Zwillingsbrüder neben mir. Es war Chris.

Überrascht setzte ich mich auf.

»Hey du, ich habe dich gar nicht kommen hören«, sprach ich ihn mit unüberhörbarer Verwirrung in meiner Stimme an. Mit seinem zerzausten Haar sah er einfach zum Anbeißen aus. Und diese Pilotenbrille auf seiner Nase stand ihm verboten gut. Chris sah zu mir und auf der Stirn zeichneten sich zwei Falten über der Nasenwurzel ab.

»Tut mir leid wegen gestern. Ich hätte dich da nicht mit reinziehen sollen. Du kannst nichts für die Fehler deines Onkels oder meiner Frau.«

Na schön, er entschuldigte sich bei mir. Das war ein Anfang. Ich nickte leicht, in der Hoffnung, er würde freiwillig mehr erzählen. Doch es folgte Stille. Ein einvernehmliches Schweigen, welches scheinbar niemand von uns unterbrechen zu wollte.

Eine Weile saßen wir nebeneinander und lauschten.

»Ich bin oft hier. Ein friedlicher Ort«, sprach Chris leise, den Blick an den Horizont geheftet.

Ich öffnete meinen Mund und schloss ihn wieder, ohne etwas zu sagen. Ich wusste einfach nicht, in welche Richtung ich das Gespräch lenken sollte und kam mir dabei äußerst dämlich vor.

»Lust noch eine Runde zu schwimmen?«, fragte er mich. Ohne meine Antwort abzuwarten, zog er sich bis auf die Badehose aus und lief ins Wasser.

Ich sah ihm angetan hinterher. Ein Bild von einem Mann! Tom war schon sexy, aber Chris war ein Gesamtkunstwerk.

Das war nicht gut!

Die Richtung, die meine Gedanken und Handlungen mittlerweile einschlugen, war in höchstem Maße alarmierend. Ich hatte zweimal Sex mit einem Mann, den ich gar nicht kannte und checkte nun auch noch seinen Bruder ab. Es schien mir daher keine gute Idee, ihm ins Wasser zu folgen. Andererseits war er von Anfang an zurückhaltend und schien dahingehend keine ernstzunehmende Gefahr für mich zu sein, meine gute Erziehung erneut auf die Probe stellen zu müssen.

Als ich auf ihn zuging, tauchte er gerade wieder auf und drehte sich zu mir um. Seine Augen wanderten über meinen Körper - wie am Bahnhof. Prompt stellten sich meine Nippel verräterisch auf. Ich sollte besser doch umdrehen!

»Ach, ich sollte doch lieber zurückgehen. Die Sonne geht ja gleich unter«, stammelte ich verlegen.

»Die Sonne geht gleich unter?«, wiederholte er lachend meine Worte und schlug dabei auf die schillernde Wasseroberfläche, dass es spritzte.

»Lissy, sei kein Frosch. Es ist noch drei Stunden hell!«

Ich traute mir selbst nicht mehr! Das war eher mein Problem. Aber was waren das nur für dumme Gedanken? Ich machte mich nur lächerlich, wenn ich glaubte, dass ich mich über Nacht in eine sirenenhafte Sexgöttin verwandelt hatte. Nicht grundlos hatte sich zuvor keine ernsthaft interessierte Männerschar um mich getummelt. Genau Lissy, sei kein Frosch, tadelte ich mich selbst und stieg langsam ins Wasser. Sicherheitshalber wählte ich eine andere Richtung und schwamm ein paar Runden. Chris ließ mich in Ruhe, was auf seltsamer Weise einem Desinteresse glich und mich kränkte. Mach dich nicht lächerlich, ermahnte ich mich erneut. Als ich beschloss, das Schwimmen zu beenden, drehte ich mich zu Chris um, der gerade noch hinter mir war, um ihm Bescheid zu geben. Doch er war nicht mehr zu sehen. Oh Gott, wo war er? Ihm war doch nichts passiert? Doch die Antwort erhielt ich auf der Stelle. Zwei Hände zogen mich an den Füßen kurz unter Wasser und als ich auftauchte, hörte ich ihn schon lachen.

Na warte!

Ich schwamm, ohne groß darüber nachzudenken, nah an ihn ran und hielt mich an seinen Schultern fest, um ihn dann unterzutauchen. Leider blieb ich an seinen Augen haften und erstarrte in meiner Bewegung. Er hielt ebenso inne, als wartete er förmlich auf eine weitere Aktion von mir. Seine Atmung beschleunigte sich merklich und seine Augen sahen auf meinen Mund. Leicht öffnete er seine wunderschönen Lippen, als sei er bereit von mir geküsst zu werden. Ich hatte meinen kühnen Plan vollkommen unterschätzt, denn auch in mir regte sich plötzlich das unterdrückte Verlangen von seinen Lippen zu kosten. Kurz bevor ich Dummheiten machen konnte, drückte ich ihn weg und schwamm ans Ufer. Ohne mich noch einmal umzusehen, ging ich in mein Handtuch gewickelt zum Hof zurück.

Ich dumme Nuss! Was hatte ich mir nur dabei gedacht? Chris war gerade erst betrogen worden und ich machte mich an ihn ran, auch wenn das ursprünglich gar nicht von mir beabsichtigt war. Und dann schlief ich auch noch mit seinem Bruder! Was der von mir denken mochte, wenn das herauskäme? Die hielten mich doch alle für eine schnelle Nummer. Dabei war das hier gar nicht typisch für mich.

Ich brauchte Abstand.

Dringend!

Mein Abendbrot und ein Glas Wein nahm ich mit auf mein Zimmer, um möglichst allem und jedem an diesem Abend aus dem Weg zu gehen.

Ich lag geschlagene drei Stunden auf meinem Bett und starrte an die Zimmerdecke. Die Gedanken kreisten unentwegt um die Ereignisse und Neuigkeiten der letzten Tage. Was war nur los mit mir? Und was um Himmelswillen war in Jo gefahren, dass er sich mit einer verheirateten Frau einließ und Eni samt Hof sitzen gelassen hatte? Wie passte Chris in dieses Puzzle und wie ging es mit Tom und mir weiter, falls es überhaupt eine Fortsetzung gab, wer wusste das schon? Und wollte ich das?

Da an Schlaf nicht zu denken war, beschloss ich, mir noch ein Glas Wein zu holen und raus auf die Veranda zu gehen. Es war eine sternenklare Nacht. Ein Frosch quakte im kleinen Teich vor mir und ab und zu platschte es.

»Hallo Liebes«, hörte ich meine Tante plötzlich hinter mir, »darf ich mich zu dir setzen?«

Ich war unendlich erleichtert sie lebendig und munter wiederzusehen und darüber hinaus viel zu verblüfft, dass sie gerade jetzt auftauchte, dass ich zu mehr als einem Nicken nicht imstande war. Sie nahm neben mir Platz und gemeinsam betrachteten wir das Dunkel der Nacht.

Sie sagte nichts. Ich fragte nichts.

Kapitel 5

Als ich am nächsten Morgen pünktlich die Küche betrat, saßen Eni und Chris bereits am Tisch und besprachen etwas. Beide sahen von ihren Notizen vor sich auf und lächelten mir zu, als ob es die vergangenen zwei Tage nicht gegeben hätte.

Das war mir echt zu blöd. Ich schnappte mir meine Tasse, goss Kaffee ein und ging, ohne ein weiteres Wort mit ihnen zu wechseln, hinüber zur Melkanlage. Ohne große Umschweife machte ich mich ans Werk und holte frische Einstreu für den Kälberstall. Später frühstückte ich gemeinsam mit Henk und Moni. Anschließend kümmerte ich mich um den Umzug von Ella und ihrem Kalb. Der Tierarzt hatte es gestern wohl doch noch besucht, denn mittlerweile hatte das Kleine eine Marke im Ohr. Vielleicht während ich am See gewesen bin, fragte ich mich. Ich führte die zwei Tiere hinüber zum angrenzenden Kälberstall, in dem alle anderen Kälber mit ihren Muttertieren untergebracht waren.

»Er hat das Kalb Lissy genannt. Also der Tierarzt. Es hatte ja noch keinen Namen!«, meinte Henk, als er sich neben mich ans Gatter stellte.

Ich war gerührt.

»Das ist ja mein Spitzname!«

»Hm, hat er auch gesagt«, bekam ich zur Antwort. Woher wusste denn der Tierarzt meinen Spitznamen? Bestimmt von meiner Tante.

Als am Nachmittag alles erledigt war, beschloss ich, mich aufs Rad zu schwingen und im nahegelegenen Nachbarort ein Eis zu essen. Moni meinte, dass es dort noch immer die alte Eisdiele gab, die selbstgemachtes Softeis verkaufte. Dort war ich früher während der Ferien und Urlaube mit meiner Mutter ständig anzutreffen gewesen. Wir liebten Softeis. Am liebsten Schoko-Vanille gemischt. Eine halbe Stunde später saß ich mit der zweiten Portion auf der kleinen Mauer, welche die alte aus Feldsteinen erbaute Kirche umgab und genoss die Ruhe. Ab und zu kam jemand vorbei und grüßte freundlich. Anders als das Stadtleben, dachte ich. Schöner. Meine Idee vom Herziehen rückte wieder in den Vordergrund meiner Gedanken. Ich sah mich schon meine Praxis eröffnen, in einem dieser kleinen Fachwerkhäuser, in die ich mich schon als Kind verliebt hatte. Vielleicht ließ Eni mich ja fürs Erste bei sich einziehen? Ausreichend Platz gab es schließlich in dem großen Haus.

Plötzlich riss mich das Hupen eines Autos aus meinem Tagtraum. Vor mir hielt ein hellblauer

Pick-up, ein alter Ford wie aus der Fernsehserie *Die Waltons.*

Ich sah durch das offene Fenster der Beifahrertür, das wahrscheinlich aufgrund der fehlenden Klimaanlage dieser Tage immer offen war.

Tom! Er lächelte mich an und ich hatte sofort wieder die Bilder von seinem nackten Körper vor mir. Verrückt! Ich musste grinsen.

»Ich habe dich schon überall gesucht, meine Schöne. Lust auf einen Ausflug?«, fragte er mich lächelnd.

»Klar gern«, antwortete ich, »aber da wäre ja noch das Rad und ich habe kein Fahrradschloss.«

Da es nicht mein Rad war, wollte ich es hier nicht herrenlos rumstehen lassen. Er stieg nun doch aus, küsste mich kurz auf die Wange und schnappte sich den Drahtesel, um ihn anschließend auf der Ladefläche des Fords festzumachen.

Pragmatisch der Mann und in der Öffentlichkeit ungewöhnlich keusch, stellte ich amüsiert fest.

Hm.

Als wir losfuhren, legte er seine Hand auf meine Beine. Ich hatte zuvor meine Stallklamotten gegen ein hellgraues Leinenkleid getauscht und außer diesem und einem Slip nichts weiter an. Er streichelte zärtlich die Innenseite meines linken Oberschenkels und kam dabei meiner erogenen Zone sehr nahe. Meine Nippel zeichneten sich bereits durch den dünnen Stoff ab. Er lächelte mich, wohl wissend, was seine Berührungen bei mir auslösten, an. Ich fing bereits an, feucht zu werden, und wandte mich unter seiner Berührung, als er unerfreulicherweise von mir abließ, anhielt und fröhlich verkündete, dass wir am Ziel waren. Tom stieg aus und ließ mich unverrichteter Dinge sitzen. Das war gemein! Leise nörgelnd und in höchstem Maße unbefriedigt stieg auch ich aus dem Auto und folgte ihm den schmalen Feldweg entlang, zu dessen rechter Seite sich ein Wäldchen erstreckte. Auf der gegenüberliegenden Seite des Weges wuchs in nicht enden wollenden Reihen Futtermais. Als ich ihn eingeholt hatte, zog er mich entschlossen an sich und küsste mich leidenschaftlich. Die Nässe zwischen den Schenkeln spürte ich nur allzu deutlich. Warum quälte er mich so?

»Tom, was hast du vor?«, fragte ich angespannt.

»Lass dich überraschen, Baby!«, lachte er und zog mich hinter sich her.

Hand in Hand liefen wir den Weg entlang und bogen nach ein paar hundert Metern in das Wäldchen ein. Es war angenehm kühl im Schatten der Laubbäume, deren Blätterdächer sanft im Wind tanzten. Hier und da raschelte es im Unterholz. Flach wie die Heide war, hätte man gar nicht vermutet, dass sich innerhalb dieses kleinen Waldstückes eine geologische Ausnahme befand. Wir folgten einer sanften Steigung, um schließlich auf eine dunkelgraue Felswand zu stoßen. Tom führte mich einen kleinen Pfad entlang eng an der steinernen Wand vorbei. Je weiter wir kamen, desto frischer und angenehmer wurde die Luft. Der kleine Weg nahm bald eine Biegung und ein plätscherndes Geräusch war zu hören. Als wir um einen großen Felsen herumgingen, sah ich die Quelle des Geräusches. Es war ein kleiner Wasserfall, der sich in einen winzigen See ergoss.

Hellgrüne Farne, saftiges Moos und viele bunte Blümchen soweit das Auge reichte. Rundgewaschene Felsen gingen direkt in das dunkle Nass über. Es war nahezu paradiesisch!

Wir stiegen zum Wasser hinab und Tom zog seine Schuhe aus, um das Wasser zu prüfen.

»Frisch, aber nicht zu kalt. Genau die richtige Abkühlung für die heiße Lady neben mir.«

Wenn er damit meine andauernde Erregtheit in seiner Nähe meinte, hatte er recht. Er kam auf mich zu, öffnete mein hochgebundenes Haar, das wie ein Schleier über meine Schultern fiel. Sanft strich er mit seinen Fingern über meine Brüste und sofort stellten sich meine Brustwarzen auf.

»Hm, so bereit für mich!«, stellte er selbstbewusst fest. Seine Hand ergriff meinen Nacken und er zog mich an seine Lippen. Erst zärtlich und dann zunehmend fordernder. Mein Kleid öffnete er Knopf für Knopf und ließ es langsam herab. Der Stoff rieb sanft über meine Brüste und ließ mich nach Luft schnappen.

»Was, wenn jemand kommt?«, gab ich zu bedenken.

»Mach dir nicht so viele Gedanken. Es kommt schon niemand.«

Er zog sein durchgeschwitztes blaues T-Shirt aus und warf es ohne den Blick von mir abzuwenden auf den felsigen Boden gefolgt von Hose und Unterhose. Zweifelsohne war er genauso erregt wie ich, was mich ehrlich beruhigte.

»Du bringst mich um den Verstand, Melissa. Seit unserer gemeinsamen Nacht kann ich an nichts anderes mehr denken, als daran von dir zu kosten und dich zu nehmen. Ich will dich!«

»Und ich will dich, Tom«, keuchte ich in seinen Mund. Er zog mich zum Wasser und wir stiegen in das wirklich sehr kühle Nass. So kühl, dass ich nur einmal kurz abtauchte und Tom mir half, auf einem der moosbedeckten Felsen am Rand Platz zu nehmen. Doch anstatt mir zu folgen, drückte er meine Beine weit auseinander und küsste ohne Umschweife meine Scham. Ich stützte mich mit den Armen ab, um mich aufrecht halten zu können. Ihn dabei zu beobachten, wie er seine Zunge um meine Knospe kreisen ließ, übertraf alles. Das war verdammt heiß! Mit beiden Daumen öffnete er meine Schamlippen, um seinen Mund um meine Klit zu schließen. Zwei seiner Finger führte Tom in mich ein. Dabei leckte und saugte er ohne Unterlass. Meine Beine begannen zu zittern und ich war dem Höhepunkt schon so nah.

»Ich will, dass du kommst. Schrei es raus, Baby!«, animierte er mich.

Das war ausreichend, um mich kommen zu lassen. Laut stöhnend ließ ich dieses unglaubliche Hochgefühl mit jeder Woge, die über mich einbrach, hinaus. Er liebkoste mich solange, bis meine Zuckungen nachließen und ich mich erschöpft nach hinten sinken ließ. Tom stieg aus dem kalten Wasser und legte sich neben mich auf die auf die sonnenwarmen Steine. Mit seiner kühlen nassen Haut schmiegte er sich an meinen erhitzten Körper und wir ließen uns von der Sonne trocknen.

Wie er neben mir mit geschlossenen Augen leise atmend lag, konnte ich ihn eingehend betrachten.

Tom war alles, was ich nicht war. Wunderschön und erfahren. Wild und glücklich. Mit sich im Reinen. Kein Grau, nur Farbe.

Meine Fingerspitzen folgten meinen Blicken und umrissen diese markanten Gesichtszüge. Seine vollen Lippen formten ein Lächeln. Meine küssten seine geschlossenen Augenlider, seine Wangen, seinen Mund. Meine Zungenspitze umkreiste seine Lippen und verlangte nach Einlass. Sein leises Stöhnen regte mich an, rittlings auf seiner Mitte Platz zu nehmen. Mit zärtlichen Küssen bedeckte ich Hals und Oberkörper und wanderte langsam nach Süden. Trotz seines Bades im See schmeckte ich noch das Salz auf der Haut. Die Eichel glänzte prall und wartete darauf, von mir umschlossen zu werden. Zu gern kam ich dieser stillen Forderung nach und begann sie zu lecken, knabberte und saugte. Toms Bauchmuskulatur spannte sich unter meinen Liebkosungen an und seine Atmung beschleunigte sich. Hände umfassten meinen Kopf und er begann den Rhythmus vorzugeben.

»Das fühlt sich unglaublich gut an! Bitte höre nicht auf!«, keuchte er abgehackt. Kurz darauf kam er mit einem animalischen Laut und ergoss seinen Samen in meinen Mund.

Vergangene Ereignisse dieser Art hatte ich tief im Inneren meiner Schublade vergraben, für die Art von Aktionen, die man nicht wiederholen musste. Tom war der Erste, den ich bewusst auf diese intime Weise Befriedigung schenken wollte.

Wir kuschelten uns aneinander und ließen diesen Moment an diesem wunderschönen Ort auf uns wirken.

»Wie hast du diese Stelle hier gefunden?«, fragte ich Tom.

»Chris hat sie entdeckt. Mein Bruder ist ein Magnet für Romantisches, musst du wissen. Den See hinten bei euch, den hat er letzten Sommer auch hergerichtet. Er mag die Idylle. Schau dir sein Haus an. Er liebt den Gedanken der heilen Welt.«

»Und du bist nicht romantisch?«

»Na ja, wir sind doch hier, oder?«, grinste er. »Aber ich bin auch Realist. Das Leben hält nun mal nicht nur Positives für uns bereit. Aber wie man sich all dem Unschönen stellt, darauf kommt es doch an. Ändern kann man vieles nicht, aber man kann das Beste daraus machen.«

Diese philosophische Antwort hätte ich nicht von ihm erwartet. So viel Tiefgang beeindruckte mich. Gleichermaßen war ich ein bisschen entsetzt über mein eigenes Schubladendenken. Was er wohl über mich dachte? Und war ich eigentlich nicht hier, um etwas für mein Studium zu tun? Nun lag ich hier mit diesem schönen Fremden an einem abgeschiedenen Ort und ließ mich von ihm verführen. Ganz zurechnungsfähig schien ich ja nicht mehr zu sein. Ich sollte erst einmal in Erfahrung bringen, wer dieser Mann war und was er ausgerechnet von mir wollte.

»Sucht ihr den Ort hier denn öfter auf?«, hakte ich nach. Zugegebenermaßen war dieses paradiesische Versteck prädestiniert für Treffen solcher Art. In jedem Falle etwas Besonderes. Enttäuschung und Scham beschlich mich. Ob das alles hier nur eine Masche sein sollte, um reihenweise Frauen zu verführen? Aber Tom lachte nur auf und ich verwarf diesen irrwitzigen Gedanken von Tom als Womanizer schnell wieder.

»Ganz bestimmt nicht! Ich war zuvor nur einmal mit Chris hier. Und auch er hat diesen Ort nur mir gezeigt, soweit ich weiß. Mach dir nicht so viele Gedanken, Prinzessin. Genieße!«

Demonstrativ nahm er einen tiefen Atemzug, als wären wir inmitten einer Yoga-Stunde. Ich ließ ihn atmen. Seine gelassene, geerdete Art gefiel mir immer mehr, hatte sogar etwas sehr Anziehendes an sich.

»Wie alt bist du eigentlich, Tom?«, wollte ich wissen.

»Wieso fragst du? Spielt das eine Rolle?« Er sah mich verblüfft an.

»Natürlich nicht! Wir sind schließlich erwachsen! Reine Neugier«, antwortete ich ehrlich, kam mir dabei aber kein bisschen erwachsen vor.

»Komm doch einfach Samstag auf meine Party, dann verrate ich es dir. Vielleicht«, lachte er, zwinkerte mir mit seinen schönen blauen Lachaugen zu und küsste mich.

Kapitel 6

Die darauffolgenden Tage waren arbeitsintensiv. Eni war wieder häufiger zu Hause und wir schafften es, uns am Mittwochabend zusammenzusetzen. Ich musste ihr mein Herz ausschütten, wie sehr mich die ersten Tage und all die Geschehnisse hier bewegten. Sie entschuldigte sich bei mir und schilderte offen und eindrücklich, wie sich die Lage dermaßen hatte zuspitzen können. Ich verstand nun, warum das Ehebett unberührt schien. Sie konnte einfach nicht darin schlafen, geschweige denn auf dem Hof sein. Alles erinnerte sie an Jo. Sie hatte sich lange nicht damit abfinden können, dass ihr eigener Mann, die Liebe ihres Lebens, ihr Vertrauen derart missbraucht hatte. Mir fielen dazu noch andere Beschreibungen ein, aber ich wollte nicht noch Salz in die Wunde streuen. Ich erzählte ihr auch nicht, dass ich ihn beim Vögeln gesehen hatte. Nur zu gut konnte ich nachvollziehen, wie sich unerwünschte Bilder ins Hirn einbrannten und einfach nicht verschwinden wollten.

Wenn Eni nicht hier war, übernachtete sie bei jemandem im Nachbarort. Seit meiner Ankunft zwang sie sich, wieder im Haus zu schlafen, blieb dann aber auf dem Sofa.

Als sie mit einer Flasche Wein zurück auf die Veranda kam, auf der wir schon den ganzen Abend saßen, fragte ich sie, was bei Gericht nun entschieden worden war. Schließlich ging es um eine Zwangsversteigerung! Bereitwillig begann sie mir davon zu erzählen.

»Wir haben alles auf eine Karte gesetzt, Liebes. Der Einstiegswert der ersten Bieterrunde am Montag war zu hoch für uns. Ich habe so schnell keinen Investor finden können. Es hatte aber Gott sei Dank niemand geboten. Somit wird das nächste Einstiegsgebot um einiges niedriger angesetzt werden und wir haben dann hoffentlich eine reelle Chance mitzubieten. Mir geht es mittlerweile gar nicht mehr darum, den Hof zu halten. Allein schaffe ich die Bewirtschaftung nicht und einstellen kann ich auch niemanden mehr. Das ist finanziell nicht drin. Noch zwei Jahre, dann gehen Henk und Moni in Rente und ohne Jo …«

Ihre Stimme versagte und ihre Augen begannen zu schimmern. Ich ließ ihr einen Moment sich zu sammeln, dann fragte ich vorsichtig nach.

»Du hast die ganze Zeit von wir gesprochen. Wen meinst du damit?«

Sie wischte sich die Tränen von den Wangen.

»Chris. Ich meine Chris und mich, Lissy«, sprach sie leise.

»Du und Chris? Seid ihr denn zusammen? Ist er deshalb ständig hier?«, stammelte ich erstaunt.

War es denn so abwegig, dass die zwei etwas miteinander haben konnte oder wollte ich es schlichtweg nicht? Mir wurde ganz flau und zudem sehr bewusst, dass ich mich in diesem Moment ganz und gar nicht im Griff hatte, was mir wiederum zu Denken gab. Eni sah mich verdutzt an, bevor sie beschwichtigend antwortete.

»Nein, Liebes. Du weißt doch, wie das ist, geteiltes Leid ist halbes Leid. Ich bin nach dem Vorfall im Stall sofort zu ihm gefahren, um ihn davon in Kenntnis zu setzen, was seine Frau und mein Mann treiben. Er tobte vor Wut. Du musst wissen, Chris wollte mit seiner Frau hier noch einmal neu starten, nachdem er ihr bereits eine Affäre verziehen hatte. Er war ihr zuliebe lange Zeit in der Stadt geblieben, obwohl er nach dem Studium gern zurück aufs Land wollte. Die beiden Brüder sind hier im Nachbarort aufgewachsen. Tom übernahm den elterlichen Schrottplatz samt Autowerkstatt und Chris trat vor zwei Jahren die Nachfolge von Dr. Rott an.«

»Dr. Rott?«, fragte ich ungläubig. »Das war doch der alte Tierarzt! Chris ist Tierarzt?«

Jetzt fügte sich das Puzzle also endlich zusammen.

»Du warst doch mit ihm bei der Geburt von Lissy dabei! Dachtest du etwa, Chris sei der neue Stallbursche?«

Eni lachte. Sie lachte herzlich. Das tat gut, sie so zu sehen. Auch wenn das eindeutig auf meine Kosten ging.

»Was habt ihr dann gemacht, nachdem du mit Chris gesprochen hattest?«, wollte ich von ihr wissen.

»Nachdem die Wut verflogen war, kam die Trauer. Wir verbarrikadierten uns hier und tranken Opas Selbstgebrannten. Drei Tage lang! Wir stanken aus allen Poren und die Küche sah aus wie ein Saustall. Dann kam Tom und hat uns den Kopf gewaschen. Er war sauer, weil alle bei ihm anriefen und wissen wollten, wo der Herr Doktor wäre und wer sich denn jetzt um die Tiere kümmere. Am nächsten Tag saßen wir drei zusammen und starrten auf die Mitteilung vom Gericht, welche die baldige Zwangsversteigerung ankündigte. Das hatte ich zwischenzeitlich total verdrängt. Ich dachte nur, das war's jetzt. Alles vorbei. Aber Tom sah das anders. Der findet ja immer irgendeinen Weg. Er bot sogar an, den Schrottplatz zu beleihen, aber das stand überhaupt nicht zur Debatte! Die akuten Verbindlichkeiten mussten allerdings schnell bedient werden, daher zeigte ich ihnen die Grundbuchauszüge und Flurkarten. Es gab da noch einiges an Land, welches nicht bestellbar war und auch nicht als Weidefläche taugte. Die Flächen gingen wir durch. Chris und ich sahen uns die Länder auch alle an. Danach saßen wir wieder alle zusammen und entschieden gemeinsam, was noch veräußert werden könnte. Du musst wissen, dass das auch dich betrifft, Liebes. Deine Mutter und ich hatten zu gleichen Teilen geerbt und ihr Erbe ist schließlich auf dich übergegangen und wird von mir treuhänderisch verwaltet, bis du fünfundzwanzig bist, wie du weißt. Diesen Teil konnte ich somit von der anstehenden Versteigerung ausnehmen lassen. Doch Hof und Gebäude betreffen dich natürlich auch. Ich konnte dir das einfach nicht sagen. Bei jedem Telefonat mit dir in den letzten Wochen wollte ich dir erklären, wie es um alles stand. Doch sobald ich deine Stimme hörte, verließ mich der Mut und ich versuchte das Gespräch auf dein Studium zu lenken. Ich hoffte, doch noch rechtzeitig die rettende Lösung zu finden. Ich schäme mich, dass ich dich fast um dein Erbe betrogen habe.«

Tränen strömten aus ihren traurigen Augen und ich konnte nicht anders, als sie tröstend in die Arme zu schließen - selbst um Fassung ringend.

Nach einer Weile lösten wir uns aus der Umarmung. Ich sah abwechselnd zu ihr und in die dunkle Ferne. Ihre Hände lagen zitternd im Schoß und ihre Finger zupften nervös am zerknäulten Taschentuch. Die hellgrüne Satinbluse war bereits sichtlich von ihren Tränen gezeichnet. Ich konnte ihr nicht helfen, doch ich konnte für sie da sein und versuchen, ihr weiterhin Arbeit abzunehmen. SIE war jetzt meine Familie, und wenn ich etwas von meiner Mutter mit auf den Weg bekommen hatte, dann war es der unermüdliche Einsatz für das Wohl der Familie. Meine Tante und ich bedeuteten meiner Mutter alles. Und dieses Gefühl wollte ich Eni ebenso vermitteln.

»Weißt du, es betrifft meinen Erbteil ja nur zum Teil und zweitens haben wir doch eine reelle Chance, die Versteigerung noch abzuwenden! Mach dir keine Sorgen. Ich unterstütze dich, wo ich nur kann, aber bitte schließ mich nicht mehr aus. Ich habe doch nur noch dich.«

Sie nickte bestätigend.

»Was sind das für Länder, die mir gehören?«, fragte ich neugierig.

Eni lächelte mich an.

»Sehr schöne, wenn auch keine Wertvollen. Der kleine Hügel dort hinter der Viehweide, auf dem du immer mit deiner Mutter zum Picknick warst, gehört zum Beispiel dazu. Oder hinter dem Stall die kleine Wiese mit dem See, den Chris so schön hergerichtet hat. Er sprach immer davon, später dort seinen Kindern das Schwimmen beizubringen. Ein Romantiker. Schade, dass ihm das passiert ist. Seine Frau wusste ihn einfach nicht zu schätzen. Ach ja, da ist noch ein kleines Wäldchen, das Chris entdeckt hat, als wir die Länder inspiziert hatten. Dort gibt es wohl einen kleinen zauberhaften Wasserfall. Ich bin hier aufgewachsen und wusste selbst nichts von diesem idyllischen Fleckchen. Da wollte ich seitdem auch einmal hinfahren«, erklärte sie. »Vielleicht können wir zwei gemeinsam einen kleinen Ausflug dahin unternehmen?«

»Schöne Idee!«, bestätigte ich ihr.

Gut, dass es dunkel war, denn ich wurde kirschrot. Kannte ich all diese wundervollen Orte bereits, und vor allem die pikanten Vorzüge dieses kleinen Wäldchens. Nun verstand ich auch, warum Tom dort am Wasserfall meinte, dass uns niemand stören würde. Schließlich handelte es sich dabei um Privatbesitz, und zwar um meinen Privatbesitz. Unglaublich! Diese wunderbaren Flecken sollten mir gehören?

Ich hatte damals kein Ohr dafür, als der Notar vor zwei Jahren das Testament meiner Mutter verlas. Zu tief saß die Trauer über ihren Verlust. Nun war die Freude umso größer.

»Deine Mutter hatte diese Länder ausgewählt«, unterbrach Eni meine Gedanken. »Sie wollte sicher die schönen Momente, die sie hier mit dir hatte bewahren. Geld spielte für sie jedenfalls nie eine besonders wichtige Rolle.«

Ich sah in den Himmel und sendete meiner Mutter einen imaginären Kuss und ein stilles *Ich liebe dich.*

Trotz der aufschlussreichen Erklärungen meiner Tante war mir immer noch nicht klar, was nun aus dem Hof werden sollte.

»Was habt ihr euch denn jetzt ausgedacht, wie ihr den Hof retten wollt?«, fragte ich deshalb noch einmal eindringlich nach.

»Chris will die alte Praxis verkaufen und hier im Nebengebäude neu eröffnen. Er möchte gern als Partner einsteigen. Sein Haus will er auch verkaufen. Höchstwahrscheinlich an Jo. Aber vielleicht geht der auch mit Chris' Frau in die Stadt. Das interessiert mich jetzt aber nicht mehr. Ich will ihn nur nicht mehr um mich haben. Er hat Hausverbot. Also falls du ihn treffen willst, musst du das irgendwo anders tun«, meinte sie verletzt.

»Tante Eni, glaub mir, ich habe kein Interesse daran, noch einmal mit Jo zu sprechen.«

In meinem Kopf hallten zwar Toms Worte nach, der meinte, dass ich trotzdem das Gespräch mit meinem Onkel suchen sollte, aber die Bilder von ihm und dieser Frau waren einfach noch zu frisch.

»Ist gut, Liebes. Ich will dir nur nicht das Gefühl geben, dass du dich entscheiden müsstest oder jetzt zu mir halten musst. Schließlich ist er dein Leben lang dein Onkel gewesen. Und darin war er immer gut.«

Sie machte eine kurze, beinahe sentimentale Pause und strich sich eine widerspenstige Haarsträhne aus dem Gesicht hinters Ohr.

»Egal, wie gesagt, die Tiere schaffe ich allein nicht mehr und so bin ich in mich gegangen und habe mich gefragt, was ich gern machen würde. Käse!«

»Käse?«, fragte ich grinsend nach und musste an Moni denken.

»Jawohl, Käse! Ich möchte meine eigene kleine Käserei. Ich werde den Viehbestand auf zehn Kühe reduzieren und eventuell auch Ziegen halten. Die regionalen Höfe haben großes Interesse geäußert, ihr Obst und Gemüse oder auch Wein und Honig hier zu verkaufen. Darum werde ich noch einen kleinen Hofladen einrichten und mit Toms Unterstützung die Ware zusätzlich online anbieten. Tom verkauft seine Autoteile größtenteils über seinen Online-Shop und hat damit gute Erfahrungen gemacht. Er wird mit mir gemeinsam die Homepage einrichten. Mit diesem Konzept werde ich nächste Woche hoffentlich die Bank überzeugen, den Kreditrahmen nochmals aufzustocken. Komm' doch einfach mit zur Bank, wenn du magst«, schlug sie vor.

»Ich komme gern mit. Das klingt absolut solide und breit aufgestellt. Das muss einfach funktionieren«, sprach ich ihr zu. Ich strahlte sie an und freute mich, dass es scheinbar wieder eine Perspektive im Leben meiner Tante gab und dazu noch eine recht schöne. Den Hofladen sah ich jedenfalls schon eingerichtet vor mir. Die Angespanntheit der letzten Tage wich nun einer neu gewonnenen Hoffnung, dass sich doch noch alles zum Guten wenden würde.

In dieser Nacht konnte ich besser schlafen, auch wenn mir meine geistige Entgleisung, was die Annahme, Eni und Chris seien ein Paar betraf, schwer zu denken gab.

Kapitel 7

Die restlichen Tage der ersten Woche vergingen wie im Fluge. Plötzlich war es Samstag und ich stand nackt in meinem Zimmer und wusste nicht, was ich zu Toms Party anziehen sollte. Auch Eni war mir bei der Kleiderwahl keine große Hilfe. Sie war ebenfalls eingeladen und sah in ihrem kurzen dunkelblauen Sommerkleid wunderschön aus. Von sorgenvollen Tränensäcken und fettigem Haar keine Spur mehr. Die kastanienbraunen Haare fielen ihr in großen Wellen über die Schultern. Smokey Eyes betonten ihre großen grünen Augen. Sie hatte sich gefangen und ich freute mich darüber, wieder die lebensfrohe Tante um mich zu haben, die ich seit meiner Kindheit so liebte.

»Eni, hilf mir bitte«, bettelte ich sie völlig überfordert mit der Kleiderwahl an.

Sie stand lachend im Türrahmen.

»Kein Wunder, dass die Männer den Blick nicht von dir lassen können. Du bist eine wunderschöne junge

Frau, Lissy. Du könntest einen Jutesack tragen und würdest trotzdem alle verzaubern.«

Ich starrte sie mit offenem Mund ungläubig an. Mit diesem Kompliment hatte ich nicht gerechnet.

»Äh, meinst du?«

»Ja, meine ich! Chris erzählt ständig von dir und hat sogar das Kälbchen nach dir benannt. Und Tom hast du ja, wenn mich nicht alles täuscht, schon näher kennengelernt, nicht wahr?«, bohrte sie mit einem alles sagendem Lächeln im Gesicht nach.

Das Blut schoss mir in den Kopf.

»Oh Gott, wie peinlich … du hast uns gehört. Eni, es tut mir leid! Glaube mir bitte, das war nicht geplant. Schon gar nicht in deinem Haus. Es kommt nie wieder vor!«, stammelte ich zutiefst beschämt. Ich wünschte, wie so oft, der Boden würde sich auftun und mich verschlucken. »Nach dem ganzen Durcheinander habe ich etwas tief ins Glas gesehen und Tom war für mich da. Es ist einfach passiert.«, erklärte ich und schnappte mir eine Hemdbluse, um meine Blöße zu bedecken, die mir in diesem Moment nur allzu bewusst geworden war.

»Halt mal die Luft an, Liebes. Erstens gehört das Haus zur Hälfte dir und zweitens sollst du so viel Sex haben, wie du willst. Genieße das Leben! Und die Liebe! In deinem Alter ist alles noch herrlich einfach und unkompliziert«, lächelte sie mich verständnisvoll an und strich mir eine Strähne hinters Ohr.

»Danke«, antwortete ich kleinlaut, aber erleichtert.

»Ich warte unten. Beeil dich, sonst ist das Fass leer, bevor wir ankommen«, beendete sie amüsiert unser Gespräch. Der blaue Glockenrock ihres Kleides drehte sich geschmeidig um ihre schlanken, langen Beine als sie mit einer schwungvollen Drehung das Zimmer verließ.

Ich widmete mich wieder meinem Kleiderhaufen und entschied mich nach einigen weiteren Missgriffen für ein süßes weißes Sommerkleid mit blauen Blümchen, was viel Busen zeigte und oberhalb der Knie endete. Nicht zu sexy, aber praktisch, falls Tom wieder über mich herfallen sollte. Ich war eindeutig zum Sexmonster mutiert.

Wenn das Amy wüsste …

Als wir auf den Hof der *Autoverwertung Noack* einbogen, war die Feier bereits in vollem Gange. Laute, lässige Musik dröhnte aus den riesigen Boxen, die rund um das Areal verteilt waren. Überall hingen bunte Lichterketten und Laternen und Menschen erzählten, tranken oder tanzten. Eine unglaubliche Kulisse bot sich uns mit den unzähligen, aufgetürmten Schrottautos im Hintergrund.

Wir steuerten erst einmal auf die Bar zu. Ein umgebauter uralter VW-Bus. Geniale Idee! Die uns zugewandte Seite des kleinen hellblauen Busses war der Länge nach in der Mitte geteilt und die obere Hälfte zu einem Überdach nach oben geklappt. Wir stellten uns darunter und gaben bei einem älteren Mann mit Schnauzer und dickem Bauch, über diesem ein Knopf gefährlich spannte, unsere Bestellung auf. Wie Eni nahm auch ich ein kleines Bier und stieß mit ihr auf einen wundervollen Abend an. Ich hatte richtig Durst und zog den Inhalt des Bechers in einem Zuge leer. Rasch tauschte ich den leeren Becher wieder gegen einen gefüllten, bevor ich ihr folgte.

Wir schlenderten über den lebendigen Platz und ich saugte die vielen Eindrücke von lachenden Gesichtern und sich rhythmisch bewegenden Körpern förmlich ein. Es versprach ein netter Abend zu werden. Etwas Spitzes stach in meine Fußsohle und lenkte mich kurz von den Geschehnissen um uns herum ab. Ein kleiner Kieselstein hatte sich in meinen Schuh verirrt. Der Boden bestand aus festem, gelbem Kiessand und ich bereute meine Schuhwahl bereits, bevor die Party für uns begann. Der erste Staub machte sich dank der offenen Riemchensandalen zwischen den Zehen bemerkbar. Mein Blick viel prüfend auf Enis Füße, die sich wohl in weiser Voraussicht für Ballerinas entschieden hatte. Na wunderbar! Unweit von der Bar befand sich eine ungefähr zehn Quadratmeter große Tanzfläche, an deren Rand wir hielten. Diese Holzfläche erinnerte an Holzdielenböden von Bierzelten - nur eben ohne Zelt. Meine Tante machte mich im Laufe des Abends mit vielen Leuten bekannt. Einige erkannte ich sogar von früher wieder, wie die Tochter vom Bäcker, mit der ich als Kind gern gespielt hatte. Von jung bis alt war hier jede Altersgruppe vertreten. Es mussten weit über hundert Personen sein.

»Wie oft machen die beiden diese Partys? Scheint ja nicht das erste Mal zu sein«, wollte ich von Eni wissen.

»Nein, die zwei veranstalten dieses Fest seit ihrem 18. Geburtstag. Es ist im Laufe der Jahre zur festen Institution geworden. Alle hier im Ort freuen sich schon immer darauf und viele steuern mittlerweile auch etwas bei. Statt Geschenke gibt es dann Bier, Salate und andere Sachen fürs Buffet.«

»Du meinst, das hier ist eine Geburtstagsfeier? Tom und Chris haben heute Geburtstag?«, fragte ich erstaunt und sah sie mit ungläubigen Augen an.

»Oh Mann, Liebes, Tom hat nichts gesagt? Der macht's aber spannend«, stellte sie amüsiert fest. Ich erzählte ihr von unserer Unterhaltung kürzlich, als ich ihn fragte, wie alt er sei.

Eni lachte.

»Typisch für ihn. Aber die Antwort soll er dir mal schön selber geben.« Lachend schüttelte sie den Kopf.

»Lass uns tanzen« schlug sie vor und zog mich zwischen all die anderen Gäste auf die Tanzfläche.

Dank der zwei Bier hatte ich den Tanzpegel bereits erreicht und bewegte mich so ausgelassen wie schon lange nicht mehr. Eni hingegen flippte total aus, was auch der Männerwelt hier zu gefallen schien. Der ein oder andere auf der Tanzfläche ließ sich von ihrer Lebenslust anstecken und auch ich traute mich immer mehr, aus meiner Schüchternheit auszubrechen. Chris und Tom kamen schließlich auch dazu, begrüßten uns mit herzlichen Umarmungen und wir gratulierten den beiden. Die zwei sahen einfach zum Anbeißen aus. Chris trug wieder eine gutsitzende Bluejeans und ein dunkelgraues Shirt mit weißem Wellenmotiv und einfache Flipflops. Sein längeres Deckhaar fiel ihm lässig in die Stirn. Tom hingegen trug eine schwarze Lederhose mit weißem Henley-Shirt. Die Knopfleiste war geöffnet und ermöglichte seinem Betrachter eine grandiose Sicht auf seine gebräunte muskulöse Brust.

Wie auf Bestellung lief plötzlich ein ruhigeres Lied. Chris schnappte sich Eni und Tom zog mich an sich. Sein betörender Duft stieg mir in die Nase und vernebelte meine Sinne. Plötzlich blitzten wieder Bilder von nackter Haut auf und meine Mitte zog sich reflexartig sich zusammen.

»Baby, ich freue mich, dass du gekommen bist. Als ich dich eben tanzen gesehen habe, ist meine Hose plötzlich ganz eng geworden«, flüsterte er mir ins Ohr. Ich keuchte, als sein heißer Atem dabei meine Haut streifte.

»Du bist mir noch eine Antwort schuldig, Tom«, versuchte ich abzulenken. Nur allzu gern wäre ich geradewegs über ihn hergefallen, aber die vielsagenden Augenpaare um uns herum erinnerten mich daran, dass wir nicht allein waren. Ich wagte einen Blick in seine wunderschönen blauen Augen. Freche Lachfalten zeichneten sich ab.

»Na gut, ich verrate es dir, wenn du mir einen Wunsch erfüllst«, forderte er. Wie sollte ich ihm an seinem Geburtstag einen Wunsch abschlagen können?

»Ich hoffe, dein Wunsch hat mit deiner engen Hose zu tun?«, flüsterte ich ihm übermütig jedoch innerlich zitternd zu und berührte dabei mit meinen Lippen sein Ohrläppchen - ganz aus Versehen! Diese zarte Berührung ließ mich fast ohnmächtig vor Verlangen werden und auch er verspannte sich in diesem Moment. Scharf zog er die Luft ein und presste seine Mitte gegen mich.

»Du solltest verboten werden, Baby!«, war seine Antwort und ich musste lachen.

Wir tanzten noch einige Songs miteinander und mein Körper entspannte sich wieder.

Gegen vier Uhr morgens waren nur noch wenige Gäste da. Meine Füße schmerzten vom vielen Tanzen. Auch Eni war müde und verabschiedete sich mit einem Augenzwinkern von mir.

»Viel Spaß noch Lissy, ich muss ins Bett!«

Ich winkte ihr verständnisvoll zu, setzte mich erschöpft in einen der beiden Strandkörbe nahe der Bar und entledigte mich meiner Schuhe. Ein erlösendes Aufstöhnen kam über meine Lippen, als meine Hände über die schmerzenden Stellen an den Fußsohlen strichen.

»Darf ich mal?«

Chris stand plötzlich neben mir und deutete auf meine Füße. Ich war etwas perplex, aber machte ihm Platz. Er setzte sich und hob meine Beine auf seinen Schoß. Eine durchaus intime Geste, dachte ich. Doch als er begann die schmerzenden Enden zu massieren, war alles vergessen. Ich gab mich einfach diesem Wahnsinnsgefühl hin und genoss die Massage. Ab und an entkam mir ein leises Stöhnen und er schenkte mir dafür ein scharfes Lächeln. Chris war ebenfalls angeschwipst und bedeutend lockerer als die vergangenen Tage.

Allmählich setzte die Morgendämmerung ein. Der Horizont nahm einen zarten Violettton an und erste Vögel begannen ihr morgendliches Ritual zu zwitschern. Diese romantische Stille gemischt mit vereinzelten Klängen von gechillter Musik und leisen Wortfetzen der letzten Gäste, ließ mich innerlich zur Ruhe kommen. Das war einer dieser wenigen vollkommenen Momente in meinem Leben. Ich fühlte mich angekommen und glücklich, schloss die Augen und gab mich den wohltuenden Berührungen hin.

Langsam wich der Schmerz einem Kribbeln, welches sich ungehindert im Körper ausbreitete. Quälend langsam streichelten seine Finger über meine Unterschenkel. Unfähig dem Vorgang Einhalt zu gebieten, ließ ich Chris gewähren und mein Körper begann sich unter seinen Händen zu rekeln. Ich nahm meine Erregtheit nur allzu wahr mitsamt der Nässe, die sich zwischen meinen Schenkeln ausbreitete. Als ich es wagte, meine Augen einen Spalt zu öffnen, bemerkte ich ein Augenpaar, welches uns von der Bar aus beobachtete. Tom stand mit dem Rücken an den VW-Bus gelehnt zusammen mit einer hübschen Rothaarigen, die eindeutige Signale ausstrahlte. Unentwegt landeten ihre Hände auf seinem Arm oder seiner Brust. Was das Flirten anbelangte, zog sie alle Register. Doch Tom wirkte so unaufmerksam, dass mir seine Gesprächspartnerin fast schon ein bisschen leidtat.

Fast.

Mehr zu interessieren schien ihn hingegen das Bild, welches Chris und ich abgeben mussten. Ich verhielt mich keinen Deut anders als Toms Gegenüber, konstatierte ich entsetzt. Mit dem eigenartigen Gefühl, bei etwas Unanständigem ertappt worden zu sein, entzog ich mich Chris' warmen Händen und nahm rasch meine Beine von seinem Schoß.

»Das war wunderbar, Chris. Ich werde mich dafür revanchieren«, bedankte ich mich höflich.

Um etwas Abstand zwischen uns zu bringen, griff ich nach den Sandaletten, doch seine Hand ergriff meinen Arm.

Irritiert blickte ich zu ihm.

»Oh, das wirst du Melissa!«, sprach er ruhig.

Kurz überlegte ich, wie ich das verstehen sollte, entschied mich aber dafür, nicht zu viel in seine Antwort hineinzudeuten. Ich benötigte dringend etwas Zerstreuung! Gerade noch fühlte ich mich im Reinen mit mir und der Welt und nun brachte ich mich durch mein eigenes zweifelhaftes Verhalten selbst ins Wanken. Vielleicht sollte ich mir endlich eingestehen, dass ich mich ebenso zu Chris hingezogen fühlte wie zu seinem Bruder.

»Ich bin müde Chris, meinst du, Tom braucht noch lange mit Arielle?«

Er ließ von mir ab und lachte amüsiert über meine Worte. Mit Daumen und Zeigefinger an seinen Lippen pfiff er in Toms Richtung, der sich sogleich von dem Rotschopf verabschiedete und auf uns zusteuerte.

»Lassen wir den harten Kern noch feiern«, meinte Tom, »wir wechseln die Location.«

Schon nahm er meine Hand, zog mich vom Strandkorb hoch und schließlich hinter sich her. Auch Chris erhob sich und ging uns zu meiner Überraschung nach.

Wir folgten einem schmalen Kiesweg über den Schrottplatz, der zur Lagerhalle führte. Ein Bewegungsmelder ließ die Treppe, die eher an ein

Metallgerüst erinnerte, hell erleuchten. Diese führte seitlich an der hellgrauen Lagerhalle empor zu einer roten Metalltür. Oben angekommen, öffnete Tom die unverschlossene Tür und bedeutete mir, mit einer Handbewegung einzutreten. Neugierig setzte ich einen Fuß über die Schwelle und ließ meinen Blick fasziniert über den riesigen Raum gleiten. Ein Loft.

»Wow!«

Viel mehr fiel mir in diesem Moment dazu nicht ein. Die beiden Männer folgten mir und Tom schaltete gedämpftes Licht und die Musikanlage an. *Sade*.

»Tanz mit mir.«

Eine leise Bitte, der ich nur zu gern nachkam. Unvermittelt küsste er mich leidenschaftlich, kaum, dass er seine Hände um mich geschlungen hatte. In winzigen Bewegungen begannen wir zu den sanften Klängen der Melodie zu tanzen.

»Baby, du wolltest mir doch einen Wunsch erfüllen?«, flüsterte er und nahm mein Gesicht in seine Hände.

Ich nickte.

Plötzlich spürte ich Chris hinter mir. Seine Hände umfassten meine Hüften. Erschrocken hielt ich die Luft an. Kein Laut drang über meine Lippen. Was sollte das? Was machte ich hier mit diesen zwei Männern oder vielmehr sie mit mir? Sollte ich nicht lieber Reißaus nehmen? Noch war es sicher nicht zu spät!

»Atme Baby. Wir wollen dich beide. Schenke uns diese Nacht. Es wird wunderschön. Ich verspreche es dir«, fügte Tom erklärend hinzu.

Ich konnte nicht antworten. Wie paralysiert stand ich einen Moment unfähig zu irgendetwas da. Tom küsste mich sanft. Chris strich indes meine langen Haare zur Seite, liebkoste meine Halsbeuge und streichelte meinen Rücken entlang, dass ich erschauerte. Meine Beine wurden schwach.

Willst du das wirklich Melissa, durchdrangen meine Gedanken die eingesetzte Schockstarre. Vielleicht hätte ich es mir insgeheim anders vorgestellt, mit Chris intim zu werden, doch das ich mich danach sehnte, stand außer Frage. Ich gab den letzten Widerstand auf, verabschiedete mich von dem Rest übriggebliebener rationaler Gedanken und wagte das Unaussprechliche.

Ein zustimmendes Kopfnicken folgte.

Es war meins.

Tom nahm meine Hand und führte mich zum Bett. Währenddessen hatte Chris sich seines dunkelgrauen Shirts entledigt und öffnete den Reißverschluss des Kleides. Wie in Zeitlupe streifte er die Träger von meinen Schultern und platzierte unzählige heiße Küsse auf meiner nackten Haut. Langsam ließ er den Stoff an mir herabgleiten, wobei mich das zufällige Streifen des Stoffes über meiner Haut erschaudern ließ. Allen Mut zusammengenommen drehte ich mich zu Chris um. Zweifelsohne wollte ich ihn genauso - seit unserer ersten Begegnung wollte ich ihn! Somit legte ich mutig meine Hände an seine rauen Wangen, zog ihn zu mir und küsste ihn.

Seine Lippen fühlten sich gänzlich anders an. Viel zärtlicher, zurückhaltender. Dennoch hatte es die gleiche Wirkung. Begierde stieg auf und entlockte mir ein Stöhnen.

Als ich Tom hinter mir wahrnahm, war dieser komplett entkleidet und ich spürte ihn hart an meinem Po. Seine Hände fassten um mich und kneteten meine Brüste hingebungsvoll. Wieder zwirbelte er meine Brustwarzen und ich begann schneller zu atmen. Es war unvorstellbar erregend auf diese Weise von zwei Männern berührt zu werden. Ich öffnete die restlichen Knöpfe von Chris' Jeans, der diese mit samt seiner Shorts abstreifte. Schon küsste er mich wieder und führte auffordernd meine Hand zu seinem Glied. Sanft massierte ich seinen Schaft und musste grinsen, als mir aufging, dass dies also die prophezeite Revanche war. Chris lächelte ebenfalls. Tom zog meinen Slip hinunter, nahm meine Hand und zog mich zu sich auf das große Bett. Ich schmiegte mich an seinen schönen Körper und widmete mich küssend seinem Mund. Meine Finger wanderten über seine Brust und zeichneten seine Muskeln nach. Meine Lippen folgten meinen Händen. Mit meiner Zunge glitt ich über sein Schlüsselbein und zog eine heiße Spur über sein Brustbein hinunter zu seinen Lenden. Ich genoss den Anblick seiner Erregtheit, die allein ich bewirkt hatte. Selbstbewusst widmete ich mich seiner Mitte, um diese nach allen Regeln der Kunst zu verwöhnen.

Die Anwesenheit eines zweiten Mannes war mir nur allzu bewusst. Mein neues Ich überraschte mich genauso wie die Tatsache, dass mir diese Dreisamkeit unendlich gut gefiel.

Chris kniete sich hinter mir aufs Bett, zog meinen Po näher zu sich und spreizte mit den Händen meine Beine. Sanft streichelte er meine Pospalte entlang bis über meine Schamlippen. Seine Hände auf mir. Davon wollte ich viel mehr. Es war viel schöner, als ich mir je hätte vorstellen können. Seine Finger teilten meine feuchte Scham, kreisten gekonnt um meine Perle und fanden in mir sofort den richtigen Rhythmus. Nicht mehr lange und ich würde kommen. Toms pulsierendes hartes Glied war weiterhin fest von meiner Hand umschlungen, seine Augenlider flatterten unter meinen Berührungen. Ich sah zurück zu Chris und sein animalischer Blick ließ für einen köstlichen Moment meinen Herzschlag aussetzen.

Ich wusste, dass er es war, den ich wollte.

Jetzt!

»Ich möchte mit dir kommen«, hörte ich mich flüstern. Das Funkeln in seinem Blick zeigte mir, wie stark auch er mich begehrte. Unerklärlicherweise wollte er mich ebenso.

Langsam schob er sein Becken vor und drang in mich ein. Dieses Gefühl, ihm plötzlich so nah zu sein, drohte mich auf eine berauschend wundervolle Weise zu zerreißen. Gierig auf mehr ergab ich mich all diesen neuen intensiven Gefühlen. Fühlte ihre Hände auf mir, spürte Chris' Stößen nach, schmeckte Toms Lust und ließ mich von *Sades Smooth Operator* in höhere Sphären tragen.

Tom rekelte sich laut stöhnend unter mir. Ich liebkoste seinen Schaft, nahm ihn tief in mir auf, bis er kurz davor Stand über die Klippe zu springen. Schließlich kam er und stöhnte meinen Namen. Matt ließ er den Kopf zurück ins Kissen sinken. Sein kraftvolles Stöhnen klang ab.

Ich erhob mich und schmiegte meinen Rücken an Chris' Brust. Seine starken Arme umschlangen mich und hielten mich aufrecht. Eine Hand fand meinen Busen, die andere fand den Weg in meinen Schoß. Ich war wie elektrisiert. Ihm unverhofft so nahe zu sein, mich auf diese Weise von ihm berühren zu lassen und die beobachtenden Blicke seines Bruders auf unser Liebesspiel gerichtet, entfachten das Feuer in mir. Mein Höhepunkt raste unaufhaltsam auf mich zu. Als ich meinte, diese ungeahnte Intensität nicht mehr aushalten zu können, brachen die Wellen auch schon über mir zusammen. Laut schrie ich die Lust heraus, um dem Druck meiner Gefühle ein Ventil zu geben. Ich war so auf meinen nicht enden wollenden Orgasmus konzentriert, dass ich fast verpasste, als Chris in mir kam. Sein Körper zuckte wild und er entließ ein heißes Knurren an meiner Ohrmuschel. Ich umgriff seinen Nacken für einen gefühlvollen Kuss und erlaubte mir, ihm diesen einen Blick zu schenken, der alles aussagte, was ich in diesem Moment empfand. Völlig überwältigt und angenehm erschöpft ließ ich mich auf Toms Brust fallen. Dieser nahm mich in seine Arme auf und kraulte durch mein zerzaustes Haar.

»Baby, das war wunderschön und das hoffentlich nicht nur für uns? Ist alles in Ordnung?«

Ich nickte erschöpft, aber nicht, ohne ihnen ein zufriedenes Lächeln zu schenken. Chris legte sich neben uns und streichelte mir sanft über den Rücken.

»Das war das beste Geschenk, was ich je bekommen habe. Danke Melissa.«

Meine Gedanken überschlugen sich. Wie konnte sich dieser Augenblick nur derart vollkommen anfühlen? Ich, nackt, zwischen ZWEI Männern! Nein, ich wollte diesen Moment nicht zerstören. Vielmehr wollte ich, dass es niemals endete. Ich strich Chris diese kleine freche Strähne aus dem Gesicht, die ihn so verwegen und sexy aussehen ließ, und nährte mich ihm für einen sanften Kuss. Seine samtig weichen Lippen teilten sich und nahmen meine Zunge auf. Erneut durchströmte mich ein brennendes Verlangen. Tom öffnete seine Umarmung und entließ mich. Ich setzte mich auf Chris' Mitte und beugte mich hinab zu seinen Lippen, die mich zärtlich empfingen. Tom streichelte sanft über meine Halsbeuge und strich mir die Haare zurück.

»Ich will dich noch einmal. Und ich will dir in die Augen sehen, wenn du kommst«, unterbrach Chris unseren Kuss.

Ich lächelte ihn an und erhob mich. Bewusst langsam nahm ich ihn in mir auf und genoss die Macht, die ich auf einmal verspürte. Um ihn ganz und gar in mir spüren zu können, stützte ich mich auf seiner Brust ab und richtete mich auf. Tom beobachtete uns und es war unübersehbar, wie sehr es ihn erregte. Beide Augenpaare auf mir zu spüren, während ich meinem Höhepunkt entgegen ritt, steigerte meine Lust exorbitant. Tom hockte sich neben uns, saugte an meinen Nippeln und mit meiner Hand verwöhnte ich seine Männlichkeit. Fest umschloss Chris meine Hüften und gab ein schnelleres Tempo vor.

»Melissa, schau mich an, wenn du kommst. Ich möchte dich sehen«, keuchte er.

Zu gern kam ich seinem Wunsch nach, hielt seinen Blick und ließ mich schließlich fallen. Laut stöhnend kam ich, gefolgt von Chris, der sich erneut heiß in mir ergoss, ohne auch nur ein einziges Mal den Blick abzuwenden. Wieder zu Atem gekommen, widmete ich Tom meine Aufmerksamkeit, um auch ihm Erlösung zu schenken.

Ein unbekanntes Geräusch weckte mich. Als ich meine schweren Augenlider öffnete, bemerkte ich, dass Chris mich beobachtete. Die Morgensonne schien auf sein schönes Gesicht und ich lächelte ihm verschlafen zu.

»Danke, dass du nicht weggelaufen bist, Lissy«, flüsterte er.

Als Antwort rückte ich näher zu ihm und streichelte über sein Gesicht. Wie konnte ich vor diesen wundervollen Männern davonlaufen? Sie hatten mein Herz schneller erobert, als ich A sagen konnte. Er drehte mich auf den Rücken und legte sich sanft auf mich.

»Chris, ich weiß nicht, was du mit mir machst, aber ich möchte dir noch einmal ganz nahe sein. Bitte schlaf mit mir«, bat ich ihn schüchtern von meinen eigenen Gefühlen überwältigt.

Seine Finger strichen sanft über meine Wange.

»Ich will dir ebenso nahe sein, seit ich dich das erste Mal am Bahnhof habe stehen sehen. Und glaube mir, das bringt mich fast um den Verstand!«

Ich hatte mich also nicht getäuscht. Zwischen uns gab es eine Verbindung - von Anfang an.

Langsam drang er in mich ein. Zärtlich begann ich ihn zu küssen und er erwiderte meine Küsse mit solch einer Leidenschaft, dass ich erschauderte.

»Was machst du nur mit mir?«, wisperte er mir ins Ohr. Das hätte ich auch gern verstanden. Was war es, was uns anzog? Seine Frage blieb unbeantwortet - genau wie die meinen, die mich stets quälten.

Unser Rhythmus indes blieb langsam. Gemeinsam erreichten wir einen wunderbar gefühlvollen Höhepunkt und schliefen eng umschlungen wieder ein.

Ich war hin und weg.

Von angenehmem Kaffeeduft und lautem Tellergeklapper wurde ich am späten Vormittag aus dem Tiefschlaf gerissen. Ein verschlafener Blick über das Bett verriet mir, dass ich allein darin lag. Die Küche befand sich gegenüber auf der anderen Seite des Lofts. Mit zusammengekniffenen Augen sah ich zu Tom hinüber. Dieser wirbelte in der Küche herum und brutzelte irgendetwas.

Chris war bereits fort.

Schweren Herzens erhob ich mich. Zu gern wäre ich nach dieser kräftezehrenden Nacht noch liegengeblieben. An gewissen Körperstellen hatten sich die ungewohnten Aktivitäten durchaus bemerkbar gemacht. Außerdem musste ich mal. Tom kam mir entgegen und begrüßte mich mit einem Kuss.

»Hey Prinzessin. Wie geht's uns heute Morgen?«

»Wie es dir geht, sehe ich ja. Ich habe zu wenig geschlafen. Mein Kopf tut weh. Und ich müsste mal dringend auf die Toilette«, jammerte ich.

Tom lachte und zeigte auf die Tür hinter dem Raumteiler, in dem die halbe Stadtbibliothek untergebracht schien. Hätte ich ihm gar nicht zugetraut. Ein Bücherwurm also. Hm. Und da ist es schon wieder dieses Schubladendenken, Melissa, schalt ich mich innerlich.

Das Bad war stylish. Nacktes Mauerwerk. Offene Wasserfalldusche und ein Waschbecken, was früher mal etwas anderes gewesen sein musste. Ein Karosserieteil? Auf dem Waschbecken fand ich eine neue Zahnbürste. Aufmerksam! Ich beschloss, schnell zu duschen, um meine schmerzenden Glieder zu entspannen.

Frisch geputzt und in ein Handtuch gewickelt, gesellte ich mich anschließend wieder zu Tom. Der hielt mir eine Tasse Kaffee entgegen. Guter Mann!

»Was magst du essen?«, fragte er und bedeutete mir, Platz zu nehmen.

Zur Auswahl standen Rührei, Toast und Eierkuchen.

»Muss ich mich entscheiden?«, fragte ich noch einmal nach, nur um sicherzugehen.

Tom lachte.

»Nein, nimm dir, was du magst.«

Und das tat ich! Ich probierte alles und genoss es, von meinem Gastgeber verwöhnt zu werden. Als ich mir Ahornsirup über meinen Eierkuchen goss, fiel mir wieder ein, dass ich ja immer noch keine Antwort auf meine Frage bekommen hatte.

»Tom, wo ich dir deinen Wunsch nun erfüllt habe, kannst du mir doch jetzt verraten, wie alt ihr gestern geworden seid.«

»Das war der Deal! 35«, verriet er ohne Umschweife.

Da ich in drei Wochen auch Geburtstag hatte, waren das 13 Jahre Altersunterschied. Huch! Die beiden machten definitiv einen jüngeren Eindruck, vor allem jetzt, wo ich sie etwas näher kannte. Also hatte ich mit meiner anfänglichen Einschätzung ganz richtig gelegen.

»Du weißt schon, wie alt ich bin, oder?«, fragte ich Tom.

Er lächelte nur.

»Spielt das eine Rolle?«

Hm. Für dich vielleicht nicht … Ich bog noch einmal zur Kaffeemaschine ab, um Nachschub zu besorgen. Tom folgte mir, drehte mich zu sich um und küsste mich. Entschlossen öffnete er mein Handtuch und hob mich auf die Arbeitsplatte.

»Lass mich dich noch einmal schmecken, Baby«, bat er zwischen unseren Küssen. Seine Lippen wanderten entschlossen meinen Hals entlang, saugten an meinen Brustwarzen und fanden schließlich auch meine Scham, die er zu liebkosen begann, wie nur er es konnte. Ich lehnte mich zurück, spreizte die Beine weit für ihn und genoss seine Zärtlichkeiten. Aber auch ich wollte ihn noch einmal in mir spüren, nachdem ich mich nachts hauptsächlich auf Chris konzentriert hatte.

»Bitte nimm mich, Tom. Ich will dich in mir spüren.«

Er öffnete kurzerhand seine Jeans, zog mich vor bis zur Kante der Arbeitsplatte und drang tief in mich ein. Etwas überrascht von seiner Spontanität, schnappte ich nach Luft. Er nahm mich hart und schnell und kreiste dabei gekonnt mit dem Daumen um meine Klit.

»Ich bin gleich soweit«, raunte er atemlos bereits nach kurzer Zeit.

Auch ich gab mich den nahenden Wellen hin und wir kamen beide laut und heftig. Er blieb in mir und zog mich in eine Umarmung. So hielt er mich einen langen Moment und ich genoss seine Nähe. Wenn ich mir überlegte, weshalb ich zu meiner Tante gekommen bin und wie sich in kurzer Zeit alles verändert hat, wurde mir regelrecht schwindelig. War so das Leben? Unberechenbar? Konnte ich meinen geradlinigen Kurs, den ich meiner Mutter und mir versprochen hatte, noch halten und war das überhaupt noch mein Wunsch? Nur Studium und sonst nichts? Eines stand jedoch fest! Ich wollte diese Einsamkeit nicht mehr spüren, die ich sooft, während der letzten zwei Jahre, ertragen hatte!

Es war bereits später Nachmittag, als Tom mich zurück zum Hof brachte. Er verabschiedete sich jedoch gleich, da er noch den Schrottplatz aufräumen wollte. Hilfe wollte er dafür nicht von mir.

Eni fand ich unten am See. Sie lag entspannt im Sand und las ein Buch.

»Na du? War es schön bei Tom? Wie gefällt dir sein Loft?«, fragte sie, als ich mich neben sie legte.

»Das Loft ist fantastisch! Seine Eltern haben da aber nicht gewohnt, oder?«

»Nein, natürlich nicht. Die wohnten in dem Haus neben dem Lager. Das haben die Männer aber verkauft, nachdem beide Elternteile verstorben waren. Das ist jetzt schon eine Weile her. Ihre Mutter starb noch während der Schulzeit an Krebs. Das war hart für die zwei. Aber ihr Vater Oskar war ein lieber Mensch. Der war immer für sie da. Ich war oft dort, als wir noch jung waren. Er machte mir immer heiße Schokolade mit einer extra Portion Sahne. Ich denke gern an die Zeit zurück. Oskar ist dann leider auch vor vier Jahren verstorben. Er ist einfach umgefallen und nicht mehr aufgewacht. Die beiden haben schon viel durchgemacht, aber vielleicht sind sie deshalb so sympathisch.«

Sie grinste mich wissend an. Diese zwei Männer sind mehr als nur sympathisch, ging es mir durch den Kopf.

»Kommst du morgen mit zur Bank, Lissy? Ich kann moralische Unterstützung gut gebrauchen«, wechselte sie das Thema.

»Sicher komme ich mit. Das habe ich dir doch versprochen! Sind Tom und Chris auch dabei?«, fragte ich vorsichtig nach. Es würde sicher eigenartig sein, beide zusammen zu sehen.

»Ja, sie kommen auch mit. Um neun werden wir abgeholt.«

Na prima! Über die Folgen unserer gemeinsamen Nacht hatte ich mir nicht wirklich Gedanken gemacht. Ich brauchte erst einmal eine Erfrischung.

»Kommst du mit schwimmen?«, lud ich Eni ein.

»Ach, lieber nicht. Ich surfe gerade auf der roten Welle«, zwinkerte sie mir zu.

Gott sei Dank blieb mir das seit ein paar Monaten erspart. Mit der Periode bekam ich leider immer Migräne, so dass mir mein Frauenarzt eine neue Pille verschrieb, die ich ein halbes Jahr ununterbrochen nehmen konnte, bevor ich mal wieder in den sauren Apfel beißen musste. Ich drehte ein paar Runden und verbrachte den Sonntag gammelnd am See neben meiner Tante. Abends grillten wir ein paar Würstchen über der Feuerschale und erzählten über Gott und die Welt.

Nach der morgendlichen Stallarbeit am nächsten Tag gingen wir duschen und machten uns fertig für den Banktermin. Eni war verständlicherweise aufgeregt, was sich nicht zuletzt darin äußerte, dass sie weder Kaffee noch das Brötchen anrührte, welches ich ihr mit ihrem Lieblingskäse belegt hatte. Auch Stillsitzen ging überhaupt nicht. Während sie pausenlos in der Küche die Sätze übte, die sie später dem Bankberater präsentieren wollte, trieb sie mich mit dem begleitenden Hin- und Herlaufen fast in den Wahnsinn. Ich war ohnehin schon angespannt genug, aber meine Tante schaffte es, dieses unbehagliche Gefühl zu steigern. Leider hing viel von diesem Termin ab. Nun kam es darauf an, wie es mit dem Hof weiterging und natürlich mit Eni und mir.

Punkt 9 Uhr standen Tom und Chris vor der Tür, um uns einzusammeln. Im Auto gingen sie noch einmal alles durch und beschlossen, dass es ausreichte, wenn Tom und Eni den Termin wahrnahmen. Chris hatte meine Tante bereits beim letzten Bankgespräch begleitet, um den Umzug der Tierarztpraxis vorzustellen, und war dem Bankangestellten somit bekannt. Tom hingegen unterstütze sie an diesem Tag bei der Vorstellung des Hofladenkonzeptes sowie der Käserei. Innerhalb der halbstündigen Fahrt nach Lüneburg schaffte es Tom, meine Tante zu beruhigen. Unglaublich, welche positive Wirkung er auf seine Mitmenschen hatte.

Chris und ich nutzten die Gelegenheit beim naheliegenden Bäcker einen Cafe-to-go zu erstehen, um anschließend einen Spaziergang durch den angrenzenden *Liebesgrund* zu machen. Das der Park in Lüneburg ausgerechnet diesen Namen trägt, hielt ich schlichtweg für Zufall. Wir schlenderten eine Weile nebeneinander her und nippten still an unseren Kaffeebechern. Zwischen uns kam eine unangenehme Spannung auf. Keiner wusste, was er sagen sollte, bis Chris plötzlich doch den Anfang machte.

»Weißt du Melissa, ich mache so was eigentlich nicht.«

Wie bitte?

»So was? Was meinst du Chris?«, fragte ich empört. Für mich war Sex zu dritt schließlich auch nicht alltäglich.

»Ich meine damit, dass ich nicht nach einer frischen Trennung so schnell mit jemandem intim werde«, erklärte er.

Ach, das konnte ich natürlich nachvollziehen. Er war sicher ein guter Mann. Seiner Liebsten treu ergeben und gebührenden Abstand einhalten, falls es zur Trennung kommt, waren bestimmt unumgängliche Manifeste in seiner Vorstellung von einer Beziehung.

»Chris«, ich hielt seine Hand und brachte ihn somit zum Stehen, »ich fand das, was vorgestern Nacht zwischen uns passiert ist, wunderschön. Und damit meine ich nicht nur den Umstand, dass wir uns zu dritt vergnügt haben. Nein, ich fühle mich stark zu dir hingezogen und ich will es genießen, solange es geht. Wer weiß, wie das alles wird mit dir und Tom, aber es fühlt sich gut an. Zum ersten Mal im Leben fühle ich mich lebendig und frei. Es lastet gerade kein Druck auf mir. Ich bin einfach nur dankbar, dass ich euch kennengelernt habe. Wenn es dir ebenso geht, dann genieße die Zeit. Und solltest du wegen der Trennung noch nicht so weit sein oder ich nicht die bin, die du gerade willst, ist das okay! Aber bitte sei nicht immer so ernst.«

Kaum hatte ich meinen Monolog beendet, küsste er mich entschlossen und beantworte somit alle zwischen uns stehenden Fragen. Atemlos fügte er hinzu, nur um sicherzustellen, dass ich diese für ihn untypische Aktion auch richtig verstand.

»Du bist die Einzige, die ich gerade will, Melissa. In dieser wundervollen Geburtstagsnacht war mir auf einmal alles klar. Ich war ein Idiot. Theresa hatte mich nie verdient. Wie ich überhaupt auf die Idee kommen konnte, mit solch einer verlogenen Person Kinder in die Welt setzen zu wollen, ist mir ein Rätsel. Der Fall ist jedenfalls abgeschlossen.«

»Das ist ein Anfang«, erwiderte ich zuversichtlich. Durch den Park gingen wir Hand in Hand, küssten uns und benahmen uns auch sonst, wie es normale Pärchen für gewöhnlich taten. Mir war bereits klar, dass ich mich bis über beide Ohren in Chris verliebt hatte. Allmählich kehrten wir wieder zur Bank zurück und warteten vor dem roten zweistöckigen Backsteingebäude. Die automatische Glastür öffnete sich schließlich und entließ einen ernst dreinblickenden Tom und eine sich schnäuzende Eni.

Mein Herz sank in die Hose. Oh nein, der Termin lief nicht gut und jetzt ist alles verloren, schnellte es mir durch den Kopf.

Doch dann begann Eni zu quieken.

»Wir haben den Kredit!«

Tom verfiel in schallendes Gelächter und wirbelte mich herum. Perplex beschrieb am ehesten meinen Gesichtsausdruck in diesem Moment. Die zwei hatten uns so was von verarscht. Ich freute mich trotzdem wie verrückt und war unendlich erleichtert über diese Wendung. Allesamt kehrten wir beim naheliegenden Italiener ein, um die Wendung gebührend zu feiern. Denn das war ja noch nicht einmal das Beste! Der Bankberater hatte mit der Leitung der Insolvenzabteilung telefoniert und anschließend die Umschuldung des alten Kredits bewilligt.

Da somit auch der Grund der Insolvenz weggefallen war, konnte Eni die Einstellung des Verfahrens bei Gericht beantragen lassen. Keine Versteigerung! Projekt Hofladen konnte starten.

94

Kapitel 8

Eni fand schnell umliegende Höfe, an welche die vierzig Kühe verkauft werden konnten. Ella und Lissy blieben natürlich bei uns, sowie alle anderen Muttertiere mit ihren Kälbern. Das reduzierte die tägliche Arbeit im Stall nicht unerheblich und ließ Eni mehr Zeit für die Planung des Umbaus. Nebenbei brachte der Verkauf auch etwas Geld in die leere Kasse.

Tom hatte zwischenzeitlich Kontakt zu einem Architekten hergestellt, der bei ihm für seine Oldtimersammlung regelmäßig Teile bestellt hatte. Eni hatte ihm bereits die Baupläne des Stalls zugesendet und außerdem erste Entwürfe, wie sie sich ihren Hofladen vorstellte, skizziert. Zwei Wochen nach dem Bankgespräch kam dieser Architekt zum ersten Besichtigungstermin.

Als der schwarze Jaguar pünktlich auf den Hof fuhr und unter der großen Linde gegenüber dem Haus parkte, waren wir aufgeregt und hüpften wie zwei kleine Schulmädchen. Bis besagter Architekt aus dem

Sportwagen stieg und mit selbstbewusster Gelassenheit auf uns zu schlenderte. Und von da an sagte Eni nicht mehr viel, denn der, der da auf uns zukam, war Henning. Enis Jugendliebe. Das erfuhr ich aber erst, nachdem er wieder fort war. Henning grinste, als er ihre Verblüffung sah und schloss sie ohne Zögern in eine herzliche Umarmung.

»Ich habe mich schon darauf gefreut, dich wiederzusehen Eni Weyl. Sei mir bitte nicht böse, dass ich mich nicht gleich zu erkennen gegeben habe. Ich hatte Angst, dass du mir den Auftrag wieder entziehen würdest.«

Eni löste sich aus der Umarmung und sah ihn immer noch irritiert an.

»Die Überraschung ist dir gelungen Henning. Aber ich heiße nicht mehr Weyl, sondern Hartmann, also noch«, gab sie schließlich von sich, gefolgt von einer knappen Vorstellungsrunde, indem sie auf mich zeigte und »Melissa« sagte und dann mit einem »Hennig« auf ihn deutete.

Wir gaben uns schmunzelnd die Hand und gingen zusammen zum Stall hinüber, um die Gebäude für die geplanten Umbauten in Augenschein zu nehmen. Ich musste mich schon wundern, wie ruhig Eni während des gesamten Termins war. Immer wieder beobachte ich meine Tante dabei, wie sie verstohlene Blicke an Henning heftete, wenn er uns seine Ideen mit vollem Körpereinsatz präsentierte. Er war groß und schlank und sein dunkles Haar bereits von ersten silbrig glänzenden Strähnen durchzogen. Ein attraktiver Mann.

Es stellte sich heraus, dass Henning den Nachnamen seiner verstorbenen Frau angenommen hatte und Eni ihn somit nicht als ihren Henning identifizieren konnte. Er war ihre erste große Liebe. Erster Kuss, erster Sex, erster Urlaub am Meer und so weiter. Dann folgten sein Architektur-Studium mit Auslandssemester und Jo. Wie das Leben spielte.

Nachdem Henning gegangen war, hätte ich am liebsten sofort losgelegt, hatten mich seine Pläne doch überzeugt. Eni freute sich auch, wurde jedoch, wie mir schien, von Hennings Überraschungsbesuch etwas ausgebremst - im besten Sinne …

Es machte so viel Freude Eni dabei zu beobachten, wie sie die darauffolgenden Tage damit zubrachte, Planung und Umsetzung des Umbaus zu organisieren. Meine Tante blühte regelrecht auf Dank dieser neuen Herausforderung. Mit Sicherheit hatte Henning auch Einfluss auf ihr Stimmungshoch. Ich hingegen fühlte mich mit der Stallarbeit mehr als unterfordert. Leider waren Tom und Chris auch stark eingespannt, da die beiden, neben den neuen Aufgaben auf unserem Hof, auch noch den eigenen Alltag zu bewältigen hatten. Somit hatte ich nach dem sexreichen Auftakt unerfreulicher Weise eine Flaute zu verzeichnen. Zu schön war die gemeinsame Geburtstagsnacht gewesen, um die meine Gedanken pausenlos kreisten, als dass ich bei dem einen Mal belassen wollte. Ich musste mir etwas einfallen lassen, um diesen Missstand zu beheben. Tom war die Woche beruflich unterwegs, darum rief ich Chris an.

»Hey Melissa, schön deine Stimme zu hören«, tönte er erfreut am anderen Ende der Leitung, was mir unweigerlich ein Lächeln ins Gesicht zauberte.

»Was liegt die kommenden Tage bei dir an? Könntest du fachmedizinische Unterstützung gebrauchen?«, fragte ich so neutral wie möglich.

»Lass mal überlegen. Schafe impfen. Hund kastrieren. Eine Einschläferung, falls die Mieze vom Pfarrer nicht mehr auf die Beine kommt, an drei Tagen Sprechstunde und die Bereitschaft natürlich. Hört sich das gut an?«

»Oh prima, das klingt nach Praktikum! Wann soll ich bei dir sein?«, erwiderte ich aufgeregt.

»Ich hole dich morgen früh gegen 6 Uhr ab. Bring' Kaffee mit, meine Maschine ist kaputt!«, brummte er gespielt missmutig.

»Wird gemacht, Sir!«, trällerte ich hocherfreut und legte auf.

Aufgeregt stürmte ich aus meinem Zimmer und sprang die Treppe hinunter. Eni saß bereits den ganzen Tag über Hennings Entwürfen und machte ihre Notizen auf den Blaupausen. Ich nahm neben ihr auf der Küchenbank Platz und erzählte vom anstehenden Praktikum bei Chris.

Erschöpft lächelnd sah sie auf.

»Das freut mich ehrlich, Liebes. Bis auf die Geburt des Kälbchens hast du ja seither nicht viel für dein Studium machen können. Dann viel Spaß dabei. Du kannst übrigens meine Stiefel haben. Die wirst du brauchen. Und …«

Sie machte eine überschwängliche Pause, um meine volle Aufmerksamkeit auf sich zu ziehen, »… ich habe auch Neuigkeiten.«

Sie kicherte.

»Nun sag schon, was gibt's?«, fragte ich gespannt.

»Henning hat mich zu sich zum Essen eingeladen. Er möchte mir sein Haus zeigen.«

Sie klatschte vergnügt in die Hände, was uns beide zum Lachen brachte. Ich nahm sie in den Arm, froh darüber, dass sie sich nach dem Dilemma mit Jo der Männerwelt gegenüber nicht verschloss.

Wie verabredet, stand ich am nächsten Morgen mit zwei Thermobechern Kaffee in der Hand zur Abholung bereit. Neben mir standen Enis Gummistiefel und warteten mit mir auf Chris. Den Jeep hörte ich schon von weitem und mein Herz schlug voller Erwartung gleich ein bisschen schneller. Er hielt direkt vor mir, stieg aus und schnappte sich mit seinem wundervollen Grinsen die Gummistiefel.

»Morgen, Lissy«, war jedoch alles, was ich zu hören bekam. Trotzdem bekam ich weiche Knie. Ob er sich seiner Wirkung auf mich bewusst war? Die Stiefel schmiss er nach hinten auf die Rückbank und hielt mir dann gentlemanlike die Beifahrertür auf.

Kein Kuss.

Schade, das fing ja nicht so gut an!

Auch während der Fahrt blieb seine Hand brav am Lenkrad. Somit schlürfte ich am Kaffee und genoss die Aussicht, die sich mir innerhalb als auch außerhalb des Autos bot.

Am Schafhof angekommen, holte er die Impfutensilien aus dem Kofferraum und wies mich an ihm zu folgen. Er erklärte alles präzise und ließ mich einen Großteil der Herde impfen. Durch seine ruhige, konzentrierte Arbeitsweise fiel es mir leicht, seinen Erklärungen und Tipps zu folgen. Selbst Chris musste zwischendurch immer wieder feststellen, wie gut wir zusammenarbeiteten, was er stets mit einem Lächeln untermalte.

Zu Mittag aßen wir bei der Bäuerin. Es gab Heidschnucken-Eintopf. Ich aß zwei Portionen. Das schmeckte einfach zu gut! Chris grinste nur und schüttelte den Kopf.

»Moni sagt immer, harte Arbeit braucht eine gute Grundlage!«, zuckte ich mit den Schultern.

Am späten Nachmittag war alle Arbeit getan. Meine schmerzenden Glieder erinnerten mich wieder an die unzureichend vorhandene Fitness. Wir fuhren direkt zur Tierarztpraxis und füllten den Impfkoffer wieder auf. Die anschließende Führung durch die Praxis zeigte, dass diese bereits in die Jahre gekommen war. Aber das Einrichten der neuen Praxis im Nebengebäude auf unserem Hof war bereits geplant und nach dem Umbau des Stalls sollten die Arbeiten dort beginnen. Ich folgte Chris die kleine Treppe hinauf ins Dachgeschoss des alten Fachwerkhauses. Ein typisch moderiger Geruch schlug mir entgegen und ließ mich reflexartig flacher atmen. Der winzige Raum vor mir war geprägt durch Dachschrägen, die nicht nur viel Platz raubten, sondern auch jede Menge Tageslicht verschluckten. Gegenüber dem Bett war eine kleine braune Single-Küche in eine Nische gepresst. Die unbestimmte Zusammensetzung der Schrankteile erinnerte mich etwas an *Tetris*. Der zweckmäßige Charme einer Ferienwohnung, die man mit notwendigem Gebrauchsmobiliar bewohnbar gemacht hatte, war eindeutig erkennbar.

»Das ist die Dienstwohnung. Hier schlafe ich zurzeit, wenn ich nicht bei euch im Gästezimmer übernachte. Eni hatte Mitleid und mir alles zurechtgemacht. Hier bin ich nur, wenn ich Bereitschaft habe, was in letzter Zeit häufiger der Fall ist«, erklärte er. Jetzt verstand ich auch, warum er den ersten Abend mit uns zu Abend gegessen hatte und am darauffolgenden Morgen bereits auf mich gewartet hatte, wenn auch furchtbar übel gelaunt.

»Bleiben wir denn hier?«, fragte ich vorsichtig nach. Dieses unromantische Ambiente sollte mich zumindest nicht von meinem eigentlichen Ziel abbringen.

»Naja, das wäre sinnvoll. Wir müssen etwas essen und mein Bereitschaftsdienst beginnt in knapp zwei Stunden. Da sollte ich hier sein. Also entweder bleibst du hier und wir kochen uns was Schönes oder ich bringe dich stattdessen nach Hause.«

Meine Entscheidung war längst gefallen. Er stand vor mir, den Kopf erwartungsvoll zur Seite geneigt. Als ich ihm jedoch nicht schnell genug antwortete, umfasste er mit einer Hand meinen Nacken und legte seine Lippen auf meine. Endlich! Dieser Kuss entschädigte für die Warterei. Ich genoss diesen Moment in vollen Zügen. Sein leises Stöhnen durchdrang die Stille gefolgt von den Worten: »Ich verstehe das als Zustimmung.«

Ich nickte, mein Blick gierig auf seinen Mund gerichtet.

»Lass uns duschen«, meinte er schließlich.

Oh ja, bitte lass uns duschen.

»Fantastische Idee!«, säuselte ich benommen.

Das Bad verfügte über eine relativ große geflieste Dusche, war im Übrigen aber erstaunlich alt. Ich schätzte 70er Jahre. Ockerbraun. Chris ließ nicht von mir ab und entkleidete mich Stück für Stück. Ich tat es ihm gleich. Rasch schob er mich unter die Dusche, die er zuvor aufgedreht hatte.

»Ich kann nicht mehr klar denken, wenn du bei mir bist Lissy. Du gehst mir einfach nicht mehr aus dem Kopf. Man sollte meinen, ab einem gewissen Alter hat man diese pubertären Anwandlungen hinter sich gelassen, doch …«

Ich küsste ihn, bevor er seinen Satz beenden konnte, und führte seine Hand über meine harten Nippel bis zu meiner feuchten Spalte.

»Spürst du, was du mit mir machst Chris? Ich will dir pausenlos nahe sein. Den ganzen Tag hast du mich nicht angefasst, aber genau danach sehne ich mich! Berühre mich bitte.«

Er drehte mich mit dem Rücken zu sich und hob mein rechtes Bein auf den kniehohen gefliesten Sims. Fingerspitzen strichen über meine Brüste und umkreisten die Nippel. Es brachte mich fast um den Verstand, als seine Finger der anderen Hand langsam begannen in mich einzudringen. Keuchend zog ich seine Lippen an meine und legte all meine

Empfindung in diesen Kuss. Endlich ersetzte er seine Finger durch seine pralle Erektion. Zu köstlich war dieses Gefühl, als er sich immer tiefer in mich bohrte und mit seinen festen Stößen genau auf diese Stellen traf, die mich schließlich laut aufschreiend kommen ließen. Chris hielt mich fest umschlungen, als auch er wenige Augenblicke nach mir seine Erlösung fand. Zärtlich wuschen wir unsere Körper und küssten uns innig. Wie gern hätte ich ihm gesagt, dass mein Herz jedes Mal einen Satz machte, wenn ich an ihn dachte, und fragte mich unweigerlich, ob er das Gleiche fühlte oder ob es sich für ihn nur auf das Körperliche bezog. Die grausame Antwort darauf, die ich mir selbst gab, verdrängte ich jedoch schnell. Was meinte Tom noch kürzlich? Man bekommt nicht immer das, was man sich wünscht.

Mit seinem Hemd bekleidet schnippelte ich Paprika und Gurke. Wir hatten uns für belegte Brote entschieden, da nicht mehr viel Zeit blieb, bis sein Dienst begann. Gut gelaunt tänzelte ich um ihn herum und genoss die Zweisamkeit. Nachdem wir gegessen hatten, ging er hinunter in die Praxis und schaltet die Klingel und die Beleuchtung der Notfallsprechstunde ein. Wieder zurück erklärte er mir seinen Laptop, damit ich endlich einmal meine E-Mails lesen und auch Amy anskypen konnte. Doch außer ein paar Werbemailings war nichts Interessantes dabei und die Internetverbindung war leider viel zu schwach zum Skypen.

Mit dem Gefühl, nichts in der großen weiten Welt verpasst zu haben, kuschelte ich mich zu diesem wundervollen Mann vor den kleinen Fernseher und schaute mit ihm eine alte Folge *Raumschiff Enterprise*.

»Ich habe diese Serie immer mit meiner Mutter gesehen. Wir haben uns immer herrlich über die *Special Effects* amüsiert«, vertraute ich ihm an.

»Meiner Frau brauchte ich damit nicht zu kommen. Sie stand auf *Sex and the City* und *Desperate Housewifes*. Aber Beziehungsdramen spielten sich bei uns mehr als genug ab. Wenn ich schon mal meine Zeit vor dem Fernseher vertrödle, dann auf der Suche nach Zerstreuung.«

Es war merkwürdig, ihn von seiner Frau erzählen zu hören. Ein unbehagliches Gefühl legte sich wie ein festes Band um meine Brust. Ich wusste nur allzu gut, was dies zu bedeutet hatte, doch übte ich mich ein weiteres Mal im Verdrängen.

Zärtlich streichelte er über meine Halsbeuge, was mich so sehr entspannte, dass ich wegdämmerte. Als es dann an der Tür klingelte, musste ich Chris schweren Herzens aus der Umarmung entlassen. Ich drehte mich um und schlief, geschafft von der Arbeit mit den Schafen, sofort wieder ein.

Ein angenehmes Ziehen zwischen den Beinen holte mich später aus dem Tiefschlaf. Chris war wieder bei mir und liebkoste meine Mitte mit seiner Zunge.

»Oh Chris, was tust du da?«, säuselte ich im Halbschlaf. Wie lange er mich bereits verwöhnte, wusste ich nicht, aber ich war kurz davor zu kommen. Meine Hände gruben sich in seine wilden Haare. Ohne zu antworten führte er seine Finger in mich, was ausreichte, um mir einen grandiosen Orgasmus zu bescheren.

»Jaaaahaa, Chris«, keuchte ich heiser und atemlos. »Auf diese wundervolle Art wurde ich noch nie geweckt«, stellte ich daraufhin fest.

»Und so dermaßen verrucht hat noch niemand meine Namen gestöhnt«, kam er amüsiert zu mir hinauf getigert und kuschelte sich an mich.

Die restliche Nacht blieb ruhig, so dass wir noch ausreichend Schlaf bekamen. Vor allem Chris.

Der erste Termin stand um 8 Uhr auf dem Plan. Gestärkt mit einem kleinen Frühstück standen wir pünktlich in der Praxis. Den Tisch für die Kastration eines Hunderüden durfte ich nach Chris' Anweisung vorbereiten. Das hatte ich zwar schon einige Male zuvor gemacht, doch seine Art, mir die Dinge zu erklären, gefiel mir außerordentlich gut.

Chris in diesem professionellen Arbeitsumfeld zu beobachten - in diesen enganliegenden weißen Stoffhosen und dem weißen Polohemd - stellte meine Konzentration jedoch mehrfach hart auf die Probe.

Die Narkose verlief problemlos und auch die Kastration vollzog Chris gekonnt, dabei erläuterte er wieder geduldig jeden Schritt. Das Vernähen der Wunde durfte ich sogar übernehmen, was ich bereits gut konnte, da der letzte Tierarzt mein Praktikum ernst nahm und mir nicht nur viel erklärte, sondern auch selbst durchführen ließ. Chris nickte mir anerkennend zu.

»Nicht schlecht dafür, dass du das noch gar nicht können müsstest. Ich bin beeindruckt.«

Über sein Lob freute mich natürlich und ich wusste, dass er es ehrlich meinte. Dennoch fühlte ich mich dadurch mit ihm nicht auf Augenhöhe. Dieser eine kurze Satz, dass ich gewisse Dinge noch nicht können müsste, verdeutlichte, wo ich stand und dass er bereits all das erreicht hatte, worauf ich hart hinarbeitete beziehungsweise, welch weiter Weg noch vor mir lag. In zweierlei Hinsicht gefiel mir dieser Umstand gar nicht. Einerseits wollte ich meinem Partner karrieretechnisch das Wasser reichen können und andererseits vermutete ich, dass auch ihm aufgefallen war, dass nicht nur der Altersunterschied zwischen uns klaffte. Seinen Erfahrungsvorsprung würde ich vermutlich niemals aufholen.

Leider kam auch der Pfarrer mit seiner Katze vorbei. Die Getigerte hatte die Nahrungsaufnahme gänzlich verweigert und auch die Vitaminzugabe während der letzten Tage hatte keine Besserung bewirkt. Es nützte nichts. Der Pfarrer konnte seine treue Freundin nicht mehr leiden sehen und somit wurde sie erlöst. Chris überließ mir das Stethoskop, um den Herzschlag zu verfolgen und bald schon den Tod feststellen zu müssen. Ich war über alle Maße ergriffen von diesem Moment und wusste mehr denn je, dass meine Berufswahl keine Fehlentscheidung war. Nachdem sich der Herr Pfarrer tränenreich verabschiedet hatte, übernahm Chris den Rest. Denn den leblosen Körper einzutüten und in die Gefriertruhe zu legen, damit sie mit den übrigen Kadavern später fachgerecht entsorgt werden konnten, brachte ich dann doch nicht übers Herz.

Die Sprechstunde am Nachmittag war überraschend gut besucht. Hunde, Katzen, Hamster. Zu guter Letzt kam ein aufdringliches Pudel-Frauchen, das vor meinen Augen mit Chris flirtete und ihn mehrmals

106

bat, einen Hausbesuch zu machen. Die Frau war etwa fünfzig, was scheinbar gar kein Problem für sie darstellte. Na schön, Chris war der attraktivste Mann, den ich je kennengelernt hatte, und dass er wieder zu haben war, verbreitete sich mit Sicherheit wie ein Lauffeuer. Insbesondere hier auf dem schwach besiedelten Land. Tatsächlich ärgerte ich mich über die absurde Eifersucht, die mich überkam.

Schlag sechs war Schluss mit Patientenbesuchen. Ich half die Instrumente, Schalen und Tische zu desinfizieren und gähnte dabei kräftig.

»Du kannst gern Feierabend machen, Melissa. Es war ein langer Tag und ich muss mich noch um den Papierkram kümmern.«

War das etwa ein dezenter Rausschmiss?

»Ist gut«, antwortete ich schnell und war oben, bevor er noch etwas hinzufügen konnte. Mit seinem Autoschlüssel in der Hand lief er wieder hinunter.

»Darf ich mir kurz deinen Jeep borgen? Ich brauche frische Sachen.«

»Ja okay«, antwortete er, ohne vom Bildschirm aufzusehen.

Zu Hause packte ich schnell ein paar Sachen zusammen und gab Eni Bescheid. Dann fuhr ich zur Pizzeria im Nachbarort und besorgte zwei Salate und eine große Pizza. Als ich gerade den Tisch mit den kulinarischen Köstlichkeiten eindeckte, kam Chris - nur mit einem Handtuch um seine Hüften geschlagen - aus der Dusche. Sein Haar war noch feucht und Wassertropfen rannen über seine Brust. Der Anblick war atemberaubend heiß. Diese Tropfen hätten ihren

Aggregatzustand ändern müssen. Ich musste schlucken und erstarb in meiner Handlung.

»Na, gefällt dir, was du siehst?«, war die Reaktion von Adonis, der dazu auch noch seine Arme vor der Brust verschränkte und frech grinste.

»Geht so«, antwortete ich unüberlegt. Das kann schon mal passieren, dass bei solch einem Anblick der Verstand aussetzt.

»Geht so. Ja, Melissa?«, hakte er bedrohlich ernst nach. Ich kümmerte mich stumm und völlig überfordert mit dieser Situation weiter um den Salat.

Er setzte sich direkt auf den Stuhl neben mir und schnappte mich, um mich ohne Vorwarnung übers Knie zu legen. Langsam schob er den Saum meines Kleides über den Po und ließ unvermittelt eine Hand auf den Hintern sausen. Ich quiekte und war mehr als überrascht, als sich ein angenehmes Ziehen in mir ausbreitete.

»Geht so, Melissa?«, wiederholte er seine Frage.

»Ja … ich meine nein …«

Klatsch.

»Chris, wirklich, du bist heiß. Ich liebe deinen Körper. Lass es mich wiedergutmachen, ja?«, gab ich kleinlaut von mir.

Er gab mich frei. Meine Haut brannte köstlich nach, was ich mit geschlossenen Augen kurz nachspüren musste. Finger umfassten mein Kinn. Behutsam öffnete ich meine Augen und sah sein Gesicht dicht vor mir, als wollte er mich küssen.

»Zeig mir, wie heiß du mich findest. Ich will es sehen«, forderte er stattdessen.

Bereits vor ihm kniend öffnete ich sein Handtuch. Liebkosend wanderte meine Zunge über seine Spitze und leckte über seine Länge. Mit der freien Hand massierte ich seinen Hoden und versuchte, seine Härte so tief wie möglich in meinen Mund aufzunehmen. Chris stöhnte und keuchte, warf vor Erregung den Kopf in den Nacken und führte mit den Händen meinen Kopf.

»Ich würde nur zu gern zwischen deinen wunderschönen Lippen kommen, aber ich will dir in die Augen schauen, wenn du mit mir kommst«, raunte er mir zu und unterbrach meine Zärtlichkeiten.

Bereitwillig nahm ich auf seinem Schoß Platz. Kaum, dass er in mir war, nahmen wir Tempo auf. Ich war so feucht, dass es klatschte, wenn er sich in mich bohrte.

»Sieh mich an Lissy«, keuchte er abgehackt.

Mühsam öffnete ich die Augen, als der Höhepunkt über mich hereinbrach. Und diese Flut an Gefühlen, die in diesem Moment auf mich einströmte, ließen meine Körper erzittern. Heiße Tränen rannen unbemerkt über meine Wangen.

»Danke Lissy für diesen wunderbaren Moment«, flüsterte Chris in meine Halsbeuge, als dieser nach seinem Orgasmus wieder zu Atem kam.

Ich hingegen brauchte etwas Raum, um das große Gefühlschaos, was dieser Mann in mir auslöste, zu ordnen. Ohne ihm in die Augen zu sehen, schaffte ich es, mich aus seiner Umarmung zu lösen und flüchtete ins Bad.

Was war das nur? Waren das einfach nur Tränen, die man vor Glückseligkeit vergoss? Aber warum nur fühlte ich mich gerade so unwohl? War es wieder die altbekannte Angst, jemanden zu verlieren? Panik überkam mich. Wie damals als meine Mutter mich allein auf der Welt zurückließ und dieses kalte Gefühl der Einsamkeit mich zu verschlingen drohte. Aber das mit Chris war doch viel zu frisch! Nein, ich musste mich zusammenreißen! Ich war auf dem besten Weg, etwas zu zerstören, was noch nicht einmal richtig begonnen hatte. Konzentriert versuchte ich, meine flatternde Atmung wieder zu normalisieren, und spritzte mir kaltes Wasser ins Gesicht. Ich fand eines seiner karierten Hemden und zog es über, um meine Blöße zu bedecken. Der weiche Stoff verströmte seinen wunderbaren Duft. Mit geschlossenen Augen und dem Wissen unbeobachtet zu sein, vergrub ich meine Nase im Hemdkragen und atmete tief ein.

Als ich das Wohnzimmer betrat, zappte Chris gerade durch die Fernsehprogramme. Er betrachtete mich eindringlich und ich gab ihm ein schwaches Lächeln zur Antwort. Dankbar darüber, keine Fragen beantworten zu müssen, setzte ich mich neben ihn und ließ mich mit kalter Pizza füttern.

Am nächsten Morgen rief Eni unerwartet an. Sie schluchzte, bei dem Versuch mir mitzuteilen, dass es Hermann schlecht ging. Nicht ahnend, was uns erwarten würde, machten wir uns sofort auf den Weg zu ihnen. Eni saß neben Hermann auf dem Verandaboden, streichelte das schwarz-graue Fell und hielt seinen Kopf wiegend im Arm.

»Oje«, entkam es Chris leise stöhnend, als er dieses traurige Bild erblickte. Mit dem Stethoskop hörte er den Hund ab.

»In seiner Lunge hat sich Wasser gesammelt und drückt aufs Herz. Eni, es ist nur eine Frage der Zeit. Du weißt, was ich darüber denke, aber entscheiden musst du.«

Chris legte seine Hand auf ihren Arm und rieb ihr sanft über die Haut. Schließlich nickte sie ergeben.

»In Ordnung. Ich hole kurz das Narkose-Set aus dem Auto«, erklärte Chris.

Inzwischen setzte ich mich zu Eni, die Hermann auf ihren Schoß gehievt hatte und mechanisch kraulte. Ihr liefen die Tränen und auch ich musste weinen bei diesem traurigen Anblick der beiden. Chris tat, was getan werden musste und ließ mir das Stethoskop da.

»Ich lass' euch dann mal allein. Meldet euch, wenn ihr etwas braucht.«

Eni nahm seine Hand und sah zu ihm auf.

»Danke«, sagte sie mit tränenerstickter Stimme. Er nickte, beugte sich zu ihr, um ihr einen Kuss auf ihr Haar zu geben und ging.

Das war eindeutig komisch. Solche zärtlichen Gesten sollte er mit mir austauschen! Mich aber ließ er unbeachtet. Warum war er mir gegenüber so wechselhaft? Wir hatten fantastischen Sex und er küsste mich, wie man jemanden küsst, für den man ernsthafte Gefühle hegt, zumindest war das meine Vorstellung davon. Und dann diese Momente. Nichts. Keine Gefühlsregung. Irgendwas musste er doch haben. War es doch der Altersunterschied? Oder wollte er einfach nicht mehr verletzt werden und mauerte deswegen? Ich schüttelte den Kopf und somit meine Gedanken fort. Jetzt war nicht der richtige Moment für tiefschürfendes Gedankengut.

Ich wollte für Eni da sein.

Wir schaufelten Hermann unter seinem Lieblingsbaum hinter dem Haus im Garten unweit der alten Trauerweide ein Grab. Ein wunderschöner Schatten spendender Walnussbaum. Eni schniefte unentwegt. Zwischendurch fand auch Henk zu uns, um ihr mitzuteilen, dass er das alte Scheunentor noch einmal reparieren konnte, ging aber schließlich mit dem Vorhaben, dem Hund noch ein schönes Kreuz zu zimmern, was Eni erneut die Tränen in die Augen trieb.

Abends saßen wir mit Wein auf der Hollywoodschaukel und sie erzählte mir von ihrem Date mit Henning. Er hatte sich ein altes Fachwerkhaus umgebaut, was sie schlichtweg umgehauen hatte. Sie beschrieb ein großzügiges Badezimmer mit freistehender Holzbadewanne, welches, dank eines Glasdaches, einen grandiosen Blick in den Sternenhimmel ermöglichte. Es gab einen großen Kamin im offenen Wohnzimmer, eine Galerie im Obergeschoss mit Blick hinunter auf den Kamin und viele kleine Zimmerchen, die unterschiedlich eingerichtet waren. Afrikanisch, maritim, englischer Landhausstil und ein Zimmer, das eingerichtet war wie ein Hotelzimmer. Letzteres fand ich äußerst witzig und musste lachen. Und dann war da noch der Wintergarten mit Brunnen und einer wunderschönen tropischen Bepflanzung. Eni war vollkommen verzaubert. Wobei ich mich fragte, was sie mehr verzauberte? Das Haus oder Henning?

»Wie war es denn überhaupt mit Henning wieder zusammen zu sein?«, wollte ich dann genau wissen.

»Schön«, antwortete sie schnell, gefolgt von einem »Ja, es war schön« und trank hastig einen großen Schluck von ihrem Wein. Hä? Glaubte sie ernsthaft, ich wusste nicht, was da passiert war?

»Eni?«, hakte ich nach.

»Ihr habt also miteinander geschlafen«, stellte ich fest, wenn sie es schon nicht sagen wollte. Und sie verschluckte sich sogleich. Bingo!

»Mein liebe Tante Eni, tue mir bitte den Gefallen und fange wieder an zu leben. Das ausgerechnet Henning hier auftaucht, kann doch kein Zufall gewesen sein. Das ist Schicksal!«, teilte ich ihr mit.

Sie sah mich verblüfft an.

»Wann bist du eigentlich so erwachsen geworden?«, fragte sie mich mit großen Augen.

»Na davon fühle ich mich oft noch weit entfernt! Aber ich habe viele gute Menschen um mich, die mich mit weisen Worten füttern«, grinste ich und hielt ihr mein Weinglas zum Anstoßen entgegen.

»Auf die Liebe«, kam es wie aus einem Munde und wir mussten lachen.

Kapitel 9

Seit meiner Ankunft auf dem Hof meiner Familie war mittlerweile fast ein Monat vergangen. Nachdem der Viehbestand reduziert worden war, gab es morgens im Stall nicht mehr viel zu tun und deshalb wechselten Eni, Moni, Henk und ich uns mit den täglichen Arbeiten ab. Somit hatte jeder mindestens einen freien Tag in der Woche. Moni freute sich riesig über diese neue freie Zeit. Sie hatte, seit sie denken konnte, gearbeitet, erzählte sie mir. Henk war wenigstens noch bei der Armee gewesen, um seinen Wehrdienst abzuleisten. Doch seine Frau hatte ihre heimatlichen Gefilde nie verlassen, geschweige denn je etwas anderes getan, als Kühe gemolken. An diesen lieb gewonnenen freien Tagen brachte sie selbst gebackenen Kuchen oder eingekochte Marmelade vorbei. Endlich traute sich Moni, den Frisör zu besuchen, und war so was von aus dem Häuschen, als sie feststellte, wie gut ihr doch die Dauerwelle stand. Und sie hätte das schon vor dreißig Jahren machen sollen, verriet sie mir. Niedlich.

Henk kam trotzdem jeden Tag. Er wusste sonst nichts mit sich anzufangen und reparierte den Traktor, die Weidezäune oder das Fahrrad, welches ich leider umfallen ließ, als ich der Meinung war, der Ständer wäre schon ausgeklappt gewesen. Erst schimpfte Henk ein wenig, aber ich erkannte trotzdem die Dankbarkeit in seinen Augen, ihm das Gefühl gegeben zu haben, gebraucht zu werden.

Tom ließ sich, aufgrund der vielen Arbeit auf dem Schrottplatz, gar nicht mehr blicken und das vielversprechende Praktikum bei Chris endete leider an dem Tag, als Hermann von uns gegangen war. Aber da er sich seitdem nicht gemeldet hatte, musste ich davon ausgehen, dass unsere Zusammenarbeit für ihn beendet war. Das war äußerst bedauerlich.

Nach Feierabend beschloss ich, diesen wunderschönen Sommertag auf dem Hügel mit dem Wäldchen ausklingen zu lassen. Eni wollte mich nicht begleiten und so ging ich allein. Die Sonne ging gerade unter, als ich ankam. Gut, dass ich die Taschenlampe mitgenommen habe, lobte ich mich gedanklich. Die dunkelrote Wolldecke breitete ich an derselben Stelle aus, an der ich mich immer mit meiner Mutter niedergelassen hatte. Die Sterne funkelten bereits am Firmament und die Grillen zirpten.

Es war so friedvoll.

Eine Weile lag ich da und genoss die Ruhe, bis ich ein Knacken vernahm und kurz darauf noch eines. Da kam doch jemand oder etwas! Ich schreckte hoch und griff nervös nach der Taschenlampe, die ich eine gefühlte Ewigkeit später endlich angeschaltet hatte und den Lichtkegel in die Richtung hielt, aus der ich das Geräusch vermutete.

Jo!

Er hob einen Arm, um seine Augen vor dem hellen Schein meiner Lampe zu schützen. Was wollte der denn hier, fragte ich mich und merkte, Wut in mir aufsteigen.

»Willst du mich zu Tode erschrecken?«, fuhr ich ihn an.

»Entschuldige, ich wollte dir keine Angst einjagen. Eni hat mir gesagt, wo ich dich finde. Ich möchte nur kurz mit dir reden. Bitte!«, flehte er schon fast.

»Jo, ich habe bereits genug gehört. Ich will nicht mit dir reden! Geh bitte«, entgegnete ich ihm zornig.

»Lissy, bitte. Ich wollte das alles nicht! Und vor allem wollte keinem von euch wehtun! Ich habe für mich einen neuen Weg gesucht, weil ich nicht mehr glücklich gewesen bin, verstehst du?«, erwiderte er mit zitternder Stimme.

»Jo, was erwartest du von mir? Was soll ich dazu sagen? Es gibt sicher andere Wege, sich zu trennen, als auf dem eigenen Hof die Frau eines anderen zu vögeln und sich dabei dann auch noch erwischen zu lassen! Das war furchtbar erwachsen von dir! Ich war übrigens bei euch. Schönes Liebesnest! Und glaub mir, das,, was ich dort gesehen habe, sah nicht nach einem reumütigen Ehemann aus!«, erklärte ich ihm unmissverständlich.

Ungläubig hielt er sich die Hände vor den Mund und flüsterte so etwas wie »Oh mein Gott«.

Ja, genau! Diese Bilder bekomme ich nicht mehr aus dem Kopf. Schönen Dank auch, schimpfte ich, sprach die Worte aber nicht laut aus.

»Das wusste ich nicht, Lissy. Woher wusstest du überhaupt…?«, fragte er geschockt nach.

»Chris hat mich hingefahren«, fiel ich ihm ins Wort.

Er drehte sich nickend ab.

»Klar, Chris! Wer sonst?«, murmelte er verbittert vor sich hin.

War das sein Ernst?

»Moment mal. Lass Chris da raus. Der hatte damit genauso viel am Hut wie Eni! Du und seine Frau, ihr allein habt das alles zu verantworten. Aber weißt du was? Eni blüht gerade erst richtig auf. Ich habe sie noch nie so voller Energie erlebt. Man kann nur dankbar sein, dass sich alles so gefügt hat. Und wir zwei sind jetzt fertig! Lass mich in Ruhe!«

Ich stand auf, knüllte einhändig die Decke zusammen und setzte an, so schnell wie möglich von hier fortzukommen. Doch Jo hielt mich am Arm fest.

»Lissy, lass mich dir noch was geben.«

Ich stoppte und sah etwas Helles in seiner Hand.

»Was ist das?«, wollte ich wissen.

»Ein Brief von deiner Mutter. Lese ihn bitte, dann wirst du mich verstehen.«

Widerwillig nahm ich dem Umschlag und verstaute ihn in der Gesäßtasche meiner Hose. Ich wollte nur noch weg von hier. Raus aus dieser unangenehmen Situation. Schweigend begleitete Jo mich noch zum Hof zurück und ging. Vielleicht für immer? Das kalte Gefühl des Verlusts machte sich erneut in mir breit. War das falsch, ihn aus meinem Leben zu streichen?

Hatte nicht jeder eine zweite Chance verdient? Heute konnte ich das jedenfalls nicht beantworten und ging ins Bett.

Geburtstag! Nichts sollte mir an diesem Tag die Laune verderben. Ich zog mir etwas Schönes an, schminkte mich sogar und ging gespannt nach unten in die Küche. Dort fand ich jedoch anstelle einer kuchenbackenden Eni nur einen Zettel von ihr vor.

Bin schon weg, Liebes,
fahre mit Henning in die Stadt,
Baumaterial zusammenstellen. Warte
nicht auf mich, wird bestimmt spät.
XXX Eni

Meine Tante hatte meinen Geburtstag vergessen, stellte ich enttäuscht fest. In diesem Moment hörte ich mein Telefon oben im Zimmer klingeln. Eilig rannte ich zwei Stufen auf einmal nehmend die Treppe hinauf und griff nach dem Handy, bevor der Anrufer wieder auflegen konnte.

»Weyl?«, keuchte ich.

»Hey Prinzessin, was ist los? Warst du joggen?«

Ich musste grinsen.

»Hi Tom, nein war ich nicht. Was gibt es denn?«

»Kannst du ins Loft kommen? Ich würde gern zu etwas deine Meinung wissen«, fragte er gutgelaunt.

»Warte, ich schau, ob Eni ihr Auto hiergelassen hat.« Schnellen Schrittes lief ich die Treppen wieder hinunter und war froh, als ich den roten kleinen Flitzer auf dem Hof stehen sah.

»Jepp, Auto ist da. Wann soll ich kommen?«, fragte ich hocherfreut darüber, heute doch etwas vorzuhaben.

»Sofort Baby!«, stöhnte er ins Telefon.

Ich verstand die Anspielung und kicherte.

»Ich liebe dein Lachen, meine Schöne. Bis gleich.«

Zwanzig Minuten später klopfte ich voller Erwartung an die rote Stahltür und ein halbnackter Tom in blauen Fisherman Pants öffnete mir. Heiß!

Kaum, dass ich eingetreten war, zog er mich an sich, um mich nach Tom-Manier wild zu küssen. Hm. Schon mal nicht schlecht für den Anfang.

»Später Baby, erst die Arbeit, dann das Vergnügen«, unterbrach er, was so vielversprechend begonnen hatte, und schob mich zu seinem Schreibtisch, der gegenüber der Eingangstür stand. Es war ein großer Tisch mit einem noch beeindruckenderen Bildschirm, auf dem Bilder von ihm und Chris und vielen Frauen wechselten. Nein, ich beschloss, nicht darauf anzuspringen und ihn zu fragen, wer die Frauen auf den Bildern waren.

Er bewegte die PC-Maus und drückte mich auf seinen Stuhl. Zum Vorschein kam ein farbenfrohes Bild mit der Aufschrift *Enis Hofladen*.

Als ich begriff, dass er mir Enis neue Website vorführte, fing ich an zu quieken und klatschte vor Begeisterung in die Hände.

»Tom, das sieht super aus! Wann hast du das denn alles gemacht?«

»Hm, wie lange haben wir nicht mehr gevögelt?«, fragte er und unterstrich seine Überlegung damit, sich mit zwei Fingern am Kinn zu kratzen und ernst zu gucken.

Ich schlug ihn für diese Frechheit auf seinen wohlgeformten Hintern und wir lachten.

»Ja, ist tatsächlich schon 'ne Weile her«, gab ich gespielt gelangweilt zu.

»Ach, das ist dir aufgefallen, Baby?«, zog er mich auf. Ich ließ das unbeantwortet und klickte mich durch die Seiten.

Hier und da hatte ich noch ein paar Ideen, die wir ausprobierten. Das Ergebnis konnte sich sehen lassen. Angebote und Preise konnten leicht aktualisiert werden und Tom hatte sogar ein gebrauchtes Kassensystem erstanden, welches einen Scanner hatte. Damit konnte Eni auch ihre Warenbestände automatisch aktuell halten, was für den Online-Bereich essentiell war, erklärte mir Tom. Einen Drucker für die Barcodes wollte er noch besorgen. Er steckte da viel Arbeit hinein und ich merkte, dass auch ihm das Projekt am Herzen lag.

»Lass uns losfahren«, bestimmte Tom, als er mit einer schwarzen Jeans und weißem Henley-Shirt bekleidet aus dem Bad kam.

»Was? Wohin denn?«, fragte ich verblüfft. Ich war davon ausgegangen, dass nun der Teil mit dem Vergnügen an der Reihe sein würde.

»Wir haben heute noch was vor!«, meinte er und schnappte meine Hand. Also fuhren wir mit Enis Auto zurück zum Hof.

»Bleib bitte kurz sitzen. Ich will nur schnell was holen«, sprach er und verschwand im Haus. Kurze Zeit später kam er mit einem Schal zu mir zurück und ließ mich aussteigen.

»Tom? Was soll das?«, fragte ich verwirrt.

Er küsste mich zärtlich und band mir den Schal um die Augen, um mich sogleich mehrfach um meine eigene Achse zu drehen. Das brachte mich zum Lachen und erinnerte mich an einen Kindergeburtstag. Dann führte er mich hier und da entlang und blieb endlich stehen. Schließlich band er den Schal los und ich sah die versammelte Meute jubelnd im Halbkreis stehen. Und als sie begannen, ein Geburtstagslied zu singen, bekam ich feuchte Augen. Sie hatten meinen Geburtstag nicht vergessen! Tom drückte mir einen Kuss auf den Mund.

»Alles Gute zum Geburtstag, Prinzessin«.

Eni drückte mich fest und küsste mich links und rechts auf die Wangen. Chris nahm mich in den Arm und flüsterte mir ins Ohr, mich später hemmungslos knutschen zu wollen. Aber ich wollte nicht warten. Ich hielt sein Gesicht in meinen Händen und küsste ihn einfach. Die verblüfften Ausrufe der anderen nahm ich durchaus wahr, aber sein Blick war das Risiko wert. Und ich schwebte mindestens dreißig Zentimeter über dem Boden vor Glück.

»Man kann ja nicht den einen Zwilling küssen und den anderen nicht. Das wäre ja ungerecht und außerdem habe ich heute Geburtstag und darf das!«, stellte ich mit gespieltem Ernst fest und ließ für meine Begriffe keinen Raum für Spekulationen.

Chris bekam den gesamten Tag sein schönes Lächeln nicht mehr aus dem Gesicht und mir fiel es schwer, mich mit meiner Zuneigung diesen beiden Männern gegenüber zurückhalten zu müssen. Somit tauschten wir nur vielversprechende Blicke aus.

Die Frauen hatten den großen Verandatisch mit der weißen Tischdecke, dem gepunkteten Geschirr meiner Oma und Sommerblumen gedeckt. Moni schenkte mir eine zweistöckige Geburtstagstorte, roter Samtkuchen mit Käsecremefüllung garniert mit Beeren. Henk hatte unter Einsatz seines Lebens bunte Bänder in die Trauerweide gebunden, was er mehrfach betonte. Er hatte sich dabei fast das Genick gebrochen, als die Leiter im weichen Grasboden plötzlich nachgegeben hatte. Eni und Chris hatten sich todesmutig gegen die Leiter gestemmt und das Schlimmste gerade noch verhindern können. Auch Henning war da, was mich freute. Eni und er hielten Händchen und tauschten verliebte Blicke aus. Ich durfte an der Stirnseite Platz nehmen und links und rechts von mir saßen Tom und Chris. Neben Chris setzte sich Moni und mir gegenüber saß Henk. Henning und Eni schlossen den Kreis. Dieser Anblick allein war schon Geschenk genug. Ich hatte all meine Lieben bei mir, nur Amy fehlte.

Wir aßen gemeinsam diesen fantastischen Kuchen und prompt war die nächste Idee geboren:

Hof-Café Moni.

Es war zu schön.

Die Brüder hielten unter dem Tisch heimlich Händchen mit mir oder streichelten über meine Beine. Ich bemühte mich, mir nicht anmerken zu lassen, wie sehr mich diese verbotenen Berührungen erregten, was mir nicht immer leichtfiel. So musste ich dann und wann das Bad aufsuchen, um mir kaltes Wasser ins Gesicht zu spritzen.

Nach dem Kaffee gab es noch ein Geschenk. Eni war aufgeregt, als sie mir das pink verhüllte Paket reichte.

»Ich musste mir ja jetzt für den Hofladen auch so etwas zulegen und Chris meinte, dass auch du Verwendung dafür hättest, Liebes.«

Neugierig öffnete ich Schleife und Papier und - tata - ein Notebook mit einem Apfel auf dem Deckel kam zum Vorschein.

»Das ist doch viel zu teuer. Eni, das Geschenk kann ich nicht annehmen!«, gab ich ihr zu verstehen.

»Du musst sogar. Ich bestehe drauf!«, erwiderte sie mit vor der Brust verschränkten Armen und einem bestätigenden Kopfnicken. Das übertraf meine gar nicht vorhandenen Erwartungen vollkommen. Ich hob den Deckel an und sah, dass bereits alles eingerichtet war. Sogar *Skype* war installiert. Dankbar lächelte ich Chris an.

Henk legte noch Steaks und Bratwürste auf den Grill und nachdem alles verspeist war und die Sonne langsam hinter den Hügel wanderte, machten sich alle, bis auf Tom und Chris, auf den Heimweg. Eni begleitete Henning nach Hause.

Der Mond stand bereits hoch am Himmel, als ich mit einem Glas Wein auf der Hollywoodschaukel Platz nahm und wartete, dass sich die Männer nach dem Aufräumen wieder zu mir gesellten. Nach einer Viertelstunde wurde ich langsam nervös. Jetzt, wo wir endlich allein waren, wollte ich noch ein paar Wünsche einfordern. Schließlich war ich auch so freundlich an ihrem Geburtstag gewesen. Ungeduldig stand ich auf, um in Richtung Haus zu gehen, und lief ihnen dabei in die Arme.

»Wo wart ihr denn solange? Heute ist mein Geburtstag und den möchte ich bitte nicht allein verbringen«, nörgelte ich unentspannt.

Tom grinste und gab mir einen Kuss.

»Sei nicht so ungeduldig. Das Beste kommt bekanntlich immer zum Schluss, oder Prinzessin?«

Na schön. Sie nahmen mich in ihre Mitte und führten mich hinunter zum kleinen See. Dort angekommen, nahm Chris ein Feuerzeug aus der Tasche und zündete eine Fackel an. Und dann noch eine und noch eine. Bald leuchtete mindestens zehn kleine Lichter um uns herum und spiegelten sich auf der Wasseroberfläche. Tom führte mich derweil auf eine Deckenlandschaft mit vielen Kissen, die sie auf dem kleinen Sandstrand drapiert hatten. Vor uns stand Enis Feuerschale, die Chris ebenfalls anzündete. Es war unglaublich romantisch.

»Mein Gott, wie schön das ist«, flüsterte ich gerührt.

Chris setzte sich zu uns.

»Das ist eine kleine Aufmerksamkeit von Tom und mir. Alles Liebe zum Geburtstag, Lissy.«

Daraufhin schenkte er mir einen wunderbar zärtlichen Kuss.

»Endlich darf ich dich so küssen, wie ich es am liebsten ständig und überall tun würde«, gestand er mir. Sanft hielt er mein Kinn und bedachte mich dabei

124

mit einem Blick, der genau das widerspiegelte, was ich in diesem Moment empfand.

»Ja, ich wünschte, das könnten wir«, antwortete ich ehrlich.

»Lasst uns schwimmen gehen. Das Wasser muss herrlich sein«, unterbrach uns Tom, der währenddessen aufgestanden war und nun nackt neben uns stand und von den aufkeimenden Gefühlen zwischen seinem Bruder und mir scheinbar nichts mitbekommen hatte. Tom half mir beim Aufstehen, und zog mir mein Kleid aus, Chris meinen Slip. Als schließlich auch Chris entkleidet war, liefen wir ins Wasser und ließen uns fallen. Dieses schwarze Nass um uns herum war eine völlig neue Erfahrung für mich. Allein wäre ich vermutlich nie auf die Idee gekommen, nachts in einen See zu steigen. Ohne die wärmende Sonne fand unser Bad jedoch ein schnelles Ende.

Gemeinsam stiegen wir aus dem Wasser und kuschelten uns in die Decken am knisternden Feuer. Tom machte uns *S'Mores*, eine amerikanische Köstlichkeit aus Keksen, gegrillten Marshmallows und Schokoladenstückchen. Himmlisch lecker waren diese süßen Teile. Genau die Kalorien, die ich jetzt brauchte. Mir war etwas geschmolzene Schokolade auf den Busen getropft, was Tom gleich zum Anlass nahm, mir mit seiner Zunge darüber zu lecken. Als er rein zufällig über einen Nippel fuhr, lehnte ich mich zurück in die Kissen, um ihm zu verstehen zu geben, dass ich davon mehr wollte. Nur allzu gern kam er dieser unausgesprochenen Bitte nach und intensivierte die Liebkosungen an meinem Busen. Genussvoll ließ ich die Lider sinken und fühlte nach, was Lippen und Zunge in mir bewirkten. Noch bevor Chris erste zarte Küsse auf meine Lippen pflanzte, konnte ich seine Hitze spüren. Reflexartig fanden meine Hände seinen Hinterkopf. Meine Finger gruben sich in seine Haare und unsere Lippen teilten sich. Münder. Zungen. Haut. Haare. Keuchen.

Alle meine Sinne waren geschärft. Um nichts auf der Welt wollte ich nur irgendetwas von dem Liebesspiel verpassen.

Tom wanderte indes, küssend meinen Bauch hinab zur Scham. Seine Zunge leckte zart über meine Spalte und sein heißer Atem, der über meine Knospe wehte, lies mich zittern vor Lust.

Chris dirigierte meine Hand zu seiner Mitte. Meine Finger umschlossen den samtigen Schaft und vollzogen das rhythmische Auf und Ab.

Tom ließ seine Zungenspitze über meine Perle sausen und schob langsam seine Finger in mich. Er zog sie jedoch wieder heraus, um meinen Anus zu benetzen, was mich erst überraschte, aber dann zunehmend erregte. Als er begann die empfindliche Öffnung zu weiten, erschauerte ich. Das Gefühl war vollkommen neu und überwältigend. In dieser Hinsicht war ich noch Jungfrau, aber ich konnte mir keinen besseren Moment als diesen vorstellen und keine anderen, denen ich mehr vertraute, als diesen beiden wundervollen Männern. Ich wollte sie beide! Wollte das hier gemeinsam mit ihnen erleben.

So erhob ich mich und gab Chris zu verstehen, dass ich die Position mit ihm tauschen wollte. Er legte sich unter mich und ließ sich von mir dem Mund verwöhnen. Tom drang langsam in mich ein und ich genoss jeden Stoß, der meine Brüste zum Schwingen brachte. Seine Finger drangen erneut in meinen Anus. Ein stimulierender Vorgeschmack auf das, was folgen würde.

»Willst du es wirklich, Baby?«, fragte mich Tom mit bebender Stimme. Sein gläserner Blick verriet mir, wie erregt er war und ich nickte ihm zu. Entschlossen sah ich zu Chris.

»Ich will euch beide in mir spüren!«

Tom zog sich aus mir heraus und ich setze mich zu Chris auf den Schoß. Sein erregter Gesichtsausdruck hielt meinen Anblick gefangen. Er erlaubte sich, für wenige Sekunden die Augen zu schließen, als ich auf ihn herabsank. Durch seine leicht geöffneten Lippen entwich ein köstlicher Laut. Zart und leise aber doch ursprünglich und roh. Tom platzierte seine Spitze an der Öffnung darüber und drang äußerst behutsam in mich ein. Erst als ich ausreichend gedehnt war, wurden seine Stöße tiefer und schneller. Beide füllten mich komplett aus und an dieses Gefühl musste ich mich erst einmal gewöhnen.

»Das ist der Wahnsinn, Melissa. Du fühlst dich unglaublich gut an. So eng«, gab Tom erregt zu.

Soweit es mir in dieser Position möglich war, drehte ich mich zu ihm und zog ihn zu mir, um meine Zunge wild um seine kreisen zu lassen. Chris setzte sich auf, saugte fest an meinen Nippeln und rieb sie zwischen zwei Fingern. Küsse. Nippel. Feste Stöße. Hände. Haut. Lautes Stöhnen.

»Lissy, ich halte das nicht mehr lange aus. Mein Gott, ich komme gleich«, wisperte Chris atemlos. Die

Zähne fest aufeinandergepresst. Seine Augen funkelten mir dunkel, fast mystisch, entgegen.

Pure Schönheit.

Sein Kampf zwischen grenzenloser Begierde und einer kaum noch möglichen Zurückhaltung wurde zu meinem eigenen. Augenblicklich kam Chris mit lautem Stöhnen, was auch mich, gefolgt von Tom, für einen Moment in eine andere Welt manövrierte. Wenige intensive Sekunden, denen ich mich vollends ergab.

Nur ich.

Und schließlich, als der Orgasmus langsam abebbte, einen pulsierenden Abdruck in meiner Blutbahn als Beweis dafür hinterließ, dass dieses ungewöhnliche Schauspiel real gewesen sein musste.

Erschöpft ließ ich mich auf Chris niedersinken und versuchte, meine Atmung wieder unter Kontrolle zu bringen. Tom, der sich neben uns gelegt hatte, nahm meine Hand und nachdem Chris uns mit einem Tuch bedeckt hatte, schliefen wir unter dem schwarzen Himmelszelt eng umschlungen ein.

Kapitel 10

Am Tag darauf hatte ich mit den Nachwehen dieser unglaublichen Nacht zu kämpfen. Gezwungenermaßen lag ich die meiste Zeit auf dem Bauch und machte mich mit meinem neuen Notebook vertraut. Es fiel mir nach den Geschehnissen jedoch nicht gerade leicht, meine Gedanken zu fokussieren. Diese beiden Männer und wild gewürfelte Szenen von nackter Haut und Lustschreien gingen mir einfach nicht mehr aus dem Kopf. Mein Körper wies erste Zeichen von Abhängigkeit auf und mein Herz war ihnen bereits hoffnungslos verfallen. Mit jedem Flashback entrann mir ein halb erregtes Stöhnen und ich ließ ergeben den Kopf sinken, um mich zu sammeln. Die Welt, die sie mir in sexueller Hinsicht offenbarten, überstieg meine Vorstellungskraft bei weitem. Allein mit einem Mann solch intensiven Sex zu erleben, war fantastisch. Aber diese intimen Gefühle und die unbändige Leidenschaft mit zwei Männern gleichzeitig teilen zu dürfen, war mehr, als ich mir jemals erhofft hatte. Mit jeder Stunde, die diese besondere Sommernacht gedanklich in weite Ferne rückte und mehr und mehr den Anschein erweckte, als wäre dies nur ein Traum gewesen, kam die Vernunft zurück und ließ mich nachdenklich werden. Einerseits hätte ich am liebsten in die Welt hinausgeschrien, wie glücklich ich war und wie verliebt. Andererseits stellte ich mir die schmerzhafte Frage, ob ich nur eine Gespielin für sie war? Leicht zu haben und zu allem bereit? Außerdem wussten sie beide, dass ich studierte und in weniger als acht Wochen wieder fort sein würde. Trotzdem hatte sich dieses sinnliche Liebesspiel auf ewig in mein Herz gebrannt. Ich gab mir zur Aufgabe, die Zeit, die mir noch mit ihnen blieb, zu genießen anstatt Gedanken daran verschwenden, dass es ein Ablaufdatum gab. Also beschloss ich, mich abzulenken, indem ich versuchte Amy via *Skype* zu erreichen. Das letzte Gespräch mit meiner besten Freundin war schon viel zu lange her. Als sie meinen Anruf annahm, sah ich nur ein dunkles Bild und etwas im Hintergrund flackern.

»Melissa, bist du es?«, meldete sich eine total verschlafene Amy.

Den Zeitunterschied hatte ich dabei leider nicht berücksichtigt.

»Oh Amy, sorry, ich wollte dich nicht wecken. Ich habe überhaupt nicht daran gedacht, dass bei dir in Australien gerade Nacht ist.«

»Ach, macht nichts. Jetzt, wo ich wach bin, können wir auch quatschen. Wie läuft es bei deiner Tante?«, fragte sie gähnend.

»Hier ist viel passiert, das kann ich dir jetzt nicht alles erzählen, aber ich habe jemanden kennengelernt«, gab ich offen zu und war selbst überrascht von mir.

»Waaaas? Das ist ja nicht zu fassen. Erzähl!«, bohrte sie neugierig nach.

Und ich berichtete ihr von einem wundervollen Mann, der zudem gut aussah und mit dem ich in Sachen Liebemachen äußerst zufrieden war, was Amy wiederum quieken ließ. Da sich Chris und Tom so ähnlich sahen, konnte ich dahingehend nicht viel verkehrt machen und beschrieb ihr weiter einen 1,85 m großen sportlichen Schönling Typ Surfer Boy. Das Alter sah man ihnen eh nicht an, also erwähnte ich es nicht. Nur wusste ich nicht, wie ich meinen angeblichen Traumprinzen charakterlich beschreiben sollte. Die beiden hatten trotz der gleichen Gene so verschiedene Charaktere! Also blieb ich dahingehend oberflächlich, denn lügen wollte ich nicht.

Amy berichtete mir etwas frustriert von ihrer überschaubaren praktischen Erfahrung in Sachen Tiermedizin. Immerhin hatte sie etwas mehr vorzuweisen als ich. Ihre Arbeitsaufträge beschränkten sich dennoch auf die Beseitigung von angefahrenen Tierkadavern und einem Besuch einer Krokodilfarm, um dort bei einem Umzug zu helfen. Die Aufzuchtstation sollte saniert werden und sie durfte die Eier in einen neuen Wärmeraum umsiedeln. Die Temperatur spielte bei diesen Tieren eine wesentliche Rolle. Je nach Temperaturbereich schlüpften Männchen oder Weibchen. Und neben der Wahrung der Unversehrtheit der Eier, war die Temperaturmessung auch schon das Anspruchsvollste dort. Eine andere Woche verbrachten sie auf einer Koala-Station, was das bisherige Highlight darstellte. Babybären die Flasche zu geben und mit sich umherzutragen war genau nach Amys Geschmack.

Davon abgesehen traf die Männerauswahl dort nicht ihren Geschmack, daher gab es von ihr diesbezüglich nichts Spannendes zu erzählen. Was Land und Leute betraf, war sie von Australien schlichtweg begeistert. Sie überlegte, nun mit Steve lieber noch ein paar Wochen durchs Land zu ziehen und etwas früher als geplant zurückzufliegen. Schweren Herzens beendeten wir nach fast einer Stunde unseren Austausch. Es war so schön, ihre Stimme zu hören, jedoch gab mir das Gespräch mit Amy zu denken. Ich hatte ihr nicht die Wahrheit sagen können. Wäre es wirklich so furchtbar zwei Männer zu lieben? Ganz offiziell? Wenn wir alle es genauso wollten? Aber das wiederum war eine maßlose Übertreibung von mir! Was wusste ich denn schon? Dass ich meinte, mich in Chris verliebt zu haben? Und Tom, hatte ich diesen wundervollen Mann nicht auch schon längst in mein Herz geschlossen? Bei Licht betrachtet war es nichts als meine Interpretation einer einseitigen Liebesbekundung mit einem Hauch Wunschdenken, es könnte doch auf Gegenseitigkeit beruhen. Ach, was machte ich mir vor? Und neben dem unausgesprochenen Gefühlschaos durfte man das Getratsche nicht unterschätzen. Und wo und vor allem wie wollten wir das auch ausleben? Die beiden waren fest verwurzelt mit dieser Gegend. Hier kannte jeder jeden. Chris baute sich hier eine neue Praxis auf und Tom war erfolgreich und glücklich mit seiner

Autoverwertung. Sie würden das alles nicht für ein 22-jähriges Mädchen aufs Spiel setzen, die noch nicht einmal einen Abschluss vorweisen konnte. Außerdem war die Uni sechs Zugstunden entfernt und die Zugtickets teuer. Das war alles ein riesengroßer Mist. Ich sollte aufhören, mir den Kopf darüber zu zerbrechen, solange vieles noch ungeklärt war.

Daraufhin entschied ich mich noch einmal nach meinen Ergebnissen der vorklinischen Prüfung zu sehen und loggte mich in das Uni-Portal ein.

Na bitte, alle Fächer hatte ich mit guten Punktzahlen bestanden. In Anatomie hatte ich sogar die Bestnote erreicht. Ich musste mir nur noch Gedanken machen, für welchen Fachbereich ich mich im Hauptstudium festlegen sollte.

Amy war sich schon vor Studienbeginn sicher, dass es Tierschutz sein sollte. Ich wusste es leider immer noch nicht. Ich wollte den Nutztieren treu bleiben, daher tendierte ich zu Milchkunde oder Virologie. Auch Pathologie war äußerst interessant. Ich würde Chris noch einmal zu Rate ziehen müssen.

Die darauffolgenden Tage vergingen wie im Flug. Zwei Wochen nach meinem Geburtstag begannen die Bauarbeiten geringfügig verspätet auf dem Hof. Ein kleiner Kran wurde neben dem Stall aufgestellt und ein LKW brachte Unmengen von Material, welches großzügig auf dem Hof verteilt wurde. Henning koordinierte alles so gut er konnte, nachdem Eni schreiend davongerannt war, als sie das Chaos sah.

»Der schöne Hof«, jammerte sie. »Machen wir das Richtige?«, wollte sie von mir bestätigt wissen.

»Eni, es wird perfekt werden, glaub mir. Die Entwürfe sind großartig und Henning schafft das schon. Ist ja nicht das erste Mal, dass er das macht«, beruhigte ich meine Tante.

»Ja, du hast recht. Ich bin furchtbar aufgeregt. Ich muss mich ablenken. Hast du noch Wäsche zu waschen? Dann bring sie gern in die Waschküche. Hausarbeit ist eine gute Ablenkung.«

Ich musste grinsen, da ich vor jeder Prüfung auch immer putzte. Das lag wohl in den Genen.

»Jepp, ich laufe schnell hoch und hole meine Schmutzwäsche.«

Oben im Zimmer angekommen, klaubte ich meine Sachen zusammen und brachte sie Eni.

»Leg bitte alles in den Korb und dann geh und genieße das schöne Wetter, Liebes«, nickte sie mir lächelnd zu.

Klasse. Freizeit. Nur leider wusste ich nichts mit mir anzufangen! Also schnappte ich mir das Buch, was Eni ausgelesen hatte und legte mich auf die Hollywoodschaukel.

Ich war so sehr in die Geschichte vertieft, dass ich Enis Kommen gar nicht mitbekam. Sie stand plötzlich sichtlich aufgelöst vor mir und wedelte mit einem Zettel vor meinem Gesicht.

»Wann wolltest du mir DAS eigentlich sagen Melissa? Ihr habt mich die ganze Zeit belogen und betrogen. Ich bin so bekloppt und falle auch noch darauf rein!«, schrie sie mich wütend an sichtlich bemüht, ihre Atmung unter Kontrolle zu halten.

134

»Eni, ich weiß nicht, was du meinst. Was ist denn passiert?«, fragte ich erschrocken nach und setzt mich auf.

So wütend hatte ich sie noch nie erlebt. Die tiefsitzenden Mundwinkel unterstrichen ihre Emotionslage nur allzu deutlich.

»Ich habe den Brief hier in deiner Wäsche gefunden. Das ist los!«, schnaubte sie ungehalten. Sie hielt den kleinen zerknitterten Umschlag hoch, den Jo mir vor einiger Zeit in der Nacht am Hügel gegeben hatte.

»Eni, Jo hat mir diesen Brief gegeben. Ich weiß gar nicht, was darin geschrieben steht. Er meinte, er wäre von meiner Mutter. Aber ich habe vergessen, ihn zu lesen. Was steht denn da, dass dich so wütend macht?«

»Ach lies doch selbst!«, meinte sie frustriert, schmiss mir das infernalische Stück Papier entgegen und verschwand. Mein Blick wanderte von meiner davonstürmenden Tante, deren Haarpracht, bei jedem ihrer wütenden Stampfer, wild wippte, hin zum Brief in meinen Händen. Ich zitterte und traute mich kaum, einen Blick darauf zu werfen. Wenn es Eni schon aus der Fassung brachte, was dort geschrieben stand, was machte es dann erst mit mir? Aber da er von meiner Mutter war, konnte es doch nicht so schlimm sein, oder? Sie war ein guter Mensch. Also öffnete ich das vergilbte Papier und begann zu lesen.

Geliebter Jo,
Du weißt, wie schwer es mir fällt, diese Zeilen zu schrei-
ben. Aber ich möchte nicht gehen, ohne Dir zu sagen, wie

sehr ich dich liebe. Du bist meine große Liebe und für immer in meinem Herzen. Ich werde das Kind bekommen und mein Bestes tun, damit es ein schönes und erfülltes Leben hat. Sei bitte nicht wütend mein Schatz. Ich bin sicher, dass alles gut wird und dass ihr beide - Du und meine Schwester - gemeinsam glücklich werdet und viele wundervolle Kinder bekommt. Unser Kind ziehe ich ohne Dich groß. Ich möchte aber, dass Du für es da sein wirst, wenn es etwas braucht oder ich Deine Unterstützung benötige. Als Onkel. Bitte akzeptiere meinen Wunsch und hasse mich nicht dafür. In ewiger Liebe, Deine Sarah

Ich hatte einen Vater! Jo war mein Vater! Himmelherrgott, war das zu fassen? Das Zittern meiner Hände hatte sich über meinen Körper gelegt und ich vernahm ein Schluchzen, was mein Eigenes war. Alles um mich herum verschwamm und dreht sich. Plötzlich ergab alles einen Sinn. Die viele Zeit, die er mit mir in den Ferien verbracht hatte. Die häufigen Besuche. Die kleinen Geschenke von ihm zwischendurch, die unser Geheimnis bleiben sollten. Die Zeit, die er bei mir war, als meine Mutter gestorben war, um die Beerdigung zu organisieren. Er war immer viel mehr gewesen als nur mein Onkel. Meine Mutter erklärte immer, dass er mich furchtbar liebhat, weil er leider keine eigenen Kinder mit Eni hatte und deshalb viel Zeit mit mir verbringen wollte.

Das konnte doch alles nicht wahr sein! Ich musste hier weg. Wie in Trance lief ich runter zum See und ließ mich in den Sand fallen, um meinen Gefühlen

Platz zu machen. Heulte laut los und schrie die Enttäuschung hinaus. Ich fühlte mich betrogen, um den Vater, den ich nie hatte und an dessen Stelle nun das Bild von Jo rückte. Ein Bild von einem Ehebrecher. Bitter nahm ich zur Kenntnis, dass ich der lebende Beweis für die Verfehlungen eines Mannes war, der es sich offenbar zur Lebensaufgabe gemacht hatte, die Frauen, um ihn herum, unglücklich zu machen. Und ich dachte, meinen Platz im Leben zu kennen. Doch es war nicht mehr als eine Lüge. Ich war eine Lüge! Wie viel Chaos war ein Mensch imstande zu ertragen? Tränen hatte ich bald keine mehr. Und dann war da nur noch eine alles überdeckende Leere in mir. Vor mich hinstarrend überlegte ich, was ich tun sollte. Wie sollte ich mich Eni gegenüber verhalten? Was war mit Jo?

»Eni hat mich angerufen. Sie meint, du könntest jetzt jemanden brauchen«, flüsterte mir Chris zu, der sich in diesem Moment zu mir in den Sand setzte. Ich war froh, dass er hier bei mir war.

»Bitte halt mich einfach nur fest, Chris«, begann ich wieder zu schluchzen.

»Sicher, komm her.«

Seine Umarmung tat unglaublich gut. Er streichelte mir beruhigend über Rücken und Haar und ich fühlte mich sogleich geborgen und ihm unheimlich nahe.

»Magst du es mir erzählen?«, fragte er nach einer Weile vorsichtig nach.

Ich setzte mich auf und schaute ihn lange an. Im Kopf formulierte ich derweil bereits den x-ten Anfang eines Satzes, der ihm nicht gleich die Luft zum Atmen nahm. Schließlich war es Jo, der mit Chris' Frau fremdgegangen war. Aber wie konnte ich etwas so Unfassbares schön verpacken? Es half nichts. Es musste raus.

»Es ist Jo! Chris, Jo ist mein Vater!«, gab ich ihm so tonlos wie möglich zu verstehen. Er dachte nach, aber sein Gesichtsausdruck blieb ausdruckslos.

»Und ich nehme an, du und Eni habt es gerade erst erfahren?«, fragte er mich ohne Wertung.

Ich nickte zustimmend und fragte mich, wie er so gefasst bleiben konnte.

»Jo hat vor einiger Zeit mit mir reden wollen. Ich gab ihm zu verstehen, was ich von seiner Affäre mit Theresa hielt und wollte, dass er Eni und mich in Ruhe lässt. Daraufhin gab er mir einen Brief. Diesen hatte er von meiner Mutter bekommen und er bat mich ihn lesen, dann würde ich ihn verstehen. Ich hatte den Brief aber über die ganzen Geschehnisse auf dem Hof hinweg völlig vergessen, aber Eni hat ihn heute in meine Wäsche gefunden und gelesen. Ich nehme an, sie hat die Handschrift ihrer Schwester erkannt und war neugierig. Aber ganz ehrlich, dass ich es nun weiß, macht es nicht besser. Ich verstehe gar nichts mehr! Sie liebten sich, Chris, und ich bin daraus entstanden. Jo war schon mit Eni zusammen und meine Mutter scheinbar nur eine Affäre. Doch in dem Brief steht etwas von aufrichtiger Liebe zu ihm. Ich werde nicht umhinkommen mit Jo zu sprechen, sonst werde ich nie erfahren, was hier vor sich ging. Du verstehst das hoffentlich?«, wandte ich mich an Chris. Er war nach wie vor nicht gut auf Jo zu sprechen, verständlicherweise. Völlig in sich ruhend nahm er meine Hand und küsste sie zärtlich.

138

»Natürlich Lissy, wenn er dein Vater ist, solltest du unbedingt mit ihm sprechen. Ich bin für dich da. Bitte vergiss das nicht«, versicherte er mir und streichelte verständnisvoll über meine Wange. Mir kamen schon wieder die Tränen. Diesmal vor Rührung und weil ich tief in mir spürte, dass ich diesen Mann nicht mehr lange um mich haben würde. Mit Ende des Praxissemesters, würde die Frage im Raum stehen, ob oder wie es weitergehen sollte? Aber würde irgendjemand die Frage stellen? Oder ließ man sowas einfach auslaufen?

Er küsste meine Tränen weg und beschloss, dass mir ein Spaziergang guttun würde. Hand in Hand liefen wir über die Wiesen und Felder und ich entspannte mich merklich. Dass er bei mir war, fühlte sich richtig und gut an.

»Was meinst du, Chris? Warum hat Eni dich angerufen? Warum nicht Tom?«

Chris blieb stehen und zog mich zu sich.

»Lissy, das kann ich dir nicht sagen. Da musst du Eni schon selbst fragen. Aber glaub bloß nicht, die Leute hätten keine Augen im Kopf!«

Oh, war das wirklich so offensichtlich?

»Meinst du etwa den Geburtstagskuss?«, fragte ich ungläubig nach. Das hatte ich doch sofort geklärt, oder war ich einfach zu naiv zu glauben, dass das keiner mitbekommen hatte?

»Der Kuss war nur ein Kuss. Da kann doch jeder denken, was er will. Weißt du, wie oft ich mit Mädchen auf Partys geknutscht habe? Das bedeutet doch nicht immer gleich die große Liebe! Nein, Eni kennt mich gut. Sie hat bereits gemerkt, dass ich mich in deiner Nähe ungewöhnlich verhalte, seit du während des Praktikums nicht nach Hause gekommen bist.«

Ach, Melissa. Innerlich schlug ich mir einmal mehr gegen die Stirn. Dass ich während des Praktikums bei ihm übernachtet hatte, war mehr als eindeutig. Er sah meinen entsetzten Gesichtsausdruck und lachte laut auf. Ich dachte darüber nach, was er über Eni und ihre Vermutung gesagt hatte. Wenn sie es wusste und uns nicht verurteilte, bestand dann eine reelle Chance, dass auch andere unsere Dreiecksbeziehung verstanden? Und was machte ich nur mit Jo? Wie konnte ich ihm jetzt, wo ich wusste, dass er mein Vater war, keine Möglichkeit geben, sich zu erklären? Ich schaute hinauf zum Himmel und hoffte auf ein Zeichen, das mir half, das Richtige zu tun.

Wieder zurück auf dem Hof, war ich noch nicht bereit Chris gehen zu lassen. »Bitte bleib bei mir, Chris. Mir ist es egal, ob Eni dann in ihrer Vermutung bestätigt wird. Ich will dich bei mir haben«, gestand ich ihm.

Wir standen neben dem Jeep und wäre Eni in der Küche gewesen, hätte sie in diesem Moment die beste Sicht auf uns gehabt.

»Melissa, mir ist es ehrlich gesagt egal, was die Leute davon halten, aber ich habe Pläne. Und dafür darf ich meine Kundschaft nicht vergraulen. Diese unorthodoxe Beziehung wäre schneller Dorfgespräch, als uns lieb ist. Und das wiederum würde auch auf Eni zurückfallen. Wir können diese Entscheidung nicht für uns drei allein treffen. Lass uns einfach die Zeit genießen, die uns bleibt.«

Er nahm mich in den Arm und verabschiedete sich anstandshalber mit einem keuschen Kuss auf die Wange. Dann fuhr er fort.

Gott, ich war so dumm. Er hatte recht. Wie konnte ich meine Bedürfnisse über die meiner Mitmenschen stellen? An die weitreichenden Konsequenzen hatte ich überhaupt nicht gedacht. Und was meinte er mit *Die Zeit, die uns bleibt?* Hatte er das Ende meiner Ferien vor Augen? Ich war verwirrt und völlig fertig, ging in mein Zimmer und verkroch mich unter der Bettdecke. Nichts und niemanden wollte ich heute mehr sehen. Keinen Jo, keine Eni und keinen der beiden Männer.

In dieser Nacht bekam ich kein Auge zu.

Kapitel 11

Eni ging mir aus dem Weg. Ich wiederum ging Chris und Tom aus dem Weg. Meine Laune war hundsmiserabel und ich fand einfach keinen Ausweg aus dieser emotionalen Schieflage. Tagelang zerbrach ich mir den Kopf darüber, wie ich auf meine Tante zugehen konnte, auch wenn ich letztlich gar nichts für das Verhalten meiner Eltern konnte. Eltern. Wie seltsam fremd das Wort in meinem Kopf widerhallte.

Mein Stalldienst, die einzige Ablenkung am Tag, war immer viel zu schnell vorbei. Mir graute es vor der Zeit, die ich mit mir und meinen Gedanken allein verbringen musste.

Henk kam eines Nachmittags zu mir und blickte mich mitfühlend an.

»Mädchen, ich weiß ja nicht, warum du so traurig bist, aber gibt es da gar nichts, was dich aufmuntern könnte?«, fragte er.

»Ich weiß es doch selbst nicht, Henk«, stieß ich missmutig aus. »Sag du es mir! Was soll ich tun?«, bat ich ihn um Rat.

Natürlich kannte er den Grund meines Stimmungsabfalls nicht, aber auch Eni ließ sich nur wortkarg und mit eiserner Miene beim Stalldienst sehen. Moni und er hatten sicher bemerkt, dass da was im Argen lag.

»Helfen kann ich dir da auch nicht Mädchen, das müsst ihr schon alleine schaffen«, nickte er mir auffordernd zu und fuhr fort.

»Weißt du, vor langer Zeit, hat mich deine Mutter genau das Gleiche gefragt. Das war vor deiner Geburt. Sie war verzweifelt und haderte mit ihrer Entscheidung. Sie fragte mich, ob sie sich für das Beste für sich selbst oder für das Beste für die Familie entscheiden sollte. Ich brauchte ihr gar keine Antwort zu geben. Diese Frage hatte sie sich bereits selbst beantwortet in dem Moment, als sie sie mir stellte. Du bist deiner Mutter in allem sehr ähnlich und wirst den richtigen Weg finden.«

Von Henk mit meiner Mutter verglichen zu werden, erwärmte mein eingefrorenes Herz ein klein wenig. Es ist doch oft so, dass man Entscheidungen treffen muss und meist weiß man zu diesen Zeitpunkten noch gar nicht, ob dies die richtige Entscheidung ist. Irgendwem tut man immer weh. *Ach Mama, hättest du doch mit mir darüber gesprochen, bevor du von dieser Welt gegangen bist.* Aber ein klein wenig Verständnis für das Verhalten meiner Mutter flammte in mir auf. Schließlich konnte ich mir denken, um welche Entscheidung es bei ihr ging. Sie wusste um die Schwangerschaft mit mir und überlegte, ob sie sich für ein Leben mit Jo entscheiden sollte, was unweigerlich zum Bruch mit meiner Tante geführt, wenn es nicht sogar noch weitreichendere Folgen gehabt hätte. Oder ob sie den Weg einschlug, der sie zur Alleinerziehenden machte. Was immer sie zur letzteren Entscheidung geführt hatte, konnte ich nur herausfinden, wenn ich endlich mit Jo sprach.

Entschlossen sprang ich auf und gab Henk einen Kuss auf die Wange, der verdutzt dreinschaute. »Danke Henk, danke für deine Hilfe«, rief ich noch im Weglaufen. War das mein Zeichen, auf das ich gewartet hatte? Ich lief hinauf in mein Zimmer und wählte Jos Handynummer.

»Hallo, hier ist Jo. Bist du das, Melissa?«, hörte ich ihn erstaunt am anderen Ende sprechen.

»Hallo Jo, ja ich bin's. Ich würde gern reden. Könntest du mich abholen?«, brachte ich angespannt und ohne Umschweife hervor.

»Ja klar. Gib' mir zwanzig Minuten. Ich fahre sofort los«, sprach er merklich überrascht und legte auf.

Nervös stieg ich zu ihm ins Auto. Wir fuhren ein Stück still nebeneinandersitzend, bis er an einem Parkplatz hielt, an dem sich ein Wanderweg anschloss. Wir gingen eine Weile schweigend diesen Pfad entlang. Keiner traute sich, etwas zu sagen. Und dann hielt ich die Anspannung nicht mehr aus.

»Warum wolltest du mich nicht, Jo?«

Er blieb abrupt stehen.

»Aber Lissy, wie um Himmelswillen kommst du denn darauf? Ich wollte dich immer haben! Leider ging es damals nicht darum, was ich wollte«, sagte er traurig.

»Dann erkläre es mir bitte! Was war das mit meiner Mutter oder Eni?«, fragte ich.

»Oh Gott, wo soll ich da anfangen?«, stammelte er. Sichtlich angespannt fuhr er mit beiden Händen durch die dunklen Locken und mehrfach über sein Gesicht. Seit seinem letzten Besuch in Stuttgart hatte er sich deutlich verändert. Silbergraue Strähnen waren in Haar und Bart zu erkennen. Er war zwar immer ein schlanker Typ gewesen, doch schien er etwas abgenommen zu haben. Seine sonst immer gutsitzende Hose hing heute locker an seinen Beinen. Trotz Bart wirkte sein Gesicht ebenfalls schmal.

Jo holte noch einmal tief Luft und sprach seine vorsortierten Gedanken laut aus.

»Seit wir Kinder waren, war ich mir immer sicher, dass ich Eni einmal heiraten, eine Familie gründen und mit ihr zusammen alt werden wollte. Selbst unsere Eltern sprachen davon, dass wir füreinander bestimmt waren. Ich arbeitete in den Ferien jeden Sommer bei euch auf dem Hof, um mir Geld dazu zu verdienen. Eni und Sarah waren immer dabei. Bis auf den einen Sommer nach unserem Schulabschluss. Eni wollte unbedingt mit ihren Freundinnen nach Frankreich, um den letzten Sommer, bevor das Leben ernst wurde, dort noch einmal richtig zu genießen. Sarah war bereits in der Ausbildung zur Krankenschwester und half nach ihren Schichten mit auf dem Hof. Wir verbrachten viel Zeit miteinander und bald musste ich feststellen, dass ich mich in dieses Mädchen verliebt hatte. Sie war genauso schön wie du, Lissy. Ihr großes Herz und ihre unerschütterliche innere Ruhe zogen mich wie ein Magnet an. Sarah war ganz anders als die quirlige Eni und sie verstand mich in vielen Dingen einfach besser als deine Tante. Es lag sicher auch daran, dass sie zwei Jahre älter war als ich, aber letztlich hörte sie mir einfach immer zu und ging auf mich ein. Eines Abends gingen wir gemeinsam auf den Hügel und erzählten die Nacht hindurch. Wir merkten erst, wie viel Zeit vergangen war, als die Sonne aufging. Ein magischer Moment war das. Da haben wir uns dann zum ersten Mal geküsst und du weißt schon …«, sagte er peinlich berührt.

»Du meinst, ihr habt miteinander geschlafen?«, hakte ich widerwillig dennoch neugierig nach.

Er nickte beschämt.

»Von da an trafen wir uns heimlich, so oft es ging«, schilderte er.

»Und was war mit Eni? Das war doch unfair ihr gegenüber!«, merkte ich an.

»Das war es zweifelsohne und machte uns schwer zu schaffen. Wir wollten damit aufhören, als Eni aus Frankreich zurückgekommen war. Doch das funktionierte nicht. Ich konnte meine Gefühle einfach nicht unterdrücken. Und deine Mutter auch nicht. Es war eine schlimme Zeit für uns. Aber deine Tante ahnte nichts. Wir verlobten uns wie geplant und Eni begann ihre Ausbildung zur Landwirtin, da sie den Hof übernehmen wollte. Sie war dann immer mehrere Wochen am Stück im Internat. Während dieser Schulphasen von Eni traf ich mich dann häufiger mit deiner Mutter. Doch eines Abends fand das Versteckspiel ein jähes Ende. Deine Großmutter erwischte uns, als wir auf dem Heuboden gerade halbnackt knutschten. Deine Großmutter kam, warum auch immer, die Heuleiter hinauf, sah uns und fing an zu fluchen und zu schimpfen. Ich bekam eins mit der Heugabel übergezogen und deine Mutter eine schallende Ohrfeige. Das war das Aus für uns, ohne dass wie je darüber sprechen konnten. Jedes Mal, wenn wir uns begegneten, bekam deine Mutter feuchte Augen. Und auch mir ging es nicht gut. Heiligabend nahm sie mich dann während des Gottesdienstes in der Kirche zur Seite und erzählte mir, dass sie schwanger sei. Für mich war sofort klar, dass ich mit ihr zusammen das Kind großziehen wollte. Ich sah mich schon mit ihr die Koffer packen und durchbrennen. Aber sie hatte bereits für sich entschieden, wie ihre Zukunft aussehen sollte und ich war nicht Teil ihres Plans. Am nächsten Tag war sie fort. Sie hatte sich eine neue Stelle gesucht, um ihre Ausbildung abzuschließen, weit weg von mir. Im Frühjahr kam sie dann mit der Geschichte bei ihrer Familie an, sie hätte jemand kennengelernt, aber es hätte leider nicht funktioniert und nun sei sie schwanger. Damit sorgte sie natürlich für Aufruhr im Hause Weyl. Deine Großeltern redeten lange nicht mir ihr und deine Oma sah mich von da an noch grimmiger an, als ahnte sie, dass an der Geschichte etwas faul war. Ich respektierte den Wunsch deiner Mutter, den sie im Brief geäußert hatte und ließ sie in Ruhe. Aber glaube mir, mein Herz war unwiderruflich gebrochen und es dauerte lange, bis ich mich mit der Situation arrangiert hatte. Irgendwann war ich bereit Eni zu heiraten. Sie ist eine tolle Frau und ich machte es mir zur Aufgabe, sie glücklich zu machen. Leider blieb unser Kinderwunsch unerfüllt, wie du weißt. Es fühlte sich an, als würde ich bestraft werden und Eni gleich mit. Wir probierten es lange, doch es tat sich nichts und Frust kam auf. Eines Sommers warst du mit deiner Mutter in den Sommerferien zu Besuch. Ich glaube, du warst gerade zwölf geworden. Da sind mir die Sicherungen durchgebrannt und ich wollte Eni verlassen und mit euch kommen. Doch deine Mutter machte mir deutlich, dass sie sich immer wieder für ihre Schwester entscheiden würde. Und dann kam sie so gut wie nicht mehr zu Besuch und schickte dich oft allein zu uns. Den Rest kennst du ja.«

Es entstand eine kleine Pause, in der wir wohl beide erst einmal über das traurige Schicksal von Jo und Sarah nachdachten. Während er mir davon erzählt hatte, formten sich unzähligen Bilder von meinen Eltern als Paar im Kopf. Ich hing manchen Bildern im Geiste ein wenig länger nach, als Jo mich schließlich als meine Gedanken riss.

»Dieser Brief ist der einzige Beweis, dass zwischen deiner Mutter und mir mehr war. Nicht ein Foto gibt es von uns. Nur diesen Brief. Ich habe ihn unendlich oft gelesen, nur um mir klarzumachen, dass ich mir das alles nicht eingebildet habe.«

»Du hast mich«, fügte ich ergänzend hinzu.

Er hielt inne und große traurige braune Augen schauten mich an.

»Ich bin ebenso ein Beweis eurer Liebe, Jo«, erklärte ich ihm, was ich zum Ausdruck bringen wollte.

»Ja Lissy, das bist du! Dich das sagen zu hören nach all den Jahren der Geheimniskrämerei, fühlt sich an wie ein Befreiungsschlag. Ich hatte für einen Moment das Gefühl, aus den Latschen zu kippen.«

148

Ich überwand die wenigen Meter Waldweg zwischen uns und umarmte ihn. Eine Geste, die alles sagte, was von Bedauern bis Verständnis reichte, allem voran aber das ausdrückte, was es war - das Bekenntnis zur familiären Bande. Wir gingen noch ein Stück stillschweigend nebeneinander her, als mir Theresa wieder in den Sinn kam.

»Und warum die neue Affäre? Liebst du diese Frau?«, wollte ich genau wissen.

Er seufzte und starrte in den Himmel. Kurz folgte er den schneeweißen Wolken, die über uns hinwegzogen, verriet mir dann aber doch seine Version dieser fragwürdigen Vereinigung.

»Die letzten Jahre lebten wir nebeneinander her, Eni und ich. Wir hatten uns nicht mehr viel zu sagen. Dann noch der Stress mit der Bank. Mir fehlte einfach das Gefühl, gewollt zu werden. Ich traf Theresa beim Friseur und wir kamen ins Gespräch. Sie sah deiner Mutter auf den ersten Blick ähnlich. Vielleicht war es das? Ich weiß nicht mehr genau. Jedenfalls fackelte sie nicht lange und wir hatten noch am selben Tag unser erstes Stelldichein im Auto auf einem Parkplatz. Sie wollte mich. Das fühlte sich so gut an. Ich forderte dieses Gefühl immer öfter ein und traf sie, wann immer es ging. Seltsam, dir das alles zu erzählen«, gab er zu.

»Jo, glaube mir, ich bin nicht scharf auf Details. Ich will es nur verstehen. Und irgendwie tue ich das auch. Doch es war trotzdem nicht richtig, anderen damit weh zu tun«, gab ich recht barsch zu bedenken.

»Da hast du vollkommen recht. Ich hoffe, Eni kann mir irgendwann verzeihen und auch du. Schließlich hattest du all die Jahre keinen Vater, der ich dir hätte sein müssen!«

»Ja, stimmt, aber daraus kann ich dir keinen Vorwurf machen. Das hat meine Mutter so entschieden und mir hat der Vater nie wirklich gefehlt. Meine Mutter war dahingehend eine Supermutter. Sie hat das gut hingekommen. Und ich hätte mir keinen besseren Onkel wünschen können!«, gab ich zu.

»Danke, dass ich es dir erklären durfte. Wo die Bilder meines Lebens und alle die Fehler und Fehlentscheidungen an mir vorbeiziehen, wird mir klar, dass ich noch einiges zu tun habe. Ich werde Eni alles erzählen und ich werde von nun an immer für dich da sein, Lissy. Nicht als Onkel, als Vater meine ich. Aber bitte verstehe, dass ich auch nicht allein bleiben möchte.«

Seine Stimme klang nachdenklich. Und ich war etwas überrumpelt von seinem Elan, die Dinge richten zu wollen.

»Jo, ich kann verstehen, dass du gern alles für dich bereinigt und geregelt haben willst. Aber hältst du es für eine gute Idee, Eni damit jetzt zu überfallen und einfach über ihren Kopf hinweg zu entscheiden, ab sofort offiziell mein Vater zu sein? All das, was meine Mutter mit ihrem Weggang vermeiden wollte, eine zerrüttete Familie und der Dorftratsch, wären doch umsonst gewesen. Bitte überstürze nichts. Lass uns doch erst einmal unsere Geschichte aufarbeiten. Schauen, wie wir in diesem neuen Konstrukt zurechtkommen. Eni beginnt gerade erst wieder von vorn. Sie hat sich verliebt. Wusstest du von Henning, ihrem Jugendfreund?«, fragte ich ihn.

Er sah mich entsetzt an und fing sich dann aber wieder.

»Nein, wusste ich nicht. Mit Henning war sie vor mir zusammen. Na ja, da waren wir alle noch Kinder, mehr oder weniger. Es ist komisch, sich Eni mit ihm vorzustellen. Aber ich freue mich für die zwei. Ehrlich!«, unterstrich er nochmals seine Worte. »Vermutlich hast du recht mit dem, was du darüber gesagt hast, dass wir erst einmal unser Chaos beseitigen, bevor ich auf Eni zugehe, Lissy. Heißt das, dass wir uns jetzt wieder öfter sehen können?« Er warf mir einen beinahe flehenden Blick zu.

»Natürlich möchte ich das. Du bist mein Vater und ein guter Mensch, auch wenn du Fehler gemacht hast. Ich bin auch nicht frei von Fehlern. Wie sagte doch kürzlich jemand so treffend? Es kommt darauf an, wie man auf die nicht so schönen Dinge im Leben reagiert! Lass mich am besten mit Eni reden, wenn sie soweit ist. Wenn du jetzt bei ihr auftauchst, machst du sicher alles noch viel schlimmer«, schlug ich vor.

Ich hatte zwar überhaupt noch keine Idee, wie ich das anstellen sollte, aber ich hoffte einfach darauf, dass mir zu gegebener Zeit etwas einfallen würde.

Es war bereits dunkel, als mich Jo nach Hause brachte. Es brannte kein Licht im Haus, also war Eni bei Henning. Gut so! Mein Gesprächsbedarf war für heute ausreichend gedeckt. Ich ging duschen und setzte mich danach mit meinem Notebook aufs Bett und checkte meine Mails. Amy hatte mir ein paar Bilder von sich und Steve aus Australien geschickt. Gern wäre ich jetzt auch weit weg von hier bei ihnen.

Sorgenfrei. Ohne die Familienprobleme im Nacken. Wie sich die Welt innerhalb von zwei Monaten derart drehen konnte, war mir unbegreiflich. Eben war ich noch die unerfahrene, naive Studentin - acht Wochen später hatte ich plötzlich Sex mit zwei wesentlich älteren Männern - gleichzeitig, jedoch ohne jede Perspektive in Hinblick auf eine normale Beziehung. Und dann musste ich den Verlust meines geliebten Onkels hinnehmen, um einen inoffiziellen Vater zu bekommen. Wo war da der Spaß geblieben? Was war mit meinen Vorstellungen von ›ich nutze den Sommer, um Erfahrungen für den klinischen Teil des Studiums zu gewinnen‹ geworden?

Amy schrieb, dass sie und Steve kommendes Wochenende den Rückflug antreten würden. Dann bliebe noch genug Zeit dafür, mit mir gemeinsam noch etwas anstellen zu können. Aber sie ging davon aus, dass ich die letzten Wochen noch mit meinem neuen Typen genießen wolle. Hatte die 'ne Ahnung! Sicher, ich hoffte, dass einer der Männer auftauchte oder gar beide und wir den wunderbarsten Sex der Welt haben würden! Doch bei Licht betrachtet, machte das alles nur noch schlimmer. Chris hatte recht, als er meinte, dass wir offiziell kein Paar sein könnten, ohne mit den Konsequenzen leben zu müssen. Seit er vor zwei Wochen vom Hof gefahren war, hatte ich nichts mehr von ihm gehört. Gut, ich hätte mich ja auch melden können. Aber war das nicht ein eindeutiges Zeichen?

Auch Tom machte sich rar. Mit Sicherheit waren die zwei sich bereits einig, das Ganze lieber gleich zu beenden, bevor es hässlich wurde. Zudem sollte mir die Geschichte meiner Eltern eine Lehre sein.

Kaum hatte ich diesen Gedanken gefasst, war plötzlich klar, was ich zu tun hatte. Überzeugt davon, das Richtige zu tun, packte ich meine Sachen in die Reisetasche und buchte mir ein Zugticket für den nächsten Tag.

Mit Jo besprach ich zuvor, dass er mich zum Zug bringen würde. Er war alles andere als begeistert über meine Abreise, aber ich erklärte ihm, dass ich es gerade für das Beste hielte, indem ich Eni in Ruhe ihr Projekt fertigstellen ließ. Wenn ich hier ständig herumspukte, würde sie nie die Ruhe finden und sie sollte sich auf das, was sie mit Tom, Chris und Henning plante, freuen können. So war es gut.

Ich hinterließ meiner Tante am nächsten Morgen noch eine Nachricht.

Liebe Eni,

ich habe mich entschlossen, abzureisen, damit Du in aller Ruhe Dein wundervolles Projekt umsetzen kannst, ohne dass Du mich ständig dabei sehen musst. Ich bin mir sicher, dass Du mit Henning, Tom und Chris keine besseren Menschen dabei um Dich haben könntest, und ich wünsche Euch für die kommenden Wochen gutes Gelingen. Ich hoffe, dass wir uns spätestens zur Eröffnung des Hofladens wiedersehen werden. Vielleicht schaffen wir es irgendwann, dass alles, was nun zwischen uns steht, aufzuarbeiten.

Hab Dich lieb und bis bald,

Deine Lissy

Jo schloss mich zum Abschied in eine feste Umarmung und nahm mir das Versprechen ab, mich zu melden, sobald ich zu Hause angekommen war. Ich durchlebte eine emotionale Achterbahnfahrt, seit ich den Entschluss gefasst hatte abzureisen. Und als der Zug anrollte und ich Jo nicht mehr sehen konnte, brachen alle Dämme. Zu gern hätte ich mich persönlich von Eni und allen anderen verabschiedet - unter anderen Voraussetzungen natürlich. Ich trauerte außerdem um die wundervollen Momente mit Tom und Chris. Was würde ich darum geben, noch einmal die Nähe der zwei zu spüren, die Zärtlichkeiten und ihre Leidenschaft zu erleben.

Ich war am Boden zerstört.

Viele Stunden später im Wohnheim angekommen, war ich nur noch ein Schatten meiner selbst. Ich ließ die Tasche unbeachtet auf den Flurboden sinken und begab mich auf direktem Wege in mein Zimmer. Dort blieb ich bis zum nächsten Abend. Dann konnte ich das Knurren meines Magens nicht mehr länger ignorieren und schlurfte in die Küche.

Na prima.

Dosenthunfisch.

Das war sicher das Letzte, worauf ich Appetit hatte. Ich zog mir schlechtgelaunt etwas über und stapfte kurz vor Ladenschluss zum Minimarkt auf dem Campus. Toast, Saft und eine viel zu teure Packung Schokoeis waren meine Beute.

An der Kasse stand ein gutaussehender Typ, der dem Namensschild zufolge Eric hieß. Prompt fiel mir ein, dass ich weder in den Spiegel geguckt hatte, bevor

154

ich frustriert die Wohnung verlassen hatte, noch waren meine Zähne geputzt.

Seit gestern früh!

Meine Gesichtsfarbe musste mittlerweile tiefes Schamrot angenommen haben und meinen Mund hielt ich vorsichtshalber fest geschlossen. Ich wollte schließlich nicht für einen Ohnmachtsanfall meines Gegenübers verantwortlich sein. Ich sah schon die Schlagzeilen vor mir.

»KOMA DURCH MUNDPUPS -
STINKERBRAUT ÜBERFÄLLT CHANCENLOSEN
VERKÄUFER«

»Na, schlechten Tag erwischt?«, fragte mich dieser Eric.

Und er hatte eine wirklich schöne Stimme. Na super. Ich schaffte ein Nicken, aber wagte es nicht, ihn anzusehen. Schnell klaubte ich meine Einkäufe zusammen und war weg. Ein scheußliches Bild musste ich abgegeben haben. Der Typ hinter mir konnte sich sein einfühlsames »Was hat die denn?« auch nicht verkneifen. Etwas Gutes hatte es, denn das war an Peinlichkeit nicht mehr zu überbieten.

Zuhause angekommen bemerkte ich ein Summen aus meinem Zimmer. Oh nein, mein Handy. Das war bestimmt Jo! Ihn hatte ich total vergessen.

»Hi Jo, sorry, dass ich mich nicht gemeldet habe. Ich habe es vergessen …«

»Wann hattest du vor uns zu sagen, dass du abreist? Ach, ja … gar nicht!«, fiel mir eine wohlbekannte

Stimme ins Wort. Es war Chris und er hörte sich sehr wütend an.

»Oh, Chris …«, kam es flüsternd aus mir raus.

»Eni hat mich gerade angerufen und erzählt, dass du abgereist bist. Warum Melissa? Warum haust du einfach ab? Ohne ein Wort?«

So, wie er es schilderte, verhielt es sich nun wirklich nicht. Das hatte ich doch Eni auch geschrieben.

»Chris, ich hielt es einfach für das Beste. Eni braucht Abstand und ich erinnere sie nur daran, was meine Eltern getan haben. Sie soll sich auf ihr Projekt konzentrieren, ich will nicht stören!«, erklärte ich ihm und hoffte auf sein Verständnis.

»Melissa, ich hätte es verstanden, wenn Eni dich darum gebeten hätte. Aber sie meinte, ihr hättet euch gar nicht mehr gesehen seit der Sache mit dem Brief. Wie um Himmelswillen kommst du auf das schmale Brett, dass sie deine Abreise gewollt hat, hm? Erkläre es mir doch bitte! Ich verstehe es nämlich nicht«, meinte er ungehalten.

»Sie war doch die ganze Zeit danach bei Henning. Was gab es da falsch zu verstehen?«, rechtfertigte ich mich verärgert.

»Nein, Eni war nicht bei Henning. Sie war bei mir«, meinte er tonlos.

Ich ließ zitternd das Handy sinken und starrte auf das Display. Seine Worte »Melissa? Melissa bist du noch dran …?« rückten in weite Ferne und in meinem Kopf zeichneten sich scheußliche Bilder ab. Bilder von Eni und Chris, die sich küssten und sich berührten.

Das war zu viel.

Ich ließ das Handy fallen und rannte ins Bad, um mich kraftlos zu übergeben. War das die Rache? Wollte mir Eni, die laut Chris wusste, dass wir mehr waren als Bekannte, damit zeigen, wie es ihr die ganze Zeit erging? Wie weh dies tat? Wenn das ihr Plan war, hatte es funktioniert. Es tat verdammt weh. Ich glaubte, mein Herz würde zerspringen, so schmerzte es in meiner Brust und ich bekam kaum noch Luft. Ich saß lange regungslos dort unten neben der Toilette und kauerte mich schließlich auf dem Badvorleger zusammen und schlief ein.

Es hämmerte in meinem Kopf immer und immer wieder. Bumm. Bumm. Bumm. Langsam kam ich zu mir und bemerkte, dass es nicht nur mein Kopf war, der schmerzhaft hämmerte, sondern jemand vor der Wohnungstür stand und energisch klopfte. Adrenalin schoss mir ins Blut und ich war auf einmal viel klarer. Die kleine Uhr am Spiegelschrank verriet mir, dass es weit nach Mitternacht war. Wer wollte denn um diese Uhrzeit etwas von mir? Brannte es vielleicht? Gekrümmt vor Magenschmerzen wankte ich zur Tür und erschrak fürchterlich, als es wieder laut pochte.

»Melissa, bist du da? Mach jetzt auf oder ich trete diese verdammte Tür ein«, ertönte es auf der anderen Seite. Ich traute meinen Ohren kaum und öffnete der bekannten Stimme.

»Chris, was machst du denn hier?«, brachte ich noch hervor, bevor mir schwarz vor Augen wurde und meine Beine mich nicht mehr halten wollten.

Leise Stimmen drangen zu mir durch.

»Sollten wir nicht einen Arzt rufen, Chris? Sie ist so blass.«

»Lass uns sehen, wie es ihr geht, wenn sie aufwacht. Ihr Blutdruck ist zwar noch ein bisschen schwach, aber der normalisiert sich, wenn sie etwas zu sich genommen hat.«

Ich blinzelte und sah einen verschwommenen Chris vor mir, der meine Hand hielt und streichelte. Langsam begann ich meine Glieder zu bewegen, die sich unheimlich schwer anfühlten. Kraftlos und müde. Ich versuchte, Chris' Hand zu drücken, was mir einigermaßen zitternd gelang und lächelte in seine Richtung. Er war hier. Er war bei mir. Ich fühlte ihn, es war kein Traum.

»Hey Lissy, wie geht es dir? Hast du Schmerzen?«, fragte er besorgt und streichelte meine Wange.

»Nein, mir tut nichts weh«, flüsterte ich.

»Wir haben uns große Sorgen um dich gemacht, Liebes. Bitte mach so etwas Dummes nie wieder!«, hörte ich plötzlich Eni reden.

Ich drehte mich in ihre Richtung. Sie stand am Fenster, ich hatte sie zuvor gar nicht wahrgenommen.

»Du bist auch da Eni«, sprach ich lauter aus.

»Aber sicher, Liebes. Hätte ich gewusst, dass du meine Abwesenheit so deuten würdest und das Weite suchst, hätte ich eher den Mut gehabt, mit dir zu sprechen. Lissy, du bist meine kleine Nichte und ich habe dich sehr lieb.«

Sie hockte sich zu mir ans Bett und fuhr fort.

»Wir zwei können überhaupt nichts für die Dinge, die Sarah und Jo angerichtet haben. Chris hat mir gehörig den Kopf gewaschen und es tut mir aufrichtig leid, dass ich nicht für dich da war. Bitte verzeih mir, Liebes.«

Ein Schluchzen folgte ihren Worten. Auch mir liefen die Tränen still über die Wangen, als ich ihrer Stimme lauschte.

»Ich habe dich auch lieb, Eni«, brachte ich zitternd hervor und sie nahm mich in den Arm. Das tat so gut und ich ließ los und weinte. Dieses Mal vor Erleichterung.

Chris ließ uns zwischendurch kurz allein, um etwas zu Essen zu besorgen. Die ersten Geschäfte hatten bereits wieder geöffnet. Mein Frühstücksangebot sagte ihm nicht so zu. Er meinte, mit Abschluss des Studiums hätte er auch das schlechte Essen hinter sich gelassen. Ich durfte mich derweil mit dem Saft begnügen. Mein Kreislauf war noch nicht wieder auf dem Damm und ich musste vorsichtig mir der Nahrungsaufnahme beginnen. Eni kuschelte mit mir, wie früher, als ich noch klein war. Wir beschlossen einvernehmlich, das Thema mit meinen Eltern hinter uns zu lassen und nach vorne zu sehen. Egal wie man es drehte und wendete, sie war meine Tante und das genügte ihr. Mehr musste sie nicht wissen. Eni wollte meine Mutter in guter Erinnerung behalten und keinen Groll gegen sie hegen, zumal sie keine Stellung mehr dazu beziehen konnte. Nur die Version von Jo zu hören, erschien ihr nicht ausreichend. Wie sehr mich unser Gespräch erleichterte, wurde mir erst bewusst, als sich mein Magen mit einem unüberhörbaren Grummeln meldete. Diese vielen Irrungen und Wirrungen der letzten Wochen brachte mein sonst so strukturiertes Leben gehörig in

Schieflage. So verrückt das auch klingen mochte, fühlte ich mich trotzdem lebendiger als jemals zuvor.

Nach dem Essen ging es mir schon wieder so gut, dass ich endlich duschen und vor allem meine Zähne putzen konnte. Ich beobachte das blasse Gesicht im Spiegel und erschrak, als ich die riesigen violett-braunen Schatten unterhalb der rot verfärbten Augen sah. Als würde mein Spiegelbild geradewegs einem Horrorfilm entspringen. Auch wenn mein Vergleich etwas Komisches innehatte, wusste ich doch, dass mein körperlicher Abbau nur das ernstzunehmende Ergebnis der jüngsten Geschehnisse war. Zwar hatte der Hof eine neue aufregende Zukunft vor sich und auch die Situation mit Eni und Jo war insofern geklärt, dass mir eine Basis geboten wurde, auf der ich mir durchaus vorstellen konnte, die Idee der Familie neu zu definieren. Aber das Chris jetzt wieder hier bei mir war und ich immer noch nicht einordnen konnte, was das für mich bedeutete oder für ihn und Tom, nagte unentwegt an meinem Seelenheil. Ich konnte einerseits abwarten und ihnen überlassen, wie oder ob es mit uns weiterging. Oder aber ich traf eine Entscheidung!

Später machten wir es uns zu dritt in meiner kleinen Studentenwohnung vor dem Fernseher gemütlich und schauten einen Liebesfilm. Eni musste unentwegt schniefen. Sie war, was diese Schnulzen anging, nahe am Wasser gebaut. Ich wiederum bekam von der Handlung kaum etwas mit, da Chris' Hand unter der Decke Unglaubliches verrichtete. Es begann harmlos mit Streicheleinheiten auf dem Oberschenkel. Doch bald schon schob er meinen Slip beiseite und massierte sanft meine Perle. Diese heimlichen Zärtlichkeiten machten das ohnehin schon heiße Unterfangen zu einem aufregenden Geschehnis. Mein Puls raste bereits. Und plötzlich stand Eni auf, um auf die Toilette zu gehen. Werbepause. Kaum, dass meine Tante die Badezimmertür hinter sich schloss, warf Chris die Decke beiseite, begann mich wild zu küssen und zwei Finger in mich zu stoßen. Dabei rieb sein Daumen weiter über meine Klit.

»Komm für mich«, raunte er mir zu. Und es brauchte nicht mehr viel und ich kam so leise, wie mir eben möglich war.

Himmlisch!

»Danke Baby«, grinste ich ihn an und küsste ihn noch einmal leidenschaftlich. Dann zog ich schnell die Decke über meine Beine und Chris ging in die Küche, um Getränke zu holen.

Alles war gut für den Moment.

Eni und ich schliefen in meinem Bett und Chris auf der Couch. Ich musste mich leider noch ein wenig gedulden, bis meine Tante endlich eingeschlafen war, um mich hinausschleichen zu können.

Chris lag ruhig und tief atmend auf dem Sofa. Umso besser. Vorsichtig nestelte ich an seiner Unterhose. Bald hatte ich sein Glied befreit und begann ihn zu verwöhnen. Er wachte nicht auf. Ich kicherte in mich hinein. Sein Unterbewusstsein war hingegen hellwach, so hart wie er bereits war. Ich kostete kleine Lusttropfen. Chris schmeckte so gut - nach so viel mehr. Sein Atem beschleunigte sich und er begann zu keuchen. Seine Augen waren immer noch geschlossen. Dieser Moment faszinierte mich wahnsinnig. Das war die echte Reaktion auf meine Zärtlichkeiten. Die ungefilterte Lust. Ich begann meinen Mund schneller über seine Eichel zu bewegen und massierte dabei seinen Schaft. Er stöhnte heftig und war im Begriff zu erwachen. Ein warmer Strahl traf meinen Gaumen gefolgt von einem tiefen, kehligen Laut. Entschlossen zog er mich auf sich und küsste mich wild und fordernd. Eine Hand führte meinen Hinterkopf, die andere packte meinen Hintern.

»Ich will mehr«, stieß er erregt aus. »Schon viel zulange habe ich auf dich verzichten müssen.« Erleichtert über den Inhalt seiner Worte platzierte ich mich auf seiner Mitte und ließ ihn tief in mich eindringen. Aufrecht sitzend bewegte mich auf und ab.

»Berühr dich!«, forderte er und führte meine Hände an meine Brüste.

Mit geschlossenen Augen intensivierte sich das Gefühl, ihn in mir zu spüren und mich dabei selbst zu verwöhnen. Meine Brüste lagen weich und schwer in meinen Händen. Meine harten Brustwarzen sehnten sich nach einer festen Massage, die ich ihnen nur allzu gern gewährte und wie von selbst wanderten meine Finger Richtung Süden zu meiner Perle, die ebenso nach Aufmerksamkeit lechzte. Mit jeder köstlichen Umrundung bauten sich stärkere Lustwellen in mir auf.

»Sieh mich an!«, verlangte er weiter.

Blaue Augen sahen mir voller Leidenschaft entgegen. Mich vor ihm zu streicheln, war unglaublich erregend.

»Chris, ich komme gleich«, gestand ich völlig außer Atem und er stieß noch ein paar Mal kräftig zu und ließ mich kommen. Genussvoll ließ ich jede Welle durch meinen Körper strömen und kostete jede Sekunde aus. Er gönnte mir diesen Moment und setzte sich erst auf, als ich meine Augen wieder öffnete. Küssend hob er mich von seinem Schoß.

»Ich will dich von hinten«, gab er mir zu verstehen und ich drehte ihm meinen Rücken zu. Mit festen Stößen drang er in mich ein. Seine Hände krallten sich in meine Hüften, die Bewegungen hart und schnell.

»Küss mich«, stieß er abgehackt hervor. Ich drehte mein Gesicht zu ihm um und umfasste mit einer Hand seinen Hinterkopf. Unsere Zungen tanzten wild um einander und schließlich kam er, sein Stöhnen von meinem Kuss gedämpft.

Ich wollte nicht zurück in mein Bett, aber Chris hielt es für das Beste, wenn wir weiterhin diskret gegenüber unseren Mitmenschen blieben.

Es wäre der passende Moment gewesen zu hinterfragen, warum er diese Diskretion beibehalten wollte. Immerhin war nur Eni hier und ihr weiterhin etwas Offensichtliches zu verheimlichen, wäre an für sich schon eine Beleidigung ihrer Intelligenz. Noch wollte ich nicht glauben, dass er mich nur benutzte. Doch ich traute mich nicht, ihn darauf anzusprechen, und ging.

Kapitel 12

Am darauffolgenden Tag gingen wir gemeinsam auf dem Campusgelände im *Café Floh* frühstücken. Wie der Name vermuten ließ, war es ein winziges Café mit nur drei Tischen. Da noch Semesterferien waren, war nicht viel los und wir bekamen sogar den einzigen Platz am Fenster mit Sicht über das Gelände. Ich wies auf die einzelnen Gebäude und erklärte, in welchen davon ich meine Vorlesungen hatte. Eni war sichtlich angetan von dem Uni-Flair und schlug vor, dass ich sie noch ein wenig herumführen sollte. So zeigte ich den beiden meine Uni und ließ insbesondere meiner Tante Zeit beim Erkunden. Wir kamen im Hörsaalkomplex am Schwarzen Brett vorbei und ich nutzte die Gelegenheit, mir die angebotenen Studentenjobs und die Listen für die nächsten Kurse anzusehen. Im Hintergrund hörte ich schnelle Schritte auf mich zu kommen.

Professor Dr. Hauser.

»Frau Weyl, was freue ich mich über ehrgeizige Studenten, die ihre vorlesungsfreie Zeit der Wissenschaft opfern. Löblich, löblich«, trällerte er mir schon von weitem entgegen.

Sein silbergraues Haar wippte und sein Lächeln wurde mit jedem überwundenen Meter breiter. Eine Frohnatur. Ich lächelte zurück. Er blieb stehen, als er das Schwarze Brett erreichte. Sein Jackett legte er über den Arm und die alte braune Aktentasche stellte er neben sich ab.

»Haben Sie sich schon für Ihren Schwerpunkt entschieden? Ihre Prüfungsergebnisse sind ja beeindruckend. Ich hoffe, wir haben im kommenden Semester wieder das Vergnügen miteinander? Genetik, Pathologie oder auch Embryologie sind spannende Themen!«, versuchte er, mich zu überzeugen.

»Danke Professor Hauser, das ist vollkommen richtig, aber ich habe mich noch nicht entscheiden können«, gestand ich ihm und hob entschuldigend die Schultern.

»Wofür konntest du dich noch nicht entscheiden mein Schatz?«, fragte es aus dem Hintergrund.

Ich sah erschrocken zu Chris auf, der plötzlich dicht hinter mir stand. Seit wann waren wir denn so öffentlich mit unserer Beziehung? Heute Nacht wollte er es nicht mal vor Eni preisgeben und jetzt musste er uns ausgerechnet vor meinem Prof outen? Ich kam nicht mehr mit! Aber dann wurde es noch viel bizarrer. Die Herren begannen zu lachen und umarmten sich schulterklopfend wie zwei alte Freunde.

»Hallo Christian, ich hätte dich bald nicht erkannt. Wie lange ist das jetzt her? Fünf Jahre?«, fragte mein Prof meinen *Freund*. Wie jetzt? Die duzten sich?

»Melissa, dein Professor war mein Doktorvater. Wir haben gemeinsam Forschung betrieben«, erklärte mir Chris aka Christian. Ich stand da, mit offenem Mund und schaute ungläubig von einem zum anderen.

»Na, das ist ja ein Zufall«, gab ich perplex zu.

»Was hast du heute noch vor Gerhard? Wollen wir was trinken gehen?«, schlug Chris freudestrahlend vor.

Nein! Nein! Sag bitte nein!

»Das ist eine ausgezeichnete Idee! Lasst uns zur Taverna fahren, da kann man auch gut eine Kleinigkeit essen«, stimmte mein Prof gutgelaunt zu, während ich mich innerlich versteifte.

Und schon gingen sie quatschend in Richtung Ausgang und ließen mich unbeachtet zurück. Ich trottete hinterher und sammelte Eni ein, die sich angeregt mit zwei Studentinnen unterhielt. Sie hakte sich bei mir ein und ich klärte sie kurz über die eben durchlebte Peinlichkeit auf, doch sie lachte herzhaft darüber. Ich fand das nicht komisch!

»Wie lange wollt ihr eigentlich noch so tun, als wäre da nichts zwischen euch?«, fragte mich Eni und zwickte mir dabei in den Oberarm.

»Aua!«, entfuhr es mir. »Was meinst du?«, erwiderte ich etwas geschockt von ihrer direkten Frage.

»Liebes, das sieht doch ein Blinder mit Krückstock, welche Zuneigung ihr füreinander empfindet. Warum wehrt ihr euch denn noch dagegen?«, sprach sie zu mir.

»Man sieht das? Im Ernst?«, musste ich noch einmal staunend nachhaken.

»Ja«, bestätigte sie kopfnickend.

»Das ist nicht so einfach, Eni. Chris möchte das nicht an die große Glocke hängen - zumindest bis gestern ... Und dann ist da ja auch noch Tom ...«, sprach ich leise aus.

»Du meinst, du bist in beide verliebt?«, wollte sie dann genauer wissen und ich nickte nur dezent.

»Oh!«, antwortete sie einsilbig.

Und das konnte ich nur bestätigen, »Oh!«.

Ich fasste mir ein Herz und setzte mich in der Taverna neben Chris. Wir hielten wie gewohnt unter dem Tisch Händchen, aber heute wollte ich mutig sein. Wenn er es schon offiziell machte, dann sollte ich es auch dürfen. Und so legte ich dann nach dem Essen meine Hand auf seine, welche er auf der blau-weiß karierten Serviette platziert hatte. Er zuckte kurz, fing sich dann aber und nahm meine Hand in seine auf. Eni lächelte mir zu und Chris ließ mich nicht mehr los.

Das Gespräch in dieser Vierer-Konstellation wurde unerwartet interessant. Es ging unter anderem um Viehzucht, Qualitäten von Milch und Fleisch und natürlich auch um unser Projekt auf dem Hof. Der Professor wollte sich das unbedingt alles ansehen, sobald die Fertigstellung erfolgt war. Er unterstrich die ungeahnten Möglichkeiten, die dieser übersichtliche Viehbestand auch der Forschung bieten könnte. Gerade im Hinblick auf Viehzucht leuchteten seine Augen. Chris nickte ihm wissend zu. Beide hatten in diesem Bereich geforscht. Sie waren auch sehr erfolgreich und erhielten für ihre Leistung in den USA eine Auszeichnung. Chris wurde in Philadelphia sogar eine gut dotierte Forschungsstelle angeboten, doch das lehnte er damals ab. Der Grund dafür wurde nicht genannt, aber mein Professor funkelte ihm böse entgegen. Ich nahm mir vor, Chris später zu fragen, was der Grund seiner Absage gewesen war. Ich hing förmlich an seinen schönen Lippen, als er das alles erzählte. Es war unschwer zu erkennen, dass ihm diese Arbeit fehlte. Mir kam der Gedanke, dass er sich aktuell mit der Stelle als Landtierarzt nur arrangierte. Sein Herz war eindeutig woanders zu Hause. Professor Hauser wusste das scheinbar.

»Hast du gehört, dass Professor Lange an unserer alten Universität die Forschung wiederaufgenommen hat? Die vielen Resistenzen haben es möglich gemacht. Die Pharmaindustrie will die Medikamentenforschung mit den genetischen Aspekten, die wir damals erforschten, zusammenbringen. Der Dachverband ist vor vier Monaten auf mich zugekommen und wollte mich zum Forschungsleiter ernennen. Ich habe noch nie solch ein hohes Forschungsbudget gesehen. Glaubt mir, ich stand kurz vor dem Herzinfarkt.«

Er blickte zu Eni und mir und hielt sich die Brust zur Untermalung. Wir kicherten und folgten gespannt seiner Erzählung.

»Was hält dich davon ab, Gerhard?«, fragte Chris.

»Ach Christian, du kennst meine Frau. Ich habe sie in den vielen Jahren der Forschung mit den Kindern allein gelassen. Wie oft haben du und ich im Labor

168

genächtigt, weil wir einfach nicht Feierabend machen konnten oder wollten. Das kann ich ihr nicht noch einmal zumuten. Ich bin letztes Jahr Großvater geworden und möchte wenigstens für mein Enkelkind da sein. Die Professur an dieser Uni ist die letzte Station vor meiner Pension. Noch drei Jahre und dann war's das.«

Er nickte zufrieden. Mein Professor war eindeutig d'accord mit seiner Entscheidung. Chris hingegen wippte aufgeregt mit dem Knie unter dem Tisch.

»Hast du gehört, wie weit Professor Lange mit den Vorbereitungen ist?«, hakte Chris nach.

»In der Tat! Wir haben letzte Woche telefoniert. Willige Hilfsstudenten gibt's genügend, aber fähige feste Mitarbeiter…?« Der Professor winkte ab.

»Lange wollte schon vor drei Wochen loslegen, doch seine vielversprechende Doktorandin ist schwanger. Das hat ihn erst einmal wieder zurückgeworfen. Weißt du was? Du hast doch sicher noch Kontakt zu ein paar Leuten von unserem alten Team. Hier ist die Nummer von Professor Lange. Er kann jede Unterstützung gebrauchen! Ruf ihn doch mal an!«, schlug er Chris vor und schob ihm den Zettel mit der Nummer über den Tisch.

Am Abend brachten wir Eni zum Zug. Sie meinte, wir sollten ein, zwei Tage für uns haben, um uns klarwerden, was wir wollten. Ich war dankbar für ihre verständnisvolle Art. Sie war meiner Mutter doch in mancher Hinsicht ähnlich.

Der Zug hatte kaum den Bahnhof verlassen, als Chris sich zu mir umdrehte und mich küsste. Er küsste mich vor all diesen Leuten und ich merkte, wie erleichtert er darüber war, hier keine Bedenken haben zu müssen. Keine Gedanken über die Meinung anderer standen zwischen uns. Es hätte fast etwas Normales an sich gehabt, wenn es nicht so unglaublich besonders gewesen wäre.

»Du machst mich sehr glücklich, weißt du das?«, raunte er mir zu, seine Lippen dicht an meinen und blickte mir dabei tief in die Augen.

Ich schluckte. Genau das wollte ich gern.

Ihn glücklich machen!

»Genau das hier will ich, Melissa. Ich will mit dir zusammen sein. Ich will der Welt zeigen, was du mir bedeutest!« Er unterbrach unsere Umarmung, um erneut den Augenkontakt zu suchen.

»Viel zu lange schon versuche ich, Gründe dafür zu finden, warum das mit uns nichts werden kann. Allein die Tatsache, dass Tom ebenfalls starke Gefühle für dich hat … das war so keinesfalls geplant. Uns eine Frau zu teilen ist irgendwie … schräg.«, er senkte den Blick und schüttelte zur Untermalung seiner Worte den Kopf.

Mein Herz klopfte vor Anspannung und Angst vor dem, was er noch hinzufügen würde.

»Es ist nach der Geburtstagsnacht außer Kontrolle geraten und weder mein Bruder noch ich konnten oder vielmehr wollten es aufhalten. Als du vor zwei Tagen auf einmal fort warst, sind bei mir alle Alarmlichter angegangen. Darauf war ich nicht vorbereitet. Ich hatte Angst, dich nie wieder zu sehen. Und dich dann hier in so schlechter Verfassung vorzufinden, lies mich fast durchdrehen. Als ich gestern mit Tom telefoniert habe während ich einkaufen war, hat er mir noch einmal ins Gewissen geredet. Du kennst ihn ja … mein Bruder der Optimist. Er hatte von Anfang an keine Probleme in unserer besonderen Verbindung gesehen und verstand auch nicht, warum ich mich dagegen gewehrt hatte, mit dir zusammen sein.«

Chris holte tief Luft und nahm meine Hände in seine, um mit ernster Miene fortzufahren.

»Also, Melissa Weyl, das ist nicht einfach für mich, aber ich habe mich nun mal in dich verliebt und das soll von mir aus jeder wissen!«

Ich brauchte einen Moment und wiederholte die letzten Worte immer und immer wieder. Chris hatte sich in mich verliebt! Es war also nicht nur eine Sommerliebe, eine Bettgeschichte mit Ablaufdatum. Nein, er teilte meine Gefühle. Viele bunte Schmetterlinge machten sich in meinem Bauch breit und kleine Tränen der Erleichterung rannen meinen Wangen entlang. Für mich konnte dieser Moment, den ich so herbeigesehnt hatte, ewig andauern.

»Chris, etwas Schöneres hättest du mir nicht sagen können!«, brachte ich atemlos hervor und küsste ihn. Jetzt wo alle Anspannung von mir abfiel, wurde ich mir wieder bewusst darüber, dass wir inmitten der Bahnhofhalle standen. Um uns herum schwirrten Menschen wie Bienen um einen Bienenstock.

»Lass uns zu mir fahren. Ich will jetzt mit dir alleine sein!«, stieß ich hervor und zog ihn an der Hand zum Auto. Kaum, dass er neben mir saß, fiel ich über ihn her. Wir küssten uns, wild darauf den nächsten Schritt zu nehmen.

»Ach, scheiß drauf! Betten werden völlig überbewertet.«, stöhnte Chris in meinen Mund und öffnete seine Jeans. Er stellte kurzerhand die Lehne zurück und ich hob meinen Rock hoch und kletterte auf ihn. Eilig schob er den Slip beiseite und stieß in mich hinein. Ich ritt ihn, als wäre es das letzte Mal, dabei war es erst der Anfang. Der Anfang von etwas Wundervollem. Und dieses erste Mal als richtiges Paar war unbeschreiblich. Ich spürte ihn in jeder Zelle meines Körpers. Dieses Hochgefühl mündete schließlich in einem Orgasmus, der meinen Körper in kräftigen Wellen durchzog und nur langsam abebbte. Chris kam kurz nach mir mit seinem Gesicht zwischen meinen Brüsten, um seinen Schrei zu dämpfen. Da saßen wir, Arm in Arm und keiner mochte sich rühren. Gut, dass die Sonne bereits untergegangen war und wir am Rande des Parkplatzes standen. An so etwas wie Erregung öffentlichen Ärgernisses hatte ich gar nicht gedacht. Aber selbst das konnte mich gerade nicht schocken. Ich war einfach nur glücklich!

Sonnenstrahlen kitzelten mich am nächsten Morgen und ich erwachte mit einem breiten Grinsen im Gesicht. Doch Chris lag nicht mehr neben mir. Ich setzte mich auf und hörte ihn im Wohnzimmer sprechen. Höchstwahrscheinlich telefonierte er. Ich zog sein kariertes Hemd über und ging zu ihm.

»… Okay, ist gut. Was denkst du, wie lange du noch brauchst?«, hörte ich ihn sagen. Er stand noch mit dem Rücken zu mir, musste mich aber wahrgenommen haben. Denn schon drehte er sich zu mir um und sprach weiter in sein Handy »Alles klar. Bis dann« und legte auf.

Ich ging zu ihm, um ihn zu umarmen, und fragte, wer das war. Er schlang seine starken Arme um mich und verkündete lachend: »Das, Baby, wirst du noch früh genug erfahren. Jetzt gibt's erst einmal Frühstück.«

Na schön, ich mochte Überraschungen. Von daher konnte ich mich mit seiner Antwort zufriedengeben. Wir aßen gemeinsam und überlegten an den *Eckensee* zu radeln. Schnell packten wir ein paar Dinge zusammen, holten die Räder von Amy und mir aus dem Verschlag und fuhren los. Der Weg führte uns durch die Innenstadt Stuttgarts in den oberen Schlosspark, in dessen Mitte der künstlich angelegte See lag. Es war ein entspannter Sommertag und ich genoss unsere gemeinsame Zeit in vollen Zügen. Die Bäume und Parkwiesen leuchteten Dank des Bewässerungsservices der Stadtwirtschaft in sattem Grün. Schmetterlinge und allerhand andere Insekten flogen geschäftig von Blüte zu Blüte und sausten hin und wieder dicht an unseren Köpfen vorbei. Wir ließen uns im Schatten einer Linde nieder und versuchten, uns nicht allzu intensiv mit dem Körper des anderen vor all den vielen Blicken weiterer Parkbesucher zu beschäftigen. Wie so häufig traf man hier rund um den *Eckensee* viele Menschen, die gerade in den Sommermonaten die vielen gastronomischen Angebote genossen. Amy und ich waren jedenfalls oft hier anzutreffen.

Am späten Nachmittag klingelte Chris Handy erneut. Mit einem »Ja?« nahm Chris das Gespräch an. Leider konnte ich nicht erkennen, wer sich am anderen Ende der Leitung befand. Ich wurde langsam etwas ungeduldig. Er kommentierte alles nur mit einem bestätigendem »Hm« oder lachte einfach nur. Wirklich sehr komisch. Ich fühlte mich ziemlich außen vor. So drehte ich mich weg von ihm auf den Bauch und beschäftigte mich mit meinem Handy. Eine Nachricht von Amy war in meinem Posteingang.

Kommen morgen zurück. Freu mich auf Dich! XOX

Ich antwortete ihr, dass ich wieder daheim in Stuttgart war und sie und Steve abholen würde. Dann erschrak ich fürchterlich, als Chris' Hand auf meinen Hintern niedersauste.

»Aua. Was soll das?«

Er grinste mir schelmisch entgegen und küsste meine Schulter.

»Tu nicht so, Lissy. Dich stört es doch, dass du nicht weißt, was hier gerade vor sich geht, oder?«

Ich funkelte ihn finster an.

»So Chris, was geht denn hier gerade vor sich?«

Er küsste mich und ich biss ihm in seine hübsche Lippe.

»Autsch!«, entfuhr es ihm.

»Hast du verdient!«, meinte ich gelangweilt.

»Du wirst es nie erfahren, wenn wir uns nicht auf den Rückweg machen«, gab er zur Antwort und rieb sich an seiner roten Unterlippe. Ich machte keine Anstalten aufbrechen zu wollen und da sauste seine Hand noch einmal auf meine Pobacken nieder. Zwar zuckte ich, unterdrückte aber jeden Laut.

»Und du kannst mir doch nicht widerstehen. Weißt du, was ich jetzt am liebsten mit dir alles anstellen würde?«, flüsterte er mir mit heißem Atem nahe ans Ohr.

Ich schloss die Augen. Das ließ mich durchaus nicht kalt.

»Am liebsten würde ich hier und auf der Stelle dein Höschen beiseiteschieben und sanft deine Knospe reiben. Ich würde meine Finger in dich stoßen. Immer und immer wieder.«

Das war erregend. Meine Mitte zog sich zusammen bei dieser bildhaften Beschreibung.

»Aber noch lieber wäre mir, ich könnte deine Beine weit spreizen und deine Spalte küssen. Meine Zunge um deine Klit wandern lassen, bis deine Beine zucken und dann, ja dann würde ich meinen harten Schwanz tief in dich stoßen und dich schnell und hart nehmen. Hier vor allen. Wie wäre das?«

Ich keuchte und sah zu ihm. Mir musste die Begierde quasi schon auf der Stirn geschrieben stehen. Er drehte mich auf den Rücken und legte sich halb auf mich. Meine Arme hielt er über meinem Kopf fest. Alles in mir war von seinen Worten dermaßen angespannt, dass ich kommen würde, wenn er auch nur in die Nähe meiner Perle kam. Er küsste mich und leckte mit seiner Zunge meine Lippen.

Folterte mich!

»Wir sollten jetzt aufbrechen, meinst du nicht auch, Melissa?«, fragte er, der Antwort gewiss, die er hören wollte.

»Ja«, entkam mir heiser.

Also radelten wir zurück. Aber auf dem Sattel zu sitzen, war auch nicht besser. Schier nicht enden wollende Blitze durchströmten mich bei jeder Unebenheit, die ich überfuhr. Ich wollte nur noch Erlösung. Kaum angekommen sprang ich vom Rad und schob es hastig in den Fahrradständer vor dem Wohnheim.

»Hey Baby!«, umarmten mich plötzlich zwei Arme von hinten. Ich drehte mich verwirrt um.

Tom!

»Tom?«

Sein unwiderstehliches Lächeln ließ mich dahinschmelzen. Was machte er hier?

»Überraschung!«, freute er sich und küsste mich.

ER war meine Überraschung? Ich blickte fragend zu Chris und er beobachtete uns mit einem breiten Grinsen. Lässig stand er neben uns, als wäre das hier das Normalste auf der Welt.

Wir drei.

Ganz öffentlich.

»Wollt ihr zwei mir vielleicht verraten, was das hier werden soll?«, fragte ich irritiert und blickte von einem zum anderen.

»Melissa, du bist doch ein schlaues Mädchen. Beantworte dir die Frage selbst«, gab mir Chris zu verstehen.

Tom nahm mein Gesicht in beide Hände und lenkte meinen Blick auf sich.

»Das, was wir haben, ist unglaublich. Ja, mag sein, dass es ungewöhnlich ist, aber wir wollen dich. Beide! Melissa, gib dem hier bitte eine Chance. Denke wenigstens darüber nach. In Ordnung?«

176

Natürlich wollte ich mit beiden zusammen sein, aber wie sollte das gehen? Was würde das für ein Bild auf uns werfen? Was würde das für unsere Karrieren bedeuten? Wären wir nicht von vornherein abgestempelt und diese Partnerschaft auf die Sexebene reduziert sein? Wer würde uns noch ernst nehmen? Was, wenn ich das doch nicht wollte, so offiziell? Wäre dann alles vorbei? Mir schwirrte der Kopf. Ich musste das erst einmal alles überdenken.

»Okay«, antwortete ich schließlich.

»Okay was?«, hakte Tom nach.

»Okay, ich denke darüber nach.«

Mehr konnte ich gerade nicht dazu sagen. Sie tauschten vielsagende Blicke aus. Sicher hatten die beiden eine andere Reaktion von mir erwartet. Doch ich war gerade noch zu keiner Entscheidung fähig. Mir war durchaus bewusst, wie paradox mein Verhalten war. Endlich bekannten sich die beiden offiziell zu mir. Das war es doch, was ich die ganze Zeit wollte. Und nun hatte ich Zweifel? Stellte ich mir doch genau die Fragen, die Chris die ganze Zeit davon abhielten, die Beziehung mit uns öffentlich zu machen. Ich wollte sie nicht verlieren, aber mich selbst wollte ich auch nicht verlieren. Zu hart hatte ich arbeiten müssen, um hierher zu gelangen. Ich hatte Pläne für die Zukunft und mir war gerade noch nicht klar, wie das alles mit einer Beziehung zu zwei Männern zu vereinbaren war. Ich brauchte etwas mehr Zeit. Die mussten sie mir gewähren.

Wir gingen hinauf in die Wohnung, ich steuerte direkt auf den Kühlschrank zu, griff mir ein Bier und nahm einen kräftigen Schluck.

Das tat gut.

Tom und Chris gesellten sich zu mir und wussten nicht so recht etwas mit sich anzufangen. Niemand sagte etwas. Ich brauchte erst mal etwas Abstand.

»Ich geh kurz duschen!«, gab ich ihnen zu verstehen und suchte das Weite.

Kühles Wasser rann mir über meine Haut, aber trug nur mäßig zur Entspannung bei. Meine Gedanken rasten unentwegt um die eine Frage, warum denn nicht? Mal ehrlich, was interessierte mich denn das Geschwätz der anderen? Ich war ihnen beiden verfallen. Bis über beide Ohren verliebt! Dazu waren sie äußerst intelligent und nicht zuletzt eine Augenweide. Wer wollte nicht mit ihnen zusammen sein? Und aus mir unbegreiflichen Gründen wollten sie MICH. Mich, das langweilige Hühnchen, das nichts vorzuweisen hatte. Wer wusste schon, ob mir so etwas Verrücktes je wieder passieren würde? Ich sollte uns eine Chance geben, denn scheinbar war diese Beziehung für Tom und Chris nun durchaus alltagstauglich. Sie hatten weit mehr Erfahrung von Beziehungen als ich. Wie viele verschiedene Beziehungsmodelle gab es denn mittlerweile auf der Welt? Und mit Sicherheit waren wir drei nicht die Ersten, die sich dazu bekennen würden. Entschlossen trocknete ich mich ab und band mir das Handtuch um. Als ich ins Wohnzimmer kam, saßen beide mit einem Bier in der Hand auf dem Sofa und schauten Fußball. War das ihr Ernst? Ich stellte mich vor das Fernsehbild und Tom meinte: »Sorry Baby, aber du bist nicht durchsichtig!«, und bedeutete mir, mit winkender Handbewegung das Feld zu räumen.

Na schön. Das hatte ich wohl verdient und musste anscheinend Wiedergutmachung leisten. Ich setze mich zwischen die beiden und legte je ein Bein auf eines ihrer Knie. Dann öffnete ich mein Handtuch und begann mich zu streicheln. Ich rekelte mich anstößig, keuchte und stöhnte übertrieben. Chris sprang zuerst darauf an und legte eine Hand auf meine Wange, um mein Gesicht zu sich zu drehen. Er begann mich leidenschaftlich zu küssen. Tom hingegen rührte sich nicht neben mir. Ich ließ meine Hand von meiner zu seiner Mitte wandern und rieb über seinen Schritt. Ich konnte seine Härte bereits deutlich spüren. Chris unterbrach unseren Kuss und wanderte mit seinen Lippen abwärts über Hals und Busen Richtung Scham. Ich veränderte meine Position auf dem Sofa, damit ich Tom verwöhnen und mich Chris' Zärtlichkeiten gleichzeitig hingeben konnte. Nachdem Chris mich im Park so unbefriedigt gelassen hatte, war es jetzt genau das, was ich brauchte! Tom hat seine Hose bereits heruntergeschoben und seine samtig glänzende Erektion wartete darauf, von meinen Lippen umschlossen zu werden. Leckte über seine Spitze, umkreiste seine Eichel und liebkoste sie zärtlich. Chris' Zunge trieb mich indes in ekstatische Höhen. Ich begann mich unter seinen Liebkosungen zu winden. Seine Zunge neckte meine Perle mit schnellen zuckenden Bewegungen, so dass ich kurz von Tom ablassen musste, um die Wellen, die im nächsten Augenblick über mich einbrechen sollten, auskosten zu können. Krallte mich fest in sein Haar und trieb ihn an.

»Oh ja, Chris, nicht aufhöreeeeeen.«

Ich kam.

»Du bist so schön, wenn du kommst Baby!«, raunte mir Tom erregt ins Ohr.

Chris kniete sich auf das Sofa und beugte sich zu mir.

»… und so heiß.«

Er korrigierte meine Position etwas, so dass ich seitlich vor ihm lag und hob mein oberes Bein an, um dann mit seiner Härte in mich zu stoßen. Tom massierte meine Nippel und ich widmete mich wieder seinem Schoß. Saugte und leckte. Nahm ihn tief in mir auf, während Chris den Rhythmus erhöhte. Beide Männer stöhnten und es sollte nicht mehr lange dauern, bis auch sie zum Höhepunkt kamen. Chris' Griff um meine Hüfte verstärkte sich und er stieß hart in mich. Und im nächsten Augenblick vernahm ich einen animalischen Laut und er kam zitternd in mir. Tom stöhnte ebenfalls heftig. Ich ahnte, dass er sich zurückhielt, um meine Zärtlichkeiten noch einen Augenblick länger genießen zu können. Ich kniete mich seitlich neben Tom, um ihn noch tiefer aufnehmen zu können. Er umfasste meinen Kopf und begann mir rhythmisch in den Mund zu stoßen.

»Oh ja, nimm ihn ganz auf. Das ist verdammt gut.« Und er stieß noch ein paar Mal zu und ergoss sich auf meiner Zunge. Ich schluckte seinen salzigen Saft und leckte ihn vorsichtig sauber, bis das Beben nachließ. Er zog mich auf seinen Schoß und nahm mich fest in seine Arme.

»Baby, das mit uns ist so unglaublich. Ich will nicht, dass es aufhört! WIR wollen nicht, dass es aufhört!

Gib uns dreien eine Chance, Melissa«, sprach er in mein Haar.

Ich löste mich und sah erst ihn an und dann zu seinem Bruder, der sich neben uns gesetzt hatte. Ich war mir nicht sicher, ob postkoitale Entscheidungen überhaupt bindend waren, und zweifelte an meiner Zurechnungsfähigkeit, aber mein Herz ließ sich zu einer Antwort hinreißen.

»Ich kann überhaupt nicht einschätzen, welche Konsequenzen das hier haben wird und weiß auch gerade noch nicht, wie wir unsere Beziehung organisieren wollen. Ich hier, ihr sechs Stunden von mir entfernt! Aber ich habe mich wirklich und wahrhaftig in euch verliebt und ich möchte euch nicht verlieren. Ich will mit euch zusammen sein!«, gestand ich mutig.

Tom zog mich an seine Lippen und Chris begann zu sprechen.

»Es gäbe da vielleicht eine Möglichkeit, wie wir uns häufiger sehen könnten, Lissy.«

Er streichelte dabei mein Bein.

Ich war gespannt auf seine Idee und ließ von Toms Lippen ab, um zu ihm zu blicken.

»Es ist nur ein Vorschlag, aber denke bitte einmal in Ruhe darüber nach«, meinte Chris ernst.

Ich nickte, gab ihm einen Kuss und fuhr fort.

»Ich habe heute Morgen mit Professor Lange über das neue Forschungsprojekt gesprochen. Er hat mir eine Stelle in Lüneburg angeboten! Ich könnte dort weitermachen, wo ich vor fünf Jahren wegen Theresa aufgehört habe. Das ist eine unglaubliche Chance für mich. Ich hätte am liebsten gleich zugesagt, aber diese

Entscheidung möchte ich nicht ohne deine Zustimmung treffen«.

Ich war sprachlos. Er wollte meine Zustimmung?

»Aber Chris, selbst, wenn meine Meinung eine Rolle für dich spielen sollte, wie könnte ich dir diese Möglichkeit nehmen? Gestern in der Taverna war mir bereits klar, wofür dein Herz schlägt. So nervös habe ich dich noch nicht erlebt! Nimm diese Chance wahr, wenn sie sich dir bietet!«

Er wollte mir damit zeigen, dass er unsere Beziehung ernst nahm und ihm meine Meinung wichtig war. Doch würde ich genauso handeln? Würde ich die beiden meine Entscheidungen derart beeinflussen lassen? Das gehörte wohl zu einer Beziehung dazu. Ich hatte dahingehend wohl noch einiges zu lernen und sicher würde ich darin üben müssen, Kompromisse einzugehen. Das war neu. Meine Mutter hatte mich stets in all meinen Vorhaben unterstützt. Selbstverständlich habe ich nie mehr von ihr abverlangt, als möglich war. Ich war ehrlich gespannt, was jetzt dahingehend auf mich zukam!

»Ich werde heute Abend noch nach Hause fahren und mich morgen Vormittag mit Professor Lange in Lüneburg treffen. Dann weiß ich mehr!«, nickte Chris mir zu.

»Du fährst schon heute Abend?«, wiederholte ich enttäuscht. Er nickte und Tom strich mir über den Rücken und lenkte meinen Blick auf sich.

»Und ich fahre mit ihm, Baby. Ich muss morgen wieder arbeiten. Mein Mechaniker hat Urlaub«, erklärte er.

Enttäuscht zog ich eine Schnute. Schade! Ich konnte sie leider nicht ewig bei mir haben, das war mit durchaus bewusst. Jeder hatte seine Aufgaben. Ich die Uni, Tom den Schrottplatz und die Werkstatt und Chris, der eigentlich seiner Pflicht als Landtierarzt nachkommen musste, schien sich gerade auf neue Pfade zu begeben. Doch interessierte mich noch etwas anderes.

»Chris, was meintest du damit, dass es vielleicht eine Möglichkeit gibt, dass wir uns öfter sehen könnten?«

Sollten wir uns etwa abwechselnd jedes Wochenende besuchen? Das wäre doch viel zu anstrengend und zu teuer. Wann sollte ich dann überhaupt noch Zeit fürs Lernen finden?

»Fürs Erste dachten wir, dass wir dir die Zugfahrten ersparen sollten. Tom wollte dir da gleich mal was zeigen. Tom?«

Er grinste seinen Bruder an, der sich plötzlich mit mir auf dem Schoß erhob.

»Jepp, aber wir sollten uns unbedingt anziehen. Wir müssen nämlich vor die Tür!«, sprach er in Rätseln.

»Na gut, wenn das so ist, dann ziehen wir uns eben an.«

Ich versuchte, so entspannt wie möglich zu klingen, aber die Neugierde brodelte in mir. Er ließ mich runter, um sich wie sein Bruder anzuziehen.

Und dann hörte ich die Haustüre klappern und plötzlich stand eine unübersehbar verblüffte Amy vor uns.

»Was ist denn hier los?«, fragte sie sichtlich geschockt von dem Anblick von gleich drei Nackten in unserer Wohnung.

»Ist das irgendein Forschungsprojekt, das du mir bislang verheimlicht hast, Melissa?«, setzte sie noch obendrauf.

»Ähm … Amy, was machst du denn schon hier? Ich dachte, du kommst erst morgen?«, gab ich irritiert und äußerst beschämt zurück.

»Morgen? Ich habe dir GESTERN eine Nachricht geschickt, dass wir kommen. Du hast sogar zurückgeschrieben, dass du uns abholen wolltest. Aber ich sehe ja jetzt, womit du beschäftigt warst. Aber weißt du was, es ist mir egal. Ich bin kaputt von der Reise und will nur noch schlafen.«

Damit verschwand sie in ihrem Zimmer und ich wäre am liebsten im Erdboden versunken. Chris und Tom hatten sich, während ich in meiner Schockstarre festhing, angezogen und Chris hielt mir das Handtuch hin, mit dem ich mich sogleich bedeckte.

»Lass sie sich ausruhen und klärt das morgen. Wir gehen jetzt erst einmal an die frische Luft.«

Ich zog mir ein Kleid über und folgte den beiden. Wir mussten gute zehn Minuten laufen, bis Tom plötzlich vor dem Campusgelände vor einem Auto stehenblieb und mir freudestrahlend ein paar Autoschlüssel überreichte.

»Für dich, Baby!«

Da stand ein schwarzer Golf. Ich traute meinen Augen kaum.

»Ich soll damit fahren? Aber das geht nicht! Wenn ich den kaputtmache …«

»Mach dir keine Sorgen. Er gehörte unserem Vater und ich habe es nicht übers Herz gebracht, ihn zu verkaufen. Aber eine Verwendung habe ich dafür nicht, deshalb gehört es jetzt dir. Er ist auf mich zugelassen, aber du bist als Halter eingetragen. Jedes Mal, wenn du zu uns kommst, machen wir den Tank voll ... als kleinen Anreiz«, zwinkerte er mir zu.

»Tom, ich danke dir. Das ist wundervoll.« Ich fiel ihm um den Hals und küsste ihn überall. So etwas Wertvolles hatte mir noch niemand überlassen. Ich bin ohne Auto groß geworden. Dass ich einen Führerschein machen konnte, hatte ich Jo zu verdanken, der mir diesen damals finanzierte und meinte, dass ich den Führerschein für meine Unabhängigkeit benötige. Jetzt war ich ihm mehr als dankbar. Und das Beste war, dass ich nicht länger Zug fahren musste.

Die beiden gaben mir eine Einweisung und wir fuhren eine Runde durch die Stadt, bis sie sich sicher waren, dass ich mit dem Vehikel gut zurechtkam. Ich brachte die zwei zu Chris' Jeep und verabschiedete mich. Von beiden bekam ich einen leidenschaftlichen Kuss. Mitten auf dem Parkplatz. Es war schon ein wenig seltsam, aber ich würde mich noch daran gewöhnen.

Kapitel 13

Am nächsten Morgen traute ich mich gar nicht aus dem Bett. Ich hatte Angst vor dem, was Amy mir alles an den Kopf werfen würde. Wie pervers mein Verhalten in ihren Augen wäre und wie ekelerregend sie es fände, dass ich es mit zwei Männern gleichzeitig triebe. Ich schüttelte den Kopf - ein kläglicher Versuch, diese fiesen Gedanken fortzutreiben. Es half nichts. Irgendwann musste ich ihr gegenübertreten und außerdem musste ich dringend auf Toilette. Auf dem Weg ins Bad bemerkte ich niemanden in der Küche. Gut. Sie schlief noch. Nachdem ich mich im Bad frischgemacht hatte, ging ich in die Küche und kochte Kaffee. Ich sah mein Handy auf dem alten runden Küchentisch liegen und inspizierte meinen Posteingang. Tatsächlich, Amys Nachricht war schon einen Tag zuvor eingegangen.

Ich Depp! Entsetzt über meine eigene Dummheit schlug ich mir gegen die Stirn.

»Meinst du, das bringt noch was?«, hörte ich Amys trockenen Kommentar dazu.

Ich schaute erschrocken auf.

»Amy! Es tut mir leid. Ich habe es einfach übersehen«, stammelte ich. Sie rauschte an mir vorbei und nahm sich eine Tasse aus dem Oberschrank und goss sich Kaffee ein. Ihre roten Locken hatte sie flüchtig zu einem Knäuel zusammengebunden, doch einige widerspenstige Locken vielen ihr ins Gesicht, was sie genauso frech wirken ließ, wie sie im Grunde auch war. Sie setzte sich auf ihren Platz und fing an zu grinsen.

»So, und jetzt will ich jede Einzelheit hören, sonst suchst du dir am besten eine neue Mitbewohnerin!«, knallte sie mir mehr oder weniger ernst vor den Latz.

»Aber nur, wenn du nicht mehr böse auf mich bist«, forderte ich mit einem Lächeln ein.

Amy lachte und schüttelte den Kopf.

»Los, jetzt fang schon an, du dumme Nuss. Ich sterbe vor Neugier.«

Und so erzählte ich, was ich alles die letzten zwei Monate erlebt hatte. Nun, zumindest fast alles. Den erotischen Teil ließ ich unerwähnt. Doch was die Probleme auf dem Hof, die Ideen zum Neuanfang und auch die Wendungen in Bezug auf meinen Vater angingen, gewährte ich Amy vollen Einblick. Ich konnte selbst kaum glauben, was in so kurzer Zeit alles passiert war. Amy war danach fix und fertig und holte den Wodka aus dem Schrank.

»Darauf muss ich erst mal einen trinken!«

Und dann kippte sie zwei Kurze nacheinander hinunter und ich tat es ihr gleich.

»Wow Melissa, ich weiß gar nicht, was ich dazu sagen soll. Auf alle Fälle sollte ich dich lieber nicht mehr allein lassen. Du scheinst das Chaos geradewegs anzuziehen, Süße. Aber mal davon abgesehen sind die beiden Brüder echt heiß! Meinst du nicht, einer würde dir reichen?«, kicherte sie.

Ich schlug ihr aufs Knie.

»Nein, ganz sicher nicht. Ich liebe sie beide und das ist nicht verhandelbar!«, grinste ich zurück, meinte es aber todernst!

»Wann fährst du wieder hin?«, fragte sie mich noch.

»Das weiß ich gar nicht. Mit dem Auto bin ich zwar völlig unabhängig, aber ich will erst einmal abwarten, was Chris mir wegen der Forschungsstelle erzählt. Vielleicht hat er schon bald keine Zeit mehr für mich. Und Tom ist beruflich viel unterwegs, da wird sich das schnell relativieren«, gab ich enttäuscht von mir.

»Wenn das Semester erst einmal losgeht, dann wirst du hier kaum noch wegkönnen«, setzte Amy noch obendrauf.

»Du hast recht. Vielleicht sollte ich die letzten Wochen noch bei Eni bleiben und die Zeit genießen, so lange ich noch kann«, stellte ich fest.

»Meinst du, ich könnte ein paar Tage mitkommen?«, fragte Amy vorsichtig nach.

»Das wäre bestimmt kein Problem. Ich frage Eni mal. Sie kann sicher ein paar helfende Hände gebrauchen!«

Gut, dass zwischen uns alles nun geklärt war. Ich hätte es nicht verkraftet, deswegen meine beste Freundin zu verlieren. Zu viel musste ich die letzte Zeit verarbeiten, und für noch mehr Chaos hatte ich jetzt keine Kraft mehr übrig. Ich rief Eni an und klärte das mit Amys Besuch ab. Sie war erleichtert, dass wir

188

sie unterstützen wollten, und freute sich. Somit fuhren wir am nächsten Morgen los, genossen die Fahrt im neuen alten Golf bei lauter Musik und offenem Fenster. Ich fühlte eine Mischung aus Freiheit und unbändiger Lust auf das Leben. Mit dem Wissen, dass ich dort, wo wir hinfuhren, willkommen war und geliebt wurde, keimte in mir eine optimistische Leichtigkeit auf. Ich war wie auf Droge. High vor Glück.

Gegen Mittag erreichten wir endlich den Hof. Eni und Chris standen neben der zukünftigen Tierarztpraxis und stritten, was weder zu übersehen, noch zu überhören war. Ich hörte Wortfetzen wie »im Stich lassen« und »alles umsonst« von meiner Tante. Sie war sichtlich aufgebracht. Als sie uns sahen, ließ Eni Chris stehen und ging sauer an uns vorbei.

»Hast du ihm etwa diesen Floh ins Ohr gesetzt?«, schnauzte sie mich im Vorbeigehen an.

»Was denn für einen Floh? Was ist denn los?«, rief ich Eni nach, die nur abwinkte.

»Ach, lass sie sich erst mal beruhigen. Die fängt sich schon wieder«, hörte ich Chris plötzlich hinter mir reden. Ich drehte mich zu ihm und bekam einen dicken Kuss.

»Hi meine Schöne, ich hätte gar nicht damit gerechnet, dich heute schon wiederzusehen. Wie war die erste Fahrt?«, lenkte er ab.

»Die Fahrt dauert leider genauso lange wie mit der Bahn, aber es lief alles prima, danke. Wir werden erst einmal auspacken und Eni zur Hand gehen. Sehen wir uns später?«

»Ich muss heute die Besuche der letzten zwei Tage nachholen. Aber sobald es geht, komme ich her.«

Er gab Amy die Hand und mir einen Abschiedskuss. Den Klaps auf den Po konnte er sich auch nicht verkneifen, bevor er ging.

»Mann, ist der heiß«, platzte es aus Amy raus und ließ mich bestätigend seufzen.

Ich zeigte meiner Freundin ihr Zimmer und bezog meines erneut. Danach suchten wir Eni und halfen ihr dabei, die Wände des Hofladens zu verspachteln, abzuschleifen und schließlich mit einer selbst gerührten Quark-Kalk-Farbe zu streichen. Ganz nachhaltig! Wir sahen am Ende des Arbeitstages aus, als hätten wir selbst darin gebadet. Jedenfalls hatten wir drei viel Spaß und belohnten uns mit einem anschließenden Bad im See. Amy gefiel es hier unglaublich gut, was sie mehrfach betonte.

»An deiner Stelle würde ich nie wieder von hier wegwollen, Melissa. Das hier ist das Paradies!«

»Und das ist noch längst nicht alles. Ich zeige dir die nächsten Tage noch ein paar schöne Plätze. Du wirst Augen machen«, versprach ich ihr. Sie hatte recht! Es war traumhaft hier.

»Warum habt ihr gestritten, du und Chris?«, fragte ich Eni, die neben mir döste.

»Ich möchte mich da nicht einmischen, Liebes. Da ihr jetzt zusammen seid, sollte er selbst mit dir darüber sprechen«, erklärte sie mir.

Es störte mich, dass sie etwas scheinbar für Chris Wichtiges vor mir wusste. Warum redete er nicht mit mir? Ich schnappte mein Handy und schickte ihm eine Nachricht.

Wie wäre es mit reden?

Tom schickte ich auch eine.

Lust auf ein Treffen am See?

Von beiden erhielt ich jedoch keine Antwort mehr an diesem Abend.

Nach der Arbeit am Hofladen am darauffolgenden Tag packte ich Amy und mir einen Picknickkorb und nahm sie mit auf eine Reise in meine Kindheit. Wir wanderten mit dem alten Bollerwagen zum Hügel rauf und genossen bei Sonnenuntergang unser Abendessen. Wein, Käse, Baguette und Trauben. Lagen auf der Decke, lachten herzlich und erzählten uns viel.

»Wie ist das eigentlich mit zwei Männern?«, kicherte Amy leicht angeschwipst.

»Was genau meinst du denn, Amy?«, zog ich sie auf. Ich konnte mir denken, dass sie wissen wollte, wie unser Sexleben aussah. Sie wurde rot. Ha, erwischt!

»Na ja, macht ihr es gleichzeitig oder guckt einer zu und wartet?«, kam es kaum in einem Satz aus ihr, so sehr lachte sie dabei.

»Amy, ich kann dich nicht ernst nehmen. Hör auf, mir solche Fragen zu stellen!«, feixte ich zurück.

»Ich will schließlich auch nicht wissen, wie du es machst«, gab ich noch zu bedenken.

»Ja ja Melissa, aber ich habe auch nur einen Mann im Bett, wenn überhaupt.«

Sie verdrehte die Augen.

»Gibt es da gerade niemanden?«, wollte ich von ihr wissen.

»Nein, leider nicht. Vor den Ferien war ich mit jemandem aus, aber der hat sich nicht mehr gemeldet und im Bett waren wir auch nicht. Und in *Down Under* hat sich, wie du weißt, auch nichts ergeben. Nein, zurzeit ist nichts los! Aber wer weiß, vielleicht hat diese Gegend hier noch mehr schöne Männer zu bieten?«, gluckste sie.

Ich lachte mit ihr. Auszuschließen war das nicht. Ich wünschte es ihr zumindest.

Es war weit nach Mitternacht, als wir zurück auf dem Hof waren. Wir wünschten uns eine gute Nacht und jeder verschwand in seinem Zimmer. Als ich das Licht anknipste, erschrak ich fürchterlich und konnte mir einen Schrei gerade noch verkneifen. Chris saß auf meinem Bett.

»Oh Gott Chris, hast du mich erschreckt.«

Meine Hand schnellte an meine Brust, unter der mein Herz wild pochte.

»Ich dachte, du wolltest reden?«, knirschte er etwas angesäuert.

Hm. Wollte er mich etwa ärgern? Ich hielt den Kopf schräg und schaute ihn fragend an. Schließlich gab es ja so etwas wie ein Telefon, das *Mann* durchaus auch mal hätte benutzen können, um sich zu verabreden oder um überhaupt einfach nur zu reden. Auf ihn zugehend knöpfte ich langsam die Knöpfe meiner Bluse auf, setzte mich auf seinen Schoß und strich mit den Fingern durch sein Haar.

»Dann rede!«, hauchte ich ihm zart entgegen.

»Du spielst unfair, kleine Lady! Ich glaube, ich muss erst Liebe mit dir machen!«, brachte er atemlos hervor und brachte mich zum Lachen.

»So so! Wenn deine Neuigkeiten noch ein wenig warten können, dann lass uns Liebe machen!«, schlug ich vor. Ich ließ meine Lippen zärtlich über seine wandern, dass er keuchte. Seine Hände griffen nach meinem Hintern und er drückte mich gegen seine harte Mitte.

»Hm.«

Er zog mir die Bluse aus, öffnete gekonnt den BH und streifte ihn ab. Mit seinen Fingern strich er meinen Hals entlang hinunter bis zum Busen. Gänsehaut überzog mich. Seine Hände packten meine Brüste, sein Mund schloss sich um die zart rosa Haut und saugte an den harten Brustwarzen. Ich genoss seine Zärtlichkeiten und schloss die Augen. Dann stand er auf und legte mich sachte auf mein Bett. Küsse überzogen meinen Bauch, strich über meine Seiten, dass es kitzelte. Anschließend knöpfte er meine Shorts auf und zog sie mir samt Slip von den Beinen. Ich lag nackt vor ihm und beobachtete ihn, wie er aufstand und sich langsam und gekonnt entkleidete. Er legte sich auf mich und küsste mich zärtlich. Streichelte mein Gesicht, neckte mich mit seiner Zunge und schob seine Mitte schließlich zwischen meine Beine, um gefühlvoll in mich einzudringen. Wir nahmen uns unendlich viel Zeit füreinander.

Mit Chris aufzuwachen war ein wunderbar erwärmendes Gefühl. Ich streichelte sein schönes Gesicht und küsste ihn. Er war mein! Ein Moment Vollkommenheit, den man am liebsten auf Polaroid festhalten wollte. Noch bevor er die Augen öffnete, schenkte er mir ein Lächeln.

»Guten Morgen, Süße.«

»Hey du, es ist Zeit aufzustehen!«, musste ich ihm leider mitteilen.

Ich hätte am liebsten den ganzen Tag hier mit ihm verbringen wollen, doch da gab es ja noch die Tiere und den Hofladen.

Er blinzelte und sah mich an.

»Das war eine wunderschöne Nacht, Lissy. Ich will das immer haben, jeden Abend mit dir ins Bett gehen und jeden Morgen mit dir aufwachen!«

»Ja, das würde mir auch gefallen! Aber du weißt, dass das schon bald nicht mehr so oft möglich sein wird. In drei Wochen beginnt die Uni und ich muss wenigstens eine Woche vorher zurück, um mich noch einmal um meinen Fachbereich zu kümmern«, erinnerte ich ihn.

»Ich wollte doch mit dir reden, Melissa! Es ist bislang nur eine Idee, aber bitte denke wenigstens darüber nach, bevor du mich für verrückt erklärst, okay?«

Seine großen blauen Augen blickten gespannt auf mich.

»Jetzt machst du mich aber neugierig. Hat das eventuell auch was mit deinem Streit mit Eni zu tun?«, kam es mir in den Sinn.

»Es hat auch damit zu tun, ja.« Er nahm meine Hand und sah mich ernst an.

»Hör zu! Professor Lange wäre hocherfreut, wenn ich seinem Angebot nachkomme. Allerdings wäre das bereits mit Semesterbeginn. Ich müsste hier alle Zelte abbrechen und wieder nach Lüneburg ziehen. Es ist nun mal ein Fulltime-Job, große Zeit zum Pendeln bliebe da nicht. Ich möchte aber nicht ohne dich gehen. Daher will ich dich fragen - und Lissy, damit ist es mir sehr ernst - ob du dir vorstellen könntest, mit mir nach Lüneburg zu kommen? Antworte bitte nicht gleich. Gerhard und Professor Lange haben angeboten dich bei dem Wechsel zu unterstützen.«

Wechsel? Puh! Ich musste mich aufsetzen.

»Wechsel? Chris! Ich weiß nicht, was ich sagen soll! Das ist ein großer Schritt und bei Licht betrachtet bleibt für meine Entscheidung auch nicht mehr viel Zeit.«

Er meinte es wirklich ernst. Diese Entscheidung konnte ich aber nicht aus dem Bauch heraus treffen.

»Gut Chris, gib mir etwas Zeit darüber nachzudenken. Sei aber bitte nicht enttäuscht, wenn es nicht klappt. Bitte tu mir nur einen Gefallen!«, bat ich ihn und er nickte. »Mach deinen Weg nicht von meinem abhängig! Nimm das Angebot an, wenn es das ist, was du willst!«

»Melissa, ich will es. Solch eine Chance bietet sich mir nicht noch einmal!« Er gab mir einen Kuss auf die Schulter.

»Aber ich will es mit Dir! Vergiss das nicht!«

»Ich nehme an, dass du bereits mit Tom darüber gesprochen hast?«, fragte ich noch einmal nach, obwohl ich die Antwort bereits kannte.

»Sicher. Auch ihn würdest du somit wesentlich häufiger zu Gesicht bekommen, als es derzeit der Fall wäre. Er ist ohnehin viel unterwegs und wir drei hätten in der Stadt einen etwas anonymeren Ort, als hier auf dem Land.«

»Und Eni ist sauer, weil du die Praxis jetzt nicht mehr eröffnen willst.«

»Eni hat mich gar nicht ausreden lassen. Ich lasse sie doch nicht hängen. Die Praxis wird fertiggestellt und ich werde sie solange verpachten wie nötig.«

Wie es aussah, hatten sich die beiden Brüder schon ihre Gedanken gemacht. Ganz gleich, ob es mir nun zusagte, was sie sich ausgedacht hatten, ich war auf jeden Fall Teil ihrer Pläne.

Wir trafen uns zu viert unten in der Küche für ein kurzes Frühstück. Chris machte sich mit seinem Schokoladen-Brötchen in der Hand auf den Weg zu seinem ersten Termin in der Praxis. Er hatte Amy und mir angeboten, ihn am kommenden Tag zu begleiten. Es standen einige Hausbesuche an und er konnte jede Unterstützung gebrauchen. Eni war damit einverstanden und wollte den Tag nutzen, ihre Papiere zu ordnen und Besorgungen zu machen. Morgen hatten sich zudem die Handwerker angekündigt und wir hätten ohnehin nicht am Hofladen arbeiten können. Moni und Henk kamen mit den zehn Kühen schon zurecht.

So arbeiteten Amy und ich noch den halben Tag auf dem Hof und Eni entrümpelte derweil die Waschküche, die der kleinen Käserei weichen sollte. Das wiederum ließ Moni die Hände über dem Kopf zusammenschlagen, als sie sah, was meine Tante alles für die Mülldeponie aussortiert hatte. Doch Eni beschwichtigte sie, indem sie ihr den Haufen zeigte, den sie für Dekomaterial zweckentfremden wollte. Alte Milchkannen, Schüsseln und Förmchen waren dabei. Sogar den Dreschflegel und die alte Egge hatte sie aussortiert.

196

Die zugewachsene Zinkwanne hinter dem Stall durften Amy und ich dann auch noch aus ihrem Dornröschenschlaf wecken. Erst einmal mussten wir Monis stinkenden Brennnesselansatz entsorgen, den sie als Kampfmittel gegen Läuse einsetzte. Wir füllten ihr einen Teil der Jauche in einen Bottich ab und verteilten den Rest eimerweise auf dem Gelände. Es stank zum Himmel und wir gleich mit. Amy scherzte, dass man sich mit dem Zeug nicht nur die Läuse vom Pelz hielt, sondern jegliche Form von Leben. Als man die Zinkwanne wieder als solche erkennen konnte, kam Tom um die Ecke gebogen.

»Hey, euch riecht man ja bis zum Schrottplatz. Ich musste nur der grünen Wolke folgen«, feixte er.

Für diesen Spruch bekam er erst einmal einen dicken Kuss mit extra Umarmung von mir.

»Sei still und hilf uns lieber beim Tragen. Die Wanne soll schon mal vor den Stall. Eni möchte sie später vor den Hofladen stellen und bepflanzen«, erklärte ich ihm.

»Ach ja, ihr kennt euch ja noch nicht«, fiel mir ein, als Amy auffällig hüstelte.

»Amy Schneider, das ist Tom Noack.«

»Zumindest gesprochen haben wir noch nicht miteinander!«, musste Amy noch grinsend hinzufügen. Ich wurde rot. Stimmt, sie hatte uns allesamt nackt gesehen und war dann in ihr Zimmer geflüchtet. Tom lachte nur. Der sah wie immer alles locker. Zu dritt bugsierten wir das schwere Teil in den vorderen Bereich des Stalls und beendeten damit den Arbeitseinsatz. Ich hatte Hunger und wollte unbedingt diesen Gestank loswerden.

»Was haltet ihr von Grillen am See?«, fragte ich beide.

»Klingt super!«, freute sich Amy und klatschte vergnügt in die Hände.

»Ich schlage vor, dass ihr zwei erst einmal diesen Mief loswerdet und wir uns in einer Stunde am See treffen. Ich besorge alles, klingt das gut?«, brachte Tom sich ein.

»Das klingt super, Tom!«, bestätigte ich ihm und gab ihm ein Küsschen auf die Wange.

»Könntest du noch ein, zwei nette Freunde auftreiben?«, flüsterte ich ihm noch zu.

Er verstand sofort und ich zwinkerte ihm zu.

»Bis später, Ladys«, rief er uns noch nach und stieg ins Auto.

Nach dem Duschen packten wir noch ein paar Getränke und Snacks in die Kühltasche und gingen mit Decken bewaffnet hinunter zum See. Ich war überrascht, als ich das bunte Treiben dort sah. Neben Tom und Chris zählte ich noch drei weitere Männer und zwei Frauen. Leider war unter ihnen auch diese Arielle, die eigentlich Jennifer hieß und sich auf der Geburtstagsparty an Tom rangemacht hatte. Na prima. So hatte ich mir den netten Grillabend nicht vorgestellt! Tom und Chris kamen auf uns zu, als sie uns sahen und nahmen uns die Sachen ab. Ich schaute Tom etwas skeptisch an und deutete auf die Leute hinter ihm.

»Wer sind all diese Leute?«

»Na ja, ich habe Olaf, meinen Mechaniker gefragt, ob er Lust auf ein Feierabend-Bierchen am See hat und der hat das gleich mal zum Anlass genommen, seine Clique zu informieren. Und scheinbar hatte keiner von denen heute Abend andere Pläne. Die sind alle in Ordnung. Den einen oder anderen kennst du ja bereits von der Geburtstagsparty«, beschwichtigte er.

Stimmt, diese aufdringliche Rothaarige dort, die hatte ich tatsächlich wiedererkannt.

»Wird sicher ein schöner Abend!«, winkte ich ab. »Ich bin am Verhungern! Bekomm ich 'ne Wurst?«, fragte ich fröhlich in die Runde.

Wir saßen um die Feuerschale drapiert, grillten Würstchen am Stock und tranken seegekühltes Bier. Die Männer hatten kurzerhand den Kasten Bier zur Kühlung am Ufer platziert. Meine Mutter hätte dazu gesagt: *Man kann noch so doof sein, man muss sich nur zu helfen wissen.* Damit wollte ich aber nicht die Intelligenz der unbekannten Gäste untergraben. Obwohl mir Arielle schon ein wenig, sagen wir mal, einfach vorkam.

Olaf hatte seine Ukulele mitgebracht und sorgte damit für eine ausgelassene Stimmung. Amy konnte natürlich jedes Lied mitträllern und bald waren wir für die zwei Hit-Monster nur noch schmückendes Beiwerk. Man hörte nur noch »Hey Amy, kennst du den Song …« oder »Spiel doch mal …«.

Ich kuschelte mich an Chris und hielt unbemerkt Toms Hand. Jenny und ihre Freundin Melanie waren schon gut angeheitert. Jede der beide musste mindestens vier Flaschen Bier getrunken haben und sie begannen Scherze auf Kosten der anderen zu machen, was wir erst alle belächelten. Aber dann setzte sie sich neben Tom.

»Tom, ich bin richtig heiß auf dich. Ich würde gern mal unsere Nacht wiederholen. Du kannst lecken wie sonst keiner«, lallte sie dicht vor Toms Gesicht. Der schob sie weit weg von sich und ich setzte mich schockiert auf.

»Hey Arielle, ich glaube, das reicht jetzt. Du solltest besser mal nach Hause gehen.«

Anstatt mich zu unterstützen, lachte Tom laut auf und wiederholte fragend mein wohlwollendes Pseudonym »Arielle?«.

»Was willst du denn von mir? Du Bitch!«, spuckte mir diese indes zornig entgegen.

Ich war doch gerade noch höflich zu ihr. Warum war sie denn jetzt so fies? Aber da sprudelte es schon weiter aus ihr raus.

»Erst machst du dich an Tom ran und jetzt vögelst du seinen Bruder, hä? Wer ist als Nächstes dran, du kleine Schlampe?«

Tom unterbrach ihre Hasstirade, sichtlich darum bemüht, selbst nicht die Fassung zu verlieren.

»Halte sofort den Mund, Jenny, oder ich kann für nichts garantieren. Und glaube mir, das, was da zwischen uns mal gewesen ist, wird sich unter keinen Umständen mehr wiederholen. Ich bin fertig mit dir. Mache in Zukunft besser einen großen Bogen um uns, sonst …«

»… sonst was, Tom? Willst du mir etwa vor allen hier drohen?«, unterbrach sie ihn mit arrogantem Unterton.   »Ach weißt du was, Jenny? Du bist den Ärger nicht wert! Mach, dass du wegkommst«, winkte Tom ab und bedeutete ihr, zu gehen.

»Du hast mir gar nichts zu sagen Tom, schließlich hat Olaf mich eingeladen«, frotzelte sie zurück.

Das konnte doch nicht wahr sein! Meine Vermutung über ihren Intellekt schien sich leider zu bewahrheiten. Bevor sie weiter herumstichelte und dieses peinliche Schauspiel gar kein Ende mehr nahm, musste ich da mal etwas klarstellen.

»Jennifer, ich weiß gerade nicht, wo dein Problem ist und warum du dich so aufreibst, aber du versaust uns den schönen Abend.« Sie wollte schon wieder loszetern, aber ich fiel ihr ins Wort und bedeutete ihr mit dem Zeigefinger, sie sollte beachten, was ich zu sagen hatte. »Das hier ist Privatbesitz und ich möchte dich bitten, jetzt zu gehen! Nur ungern würde ich die Polizei rufen.«

»Du kannst mich mal, blöde Kuh! Melanie? Lass uns abhauen. Ich habe keinen Bock mehr auf diese Leute«, knurrte sie in Richtung ihrer Freundin. Melanie hatte von dem Streit nichts mitbekommen, da sie mit den anderen der zwei Männer schwer beschäftigt war.

»Jenny, aber wieso denn? Ist doch noch gar nicht so spät«, antwortete sie ungläubig. Chris stand auf und beendete das Theater.

»Leute, die Party ist vorbei! Wir müssen alle morgen wieder früh raus. Schön, dass ihr da wart. Nehmt euren Müll bitte noch mit.«

Na schön, das war's dann. Melanie und Jenny machten sich Gott sei Dank sofort vom Acker und die zwei Männer, mit denen Melanie zusammengesessen hatte, begleiteten sie. Amy und Olaf hatten von dem Hickhack scheinbar nichts mitbekommen. Sie saßen beide am Ende des Stegs und kamen sich verdächtig nahe, soweit ich das in der Dunkelheit ausmachen konnte. Beim Aufräumen wandte ich Tom.

»Sag mal, dieser Olaf, ist der in Ordnung?«

Er schaute in Richtung Steg und grinste.

»Schwer in Ordnung!«

»Was machen wir mit den beiden?«

»Am besten störst du das junge Glück nicht! Sie sind beide groß und werden schon wissen, was sie tun! Wir lassen das Feuer an, damit sie nicht ins Wasser fallen«, lachte er.

Wer hätte gedacht, dass Amy so schnell Anschluss fände? Wir gingen zurück zum Haus und beschlossen alle dortzubleiben. Amy und ich wollten ohnehin in aller Frühe mit Chris zu dessen Hausbesuchen aufbrechen und ich war froh, mal wieder beide Männer um mich zu haben.

Kapitel 14

Viel zu früh war die Nacht vorbei! Der Wecker klingelte hartnäckig und weder Tom noch Chris machten Anstalten, nach meinem Handy zu greifen, um diesen Krach zu unterbinden. Ich öffnete die Augen. Nanu? Ich war allein! Schade! Mit einem Schlag auf den Wecker stellte diesen aus und schleppte meinen müden Körper ins Bad, um schnell eine Dusche zu nehmen. Kaltes Wasser sollte mir dabei helfen, meine Lebensgeister zu wecken.

Brrrr. Erfrischend - ja! Wohltuend - NEIN!

Nachdem ich meine alten Klamotten angezogen hatte, ging ich in die Küche hinunter. Der Duft nach Kaffee und gebratenem Speck durchzog das gesamte Haus. Fantastisch!

Chris stand am Herd und brutzelte etwas, sein Bruder saß kauend am Tisch und grinste mich verwegen an.

»Na, da ist ja unser Langschläfer! Ich habe gerade schon zu Chris gesagt, dass wir dich wohl wecken müssen.«

»Ach ja? Wie hättet ihr mich denn wecken wollen?«, fragte ich interessiert nach.

»Chris meinte, er hätte letztens Erstaunliches bewirkt mit seiner Zunge. Das und sicher noch ein paar andere Dinge hätte ich gern ausprobiert, Baby.«

Er zog mich auf seinen Schoß und küsste mich leidenschaftlich. Dabei umfasste er meinen Hintern und drückte mich gegen seine Mitte. Oh wie schade, dass wir das nicht weiter ausführen konnten.

Chris stellte die Pfanne mit Eiern und Speck auf das Brett auf den Tisch und beugte sich zu mir, um mir ebenfalls einen Kuss zu schenken.

»Guten Morgen Lissy, bereit für den Tag?«

»Aber ja Sir, ich freue mich darauf, ihre Anweisungen entgegennehmen zu dürfen«, kokettierte ich und küsste ihn zärtlich. Dann hörten wir eine kichernde Amy den Flur entlangkommen und ich ließ von Chris ab, der sogleich den Kaffee holen ging. Tom schob mich vom Schoß, stand auf und umfasste mein Gesicht.

»Muss leider los Baby, aber bitte denke über das nach, was Chris dir vorgeschlagen hat. Ich will dich viel öfter sehen, als es der Fall sein wird, wenn du da weiterstudierst, wo du gerade eingeschrieben bist! Wir nehmen diese Beziehung sehr ernst, falls du es noch nicht bemerkt hast.«

Er verabschiedete sich mit einem liebevollen Kuss. An der Tür stand bereits Amy, räusperte sich und kicherte.

204

»Ist das hier ´ne Privatveranstaltung oder dürfen wir eintreten?«

Wir? Ich drehte mich verwundert zur Küchentür und musste schmunzeln. Olaf hatte den Arm um sie gelegt und lächelte dümmlich in die Richtung seines Chefs.

»Sagt mal, war Melissa gestern nicht mit Chris am See zugange?«

Tom knurrte und Amy stieß ihn lachend in die Rippen.

»Halt die Klappe, Olaf! Du hast wohl zu viel Bier gehabt!«, rettete sie die Angelegenheit. Danke Amy!

»Ja, halt die Klappe, Lehmann! Sieh zu, dass du pünktlich in der Werkstatt bist!«, tönte Tom, als er an den beiden vorbeigehend die Küche verließ.

Amy grinste den ganzen Tag wie ein Honigkuchenpferd.

»Na Amy, bist du glücklich, dass du endlich doch noch ein paar Tage Praktikum bekommst?«, stichelte ich in der Mittagspause.

Wir saßen im Schatten eines Kuhstalls und aßen unsere Brote, die wir uns morgens geschmiert hatten.

»Melissa, ich habe ja mit allem gerechnet, aber dass ich hier Sex haben würde, damit nun wirklich nicht! Es tat einfach gut, mal wieder mit jemanden zusammen zu sein!«, antwortete sie erfreut.

»Jemand? Meinst du, Olaf ist nichts für eine Beziehung?«, fragte ich nach. Sie hätte ihn sicher namentlich erwähnt, wenn sie mehr gewollt hätte!

»Darüber habe ich nicht nachgedacht. Ich will es einfach genießen! Selbst wenn sich herausstellen sollte, dass Olaf der große Wurf ist, wäre da noch das Problem mit der Entfernung. Er hier. Ich da. Wie soll das funktionieren?«

Ich stöhnte enttäuscht.

»Ach Melissa, an eure Situation habe ich gar nicht gedacht. Sorry. Ihr bekommt das sicher hin! Schließlich hast du jetzt ein Auto. Das habe ich zum Beispiel nicht!«, versuchte sie, mich aufzuheitern. Aber es gelang ihr nicht. Ich lächelte sie trotzdem an und sie umarmte mich.

»Wird schon alles gut werden, Melissa! Du wirst sehen.«

Meine Gedanken kreisten weiter um den Vorschlag von Chris. Ich wäre mit ihm täglich zusammen und Tom schien sich auch regelmäßig in diesem Konstrukt zu sehen. Von hier wäre die Uni nur eine halbe Autostunde entfernt, ich könnte Eni somit häufiger besuchen und sie auf dem Hof unterstützen. Was hielt mich auch in Stuttgart? Meine Freunde? Amy und Steve! Was, wenn mir die Lüneburger Uni nicht gefiel? Oder ich mit den Lehrkräften nicht auskam und sich meine Noten verschlechterten? Ich hatte meiner Mutter versprochen das bestmögliche Ergebnis zu erreichen! Und ja, dann war da noch das Grab meiner Mutter in Stuttgart. Ich konnte sie da nicht zurücklassen!

»Lissy? Wo bist du heute nur mit deinen Gedanken?«, holte Chris mich in die Realität zurück.

»Gib' mir bitte das Silberspray.«

Ich sammelte mich kurz. Er und Amy hatten einer Kuh eine Fleischwunde genäht, die ihr durch das

Horn einer anderen Kuh zugefügt worden war. Chris hatte währenddessen erklärt, dass viele Bauern sich dafür entschieden, den Jungtieren die Hornansätze auszubrennen, um solche Verletzungen zu vermeiden. Er hatte das bereits mehrfach erlebt und es würde höllisch stinken und den Tieren entsetzliche Schmerzen bereiten. Dass Amy als Tierschützerin fassungslos mit dem Kopf schüttelte, war mir klar, aber auch Chris äußerte sich als Gegner dieser martialischen Prozedur. Ich sagte nicht viel. Mir wurde einfach nur schlecht, von seinen bildhaften Ausführungen. Amy blickte mich mitfühlend an und Chris durchbohrte mich mit seinen fragenden Blicken. Ich gab ihm die Dose, nach der er verlangt hatte und zog mir die Handschuhe aus.

»Brauche mal kurz frische Luft«, gab ich gepresst von mir und ging.

Kaum draußen angekommen, bemerkte ich, wie sich mein Magen verkrampfte und sich Speichel im Mund sammelte. Oh nein! Ich schaffte es gerade noch bis hinter den Stall und musste mich heftig übergeben. Schrecklich! Wo kam das so plötzlich her? Hatte ich irgendwas nicht vertragen, was ich gegessen hatte? Oder war es auch nur das Ergebnis der vielen Veränderungen der letzten Wochen? Meine heile Welt war gehörig aus den Fugen geraten und mir fiel es zunehmend schwer, mich in dieser neuen Welt einzuordnen. Wo gehörte ich hin? Klammerte ich mich nur an Tom und Chris, weil sie mir Zuneigung und Sicherheit versprachen? Hatte ich etwa einen Vaterkomplex? Hatte der fehlende Vater doch einen seelischen Schaden bei mir hinterlassen?

Ich übergab mich erneut.

»Melissa!«, nahm ich Amy besorgt hinter mir wahr.

»Oh Gott, Süße! Geht´s dir nicht gut? Soll ich dich nach Hause bringen?« Ja, ich wollte hier weg!

»Rufe bitte Eni an. Sie soll mich abholen!«

»Schaffst du es kurz allein? Ich laufe schnell zurück, hole das Handy und sage Chris Bescheid. Er macht sich Sorgen um dich!«

»Ja, ich schaffe das schon.« Ich ließ mich an der Stallwand herabsinken und versuchte, meinen Atem unter Kontrolle zu bringen. Mir war unfassbar übel. Chris kam kurz darauf um die Ecke gestürmt und sah mich besorgt an.

»Oh Melissa, du bist kreidebleich.«

Er ergriff mein Handgelenk.

»Meine Güte, der Puls ist viel zu hoch! Ich fahre dich sofort zum Arzt!«, sprach er besorgt und nahm mich hoch, um mich in den Jeep auf die Rücksitzbank zu legen.

»Amy, setz´ dich zu Melissa. Ich sage kurz dem Bauern Bescheid, dass wir jetzt fahren«, hörte ich ihn noch zu meiner Freundin sagen. Ich stand völlig neben mir und hielt die Augen geschlossen. Amy hob meine Beine an, um sie anschließend auf ihrem Schoß abzulegen.

»Chris fährt uns gleich zum Arzt, dann bekommst du was gegen die Übelkeit. Da kommt er auch schon angerannt.«

Dann hörte ich ihn einsteigen, bemerkte, wie das Auto startete und wir losfuhren. Ich hatte damit zu kämpfen, nicht würgen zu müssen, dass ich von der Fahrt nichts mitbekam. Amy streichelte mein Bein oder hielt meine Hand, bis wir ankamen und der Wagen stoppte. Chris hievte mich wieder auf den Arm und trug mich in einen dunklen kühlen Raum. Dort legte er mich auf einer Liege ab. Ich konnte den Würgereflex jedoch nicht länger zurückhalten.

»Einen Eimer!«, keuchte ich.

Chris reagierte schnell und hielt mir eine Nierenschale hin. Ich würgte und schüttelte mich. Mehr als Gallensaft kam jedoch nicht. Schlapp ließ ich mich zurück auf die harte Unterlage sinken und spürte Chris erneut meinen Puls fühlen. Jemand legte etwas Kaltes auf meine Stirn und tupfte meine Wangen ab. Wahrscheinlich Amy. Mir war nicht klar, wann es mir jemals so schlecht ging wie in diesem Augenblick. Mein Magen krampfte sich schmerzhaft zusammen. Doch ich musste nicht lange warten, bis der Arzt zu uns kam.

»Na, wie geht es der Patientin?«, fragte eine angenehme ältere Frauenstimme.

»Hallo Chris, was ist mit deiner Freundin?«

»Hallo Marie, danke, dass wir so schnell kommen durften. Sie hat sich plötzlich heftig übergeben müssen und das innerhalb der letzten halben Stunde mehrfach. Sie ist völlig teilnahmslos und erschöpft«, beschrieb Chris aufgeregt.

»War sie ohnmächtig?«, fragte die Ärztin.

»Nein, aber sie scheint zu fiebern«, antwortete ihr Chris.

»Sie sagte etwas von Magenschmerzen«, hörte ich Amy hinzufügen.

»Was hat sie heute zu sich genommen?«, wollte die Ärztin daraufhin wissen.

»Zum Frühstück hatten wir alle das Gleiche, daran kann es nicht liegen«, begann Chris zu antworten.

»Sie hatte mittags ein Tomate-Mozzarella-Brot!«, stellte Amy fest.

Na klar, das war´s. Mir wurde allein beim Gedanken daran wieder schlecht. Nachdem die Ärztin mich eingehend untersucht hatte, richtete sie das Wort erneut an Chris.

»Ich vermute mal eine Lebensmittelvergiftung, schätzungsweise Listeriose, wenn ich an den Mozzarella-Käse denke. Chris, du kennst die Hygienemaßnahmen! Versucht euch also nicht anzustecken. Sie soll viel trinken und sich ansonsten ausruhen. Ich verschreibe ihr vorsorglich Antibiotika, die sie bitte drei Wochen nehmen sollte, sofern keine Nebenwirkungen auftreten. Fragt sie vorher noch einmal nach Allergien, bevor sie mit der Einnahme beginnt. Ich nehme ihr noch kurz Blut ab und schicke es ins Labor, dann wissen wir es genau. Danach bringt sie ins Bett. Sollte noch was sein, dann rufe mich an. Und grüße Tom lieb von mir.«

»Ja, mach ich. Danke Marie«, erwiderte mein Freund der Ärztin und sie verabschiedeten sich.

All das nahm ich, wie in Trance war. Gedämpfte Stimmen in weite Ferne gerückt.

Abends weckte mich Tom.

»Hey Prinzessin, ich habe dein Rezept eingelöst. Der Labortest dauert leider noch eine Weile, daher bekommst du das Antibiotikum rein vorsorglich. Bist du gegen irgendeine Art davon allergisch?«

Ich schüttelte den Kopf. Ich wusste es eigentlich gar nicht, da ich noch nie Antibiotika nehmen musste.

»Na dann darfst du jetzt täglich eine davon schlucken!«, scherzte er. Er half mir beim Aufsetzen und ich würgte das sperrige Ding hinunter, um sogleich wieder umzufallen und einzuschlafen.

Am nächsten Tag bekam ich Besuch von Amy.

»Hallo Süße, ich wollte dir nur sagen, dass ich zurück zur Uni fahre. Ich war ohnehin schon viel zu lang hier und gerade kann ich ja auch keinem helfen und ohne dich finde ich das auch komisch.«

»Amy, bleib doch noch, das ist alles kein Problem. Mir geht´s morgen sicher besser und dann fahren wir wieder mit Chris mit«, versuchte ich, ihr den Unfug auszutreiben.   »Chris ist die nächsten zwei Tage bei einem Professor Lange, soll ich dir ausrichten. Tom wird nachher vorbeikommen und gerade ist Eni unter in der Küche und kocht mit Moni Hühnersuppe. Für dich wird gut gesorgt. Ich wünschte, meine Familie würde sich so rührend um mich kümmern!«, erkannte sie traurig.

Mir wurde warm ums Herz. Es stimmte! Hier wurde ich gut versorgt. Aber das war die letzten Monate nach dem Tod meiner Mutter nicht der Fall.

»Wer bringt dich zum Zug?«, wollte ich wissen.

»Zum Zug? Nichts da, ich setze mich doch nicht sechs Stunden in so ein miefiges Abteil mit Kaugummi verklebten Sitzen«, antwortete sie und verzog dabei angewidert ihr hübsches Gesicht.

Ich hob fragend die Augenbraue. Sie begann zu kichern.

»Olaf fährt mich. Dein Tom hat ihm frei gegeben.«

Na, das war ja was. Der Olaf also. War wohl doch nicht nur jemand!

»Dann sag´ ihm, dass er schön vorsichtig fahren soll!«, forderte ich im ernsten Ton.

»Mach´ ich!«, flötete sie, gab mir einen Kuss auf die Stirn und verschwand. Ich hörte, sie die Treppe hinunterlaufen, gefolgt von einer von Lachen durchzogenen Unterhaltung mit einem Mann. Bestimmt Olaf. So schnell wurde man also ersetzt, wenn man nicht mehr funktionierte, murmelte ich vor mich hin, freute mich aber für meine quirlige Freundin. Sie hatte es auch nicht leicht. Ihre Eltern hatten sich scheiden lassen, als Amy sieben Jahre alt war und sahen sich anschließend dazu verpflichtet, ihr das Leben schwerzumachen, indem sie ihre einzige Tochter abwechselnd zu sich holten, getrieben vom eigenen Karriereplan, der sie durch Deutschland führte. Mehrfach hatte sie die Schule wechseln müssen und fand kaum noch Anschluss, je älter sie wurde. Mit fünfzehn durfte sie dann endlich auf ein Internat und somit an einem geregelten Leben teilhaben. Mit ihrem Verlangen nach Beständigkeit hat sie mir nach dem Tod meiner Mutter viel Halt gegeben. Ich glaube, dass ich ihr das nie gesagt habe. Das sollte ich nachholen, dachte ich und schlief darüber hinweg ein.

Mittags wurde ich von einem Klopfen an der Tür geweckt. Eni kam mit einem Tablett herein.

»Na Liebes, wie geht es dir?«

Ich setzte mich auf.

»Besser. Viel besser. Mir ist nicht mehr schlecht, aber mein Bauch tut mir noch immer weh«, teilte ich ihr mit.

Sie fühlte meine Stirn.

»Fieber hast du nicht mehr. Wenn du magst, kannst du ein paar Löffel von Monis Hühnersuppe essen. Sie kam sofort aus dem Stall gelaufen, als sie von Chris hörte, wie schlecht es dir ging. Aber bitte langsam machen. Erst einmal nur ein paar Löffel, damit nicht gleich alles wieder rauskommt. Wäre schade drum«, erklärte sie mütterlich.

Die Suppe war köstlich! Beim Löffeln entwickelte ich sogar ein wenig Appetit. Eni ließ mir noch ein Glas milde Apfelschorle da.

»Noch ein paar Kohlenhydrate«, meinte sie.

Erschöpft ließ ich mich wieder in die Kissen sinken und hoffte, dass das bald ein Ende hatte und ich endlich aus diesem Bett rauskam.

Nach Feierabend kam Tom wie versprochen vorbei.

»Na wie geht es dir? Meinst du, du schaffst es aufzustehen?«, fragte er mich.

»Ich denke schon, wieso?«

Was hatte er vor?

»Ich finde, du könntest mal eine Dusche vertragen. Du müffelst«, antwortete er frech.

Das war ja nicht zu fassen! Dafür bekam er einen kläglichen Schlag auf den Arm.

»Danke für deine ehrliche Meinung Tom!«, erwiderte ich gekränkt. Ich wollte gar nicht wissen, wie er riechen würde, nach einer Lebensmittelvergiftung.

»Gut, ich gehe duschen«, erklärte ich, »Allein!«

Tom lachte.

»Vergiss es, Baby. Ich will ungern den Zorn meines Bruders auf mich ziehen, wenn du ohnmächtig wirst und dir deinen hübschen Kopf anschlägst. Außerdem vermisse ich dich und würde gern die Nacht bei dir verbringen.«

Na schön, dann gingen wir eben duschen. Doch so einfach war das gar nicht. Mir wurde schwarz vor Augen, kaum, dass ich mich erhoben hatte.

»Na Prinzessin, dein Kreislauf scheint noch nicht auf der Höhe zu sein. Wird also Zeit für ein wenig Bewegung«, konstatierte er.

Er trug mich ins Bad, stellte den dreifüßigen Badhocker in die Dusche und setzte mich auf diesen, nachdem er mir mein Shirt und den Slip ausgezogen hatte. Er wusch mich von Kopf bis Fuß und ich genoss seine Zärtlichkeiten in diesem intimen Moment.

Tatsächlich fühlte ich mich nach dieser Dusche deutlich wohler. Als ich zumindest äußerlich wiederhergestellt war, aßen wir gemeinsam von Monis Hühnersuppe. Ich eher zögerlich. Immerhin schaffte ich einen Teller und behielt ihn bei mir. Fortschritt! Tom räumte den Tisch anschließend ab und nahm mich mit hinaus auf die Veranda. Erschöpft legte ich mich auf die Hollywoodschaukel und saugte die frische Luft tief ein. Tom, der sich an meinem Fußende niedergelassen hatte, nahm meine Füße auf seinen Schoß, um sie zu massieren. Sein nachdenklicher Blick war in die Ferne gerichtet, was mich unweigerlich an seinen Bruder erinnerte. So verhalten kannte ich ihn gar nicht. Was ging in ihm vor?

»Melissa, hast du schon über Chris' Vorschlag nachgedacht?«, fragte er leise, ohne mich anzusehen.

Das war es also. Auf diese Art von Unterhaltung war ich keineswegs vorbereitet und fühlte mich auch körperlich nicht hinreichend ausgeruht. Überfordert ließ ich mich dennoch zu einer Antwort hinreißen.

»Ich denke pausenlos darüber nach. Ich kann und werde das nicht mal eben entscheiden. Wir kennen uns noch keine drei Monate, Tom. Ich brauche noch etwas Zeit. Bevor ich euch meine Entscheidung mitteile, möchte ich noch einmal mit meinem Professor sprechen. Er kennt die Uni hier in Lüneburg und kann mir bezüglich der Unterschiede, die mich eventuell erwarten, weiterhelfen. Sobald Chris zurück ist, werde ich nach Stuttgart fahren, um das alles zu klären. Mit Amy habe ich auch noch nicht gesprochen. Ich kann mir gerade auch noch gar nicht vorstellen meine beste Freundin nicht mehr um mich zu haben«, erklärte ich ihm ehrlich und zu meiner Überraschung unwirscher als nötig.

Tom war nicht minder beeindruckt von diesem kleinen Vortrag und antwortete mit ernster Miene und sichtlich aufgewühlt.

»Ich liebe dich, Melissa! Noch nie habe ich so viel für eine Frau empfunden. Ich will nur, dass du das weißt!« Letztlich war es nicht nur das plötzlich wachsende schlechte Gewissen, was dazu führte, dass ich reflexartig auf seinen Schoß rückte, nein, seine

Worte berührten mich zutiefst. Ich wollte ihm nahe sein.

»Tom, ich empfinde doch genauso! Und ich will das alles auch. Ich will am liebsten ständig bei euch sein, aber zurzeit sind unsere Lebensmittelpunkte noch weit voneinander entfernt. Das muss erst einmal alles geregelt werden. Lass´ mir etwas Zeit dafür, okay?«

»Okay, Baby. Ist angekommen! Ich wollte dich damit nicht unter Druck setzen! Wir sind immer für dich da, vergiss das nicht. Wir unterstützen dich, wo wir können.«

»Danke, Tom. Ich weiß. Das bedeutet mir viel und jetzt küss mich einfach«, flehte ich beinahe.

Doch das ließ er sich nicht zwei Mal sagen. Er küsste mich wild, doch ich versuchte, ihn und seine Zunge etwas zu zügeln. Schließlich war ich eben erst von den Halbtoten zurückgekehrt. Dennoch wollte ich diese Nähe, seinen Atem an meinem Ohr und seinen Herzschlag unter meiner Hand. Langsam entzog ich ihm meine Lippen und schmiegte mein Gesicht an seine Brust. Seine Finger zeichneten spielerisch die Konturen meiner Arme nach. Er verstand und gab mir genau das, was ich jetzt brauchte. Selten fühlte ich mich mehr beschützt und umsorgt wie in diesem Moment, als seine Arme sanft meinen Rücken umschlangen und mich einfach festhielten. Seine Finger spielten mit den Strähnen meiner Haare und ich spürte, wie sich unser Herzschlag allmählich anglich.

Nur wir zwei.

Engumschlungen.

Dieser Moment mit Tom war ganz anders als jener am Wasserfall und doch genauso besonders und wunderschön. Hatte er an diesem aufregenden Sommertag dort zwischen den nassen Felsen und grünen Farnen meine sexuellen Sehnsüchte und die unbändige Lust auf das Leben angefacht, war es doch dieser eine Abend auf der Schaukel, der mir zeigte, dass es noch mehr als das zum Leben bedurfte.

Kapitel 15

Am kommenden Tag beschloss ich, mich noch einmal bei Jo blicken zu lassen, um mich zu verabschieden. Wir trafen uns in dem Haus im Wald, zu dem Chris mich kurz nach meiner Ankunft geführt hatte. Das flaue Gefühl, das in mir aufstieg, ließ sich kaum ignorieren. Ebenso schwer fiel es mir, die Bilder aus meinem Kopf zu verbannen, die ich mit diesem Ort verband. Aber ich musste einen Weg finden, damit zurechtzukommen, denn er hatte mir bereits am Telefon mitgeteilt, er wolle das Haus von Chris kaufen. Es sollte in meinem Interesse sein, wenn Chris mit diesem Teil seiner Vergangenheit abschloss. Ich straffte die Schultern, drückte auf den Klingelknopf und vernahm dieses Mal tatsächlich ein Läuten. Jo öffnete mir mit Topflappen in der Hand und in eine Küchenschürze gehüllt die Tür. Der einladende Duft von Tomate und Pasta umwehte seine schlanke Gestalt. Freudestrahlend zog er mich in eine feste Umarmung und gab mir einen Kuss auf die Wange.

»Hallo Lissy, ich hoffe, du hast Hunger mitgebracht. Es gibt Lasagne!«, meinte er stolz.

»Wie? Du hast gekocht?«, fragte ich erstaunt. Hatte ich Jo jemals am Herd stehen sehen? Ich glaube nicht!

»Also ich habe heute noch nicht viel gegessen. Daher würde ich gerne mal probieren, was du da so gezaubert hast. Es duftet jedenfalls köstlich«, lobte ich ihm.

»Prima, dann komm doch rein. Ich beginne am besten mit dem Rundgang durch mein neues Heim hier im unteren Bereich«, schlug er mir vor.

»Okay.« Natürlich war ich neugierig, was Chris für einen Geschmack hatte.

Im Eingangsbereich befanden sich eine weiß-graue Garderobe und ein weißer Schuhschrank im Vintage-Stil. Dort stellte ich meine Tasche ab und hing meine dünne Strickjacke auf. Linkerhand ging die Tür zum Gäste-WC ab und rechts stand die Tür zur Küche offen, die ich neugierig durchschritt und Jo damit folgte. Dem äußeren Erscheinungsbild des Hauses nach, welches eher an ein bayrisches Forsthaus erinnerte, hätte ich hier ein rustikales Ambiente erwartet. Doch eine hochmoderne weiß glänzende Küche mit anthrazitfarbener Marmorplatte überraschte mich. Das war der absolute Wahnsinn. In der Mitte des großen quadratischen Raumes befand sich der gewaltige Holztisch, den Chris Theresa zum Einzug geschenkt hatte. Eine massive Holzplatte auf vier dicken Bohlen. Wahrscheinlich Eiche. Dazu an jeder langen Seite Bänke und an den Stirnseiten passende Stühle. Ähnlich wie Bistrostühle, nur viel breiter und mit rotbraunem Leder bezogener Sitzfläche. Ein Traum. Jo führte mir begeistert die vielen hochtechnischen Elektrogeräte vor. Induktionskochfeld, Dampfgarer, Kaffeevollautomat, Teleskopherd auf mittlerer Höhe und ein gigantischer Kühlschrank mit Flügeltüren und Eiswürfelfach. Wow! Das war die schönste Küche, die ich je gesehen hatte. Wir nahmen am Tisch Platz, den Jo liebevoll dekoriert hatte und aßen erst einmal gemeinsam, bevor er mir den Rest des Hauses zeigen wollte.

»Wo ist eigentlich diese Theresa?«, fragte ich ihn während des Essens.

»Sie ist ausgezogen«, verriet er mir.

Beinahe hätte ich mich verschluckt. Theresa wohnte nicht mehr hier?

»Ach ja? Wann denn das? Und wieso?«, gab ich erstaunt zurück.

Er nahm einen Schluck Wasser, bevor er antwortete.

»Gestern hat sie die letzten Sachen abholen lassen. Chris hat mir vor Kurzem das Haus zum Kauf angeboten. Ich habe darüber natürlich mit Theresa gesprochen. Sie war gar nicht begeistert von der Idee, hier weiterhin wohnen zu bleiben. In ihren Augen waren wir schon in der Großstadt in irgendeiner völlig überteuerten und sterilen Designerwohnung lebend und auf unzähligen Partys unterwegs. Sie wollte nie hierherziehen und dachte, ich würde mit ihr nach Lüneburg gehen und dort neu anfangen. Als Grafikerin konnte sie problemlos die letzten Jahre von zu Hause aus arbeiten, doch nun hatte sie mit ihrem Agenturchef vereinbart wieder fest nach Lüneburg zu kommen. Sie wollte nicht alles umschmeißen und freute sich auf das Stadtleben. Und ehrlich gesagt, passt das auch besser zu ihr. Aber ich bin ein Landei, Lissy. Was soll ich in der Stadt? Dieses Haus ist großartig. Chris hat viel Liebe und vor allem viel Arbeit reingesteckt. Mir gefällt es. Ich kann mit dem Kauf etwas Wiedergutmachung leisten und er kann neu durchstarten.«

»Hat er dir erzählt, was er jetzt machen will?«, kam es aus mir, bevor ich darüber nachdenken konnte.

»Es interessiert mich schon, aber ich wollte nicht indiskret sein. Es geht mich ja auch nichts an! Chris meinte nur, dass er von hier fortgehen wird und seine Praxis vorerst verpachten möchte. Mehr weiß ich auch nicht. Wir haben uns nur getroffen, um den Verkauf zu besprechen. Er hat mir deutlich gezeigt, dass er kein Interesse daran hat, mit mir Smalltalk zu halten.«

Chris hatte ihm nichts von uns gesagt. Irgendwie enttäuschte mich das, aber ich verstand es auch. Jo war schließlich der treibende Keil zwischen ihm und Theresa gewesen. Ich weiß, dass da noch mehr zwischen ihnen nicht gut lief, aber Jo gegenüber hätte ich an Chris' Stelle auch nichts über meine neue Beziehung verraten. Somit lenkte ich das Thema noch einmal auf das Haus.

»Und du sagst, Chris hat hier vieles selbst am Haus gemacht?«

Er nickte.

»Er hat das Haus komplett umgebaut. Sein Bruder hat auch ab und zu geholfen, aber das meiste hat er selbst gebaut. Den Tisch hier zum Beispiel oder die Bäder. Auch die Terrasse hat er angelegt. Der Junge hat echt Talent. Denkt man gar nicht, wenn man weiß, womit er seine Brötchen verdient.«

Da hatte Jo recht. Den Steg am See hat Chris ja auch gebaut. Chris schien gern Dinge zu erschaffen oder auch zu verändern. Wie passt das mit seinem zukünftigen Job im Labor zusammen? Oder ist es genau das, was er will - auf kleinster Ebene die größtmögliche Veränderung schaffen? Je mehr ich über ihn erfuhr, desto mehr faszinierte mich dieser vielschichtige Mann. Aber genau das machte mir auch Angst. Konnte ich ihm jemals das Wasser reichen? Was, wenn ich auf beruflicher Ebene nie auf Augenhöhe mit ihm gelangen würde? Würde er sich irgendwann langweilen?

Jo führte mich nach dem Essen weiter durch sein neues Zuhause. Es war perfekt. Ich war hin und weg von dem Gefühl, was es vermittelte. Hier konnte man sich nur zu Hause fühlen! Es war modern und gleichzeitig gemütlich und zudem groß genug für eine Familie, aber nicht zu groß für ein Paar. Chris hatte einen wahnsinnig guten Geschmack! Was musste er gedacht haben, als er mir seine kleine schäbige Dienstwohnung präsentiert hatte? Wollte er prüfen, was mir wichtig war? Ob Materielles in meinem Leben eine Rolle spielte, wie für Theresa etwa? Wenn dem so war, schätze er mich schlecht ein. Meine Mutter und ich kamen immer schon mit wenig aus. Uns war das Zwischenmenschliche immer viel wichtiger als alles andere. Vielleicht lief ich auch deshalb manchmal etwas billig rum? Markenklamotten waren für mich nie ein Thema. In der Schule zählten für mich immer nur Leistungen. Ich wollte ein Einser-Abitur und mehr interessierte mich damals nicht. Ob sich jemand wegen meines Äußeren auf meine Kosten amüsiert hatte, war mir schlichtweg egal.

Später beim Tee erzählte ich Jo, dass ich überlegte, auf die Uni nach Lüneburg zu wechseln. Er fragte nicht warum, sondern freute sich einfach nur, dass er mich dann öfter würde sehen können. Das war ja einfach! Na gut, den ganzen Rest über meine eigentlichen Beweggründe verriet ich ihm nicht. Somit war seinerseits nicht viel dazu zu sagen. Ich hatte eindeutig Schiss vor seiner Meinung. Was war, wenn er genau die Punkte ansprach, die mir Sorgen bereiteten? Den Abfall meiner Noten, meine Freunde, die ich im Stich lassen würde und wie gut kannte ich Tom und Chris überhaupt? Wenn es nicht klappte, dann würde ich Chris auf dem Universitätsgelände ständig über den Weg laufen und Tom hier bei Eni, da sich beide um den Online-Shop des Hofladens kümmerten. Puh! Dass ich gleich mit beiden zusammen war, würde ich ihm natürlich nicht verraten ... Ich wollte die Gespräche mit dem Professor und Amy abwarten und mich danach entscheiden!

Zurück auf dem Hof ließ ich gemeinsam mit Eni die letzten Wochen Revue passieren. Dabei grillten wir noch einmal Marshmallows, die von meinem Geburtstag übriggeblieben waren, über der Feuerschale. Für Eni gab es Wein, ich blieb lieber beim alkoholfreien Bier. Die Vergiftung hatte ich noch nicht überstanden und wollte lieber vorsichtig sein. Sie erzählte mir dann auch von Henning und sich. Meine Tante war total verknallt, aber sie hatte sich noch nicht getraut, es ihm zu sagen. Sie liebte diese Vertrautheit zwischen ihnen, wollte aber nicht alles aufs Spiel setzen, solange er sich nicht offiziell zu ihr bekannte. Es beruhigte mich, dass sie mit ähnlich banalen Dingen zu kämpfen hatte wie ich. Manche Probleme hielten sich, scheinbar unbeirrt, über alle Lebensabschnitte und eine Patentlösung schien es nicht zu geben. Dann blickte sie zu mir und fragte mit besorgtem Ton.

»Sag mal Liebes, was wird denn jetzt mit euch dreien, wenn ihr in alle Himmelsrichtungen verstreut seid?«

Wenn ich das wüsste!

»Das ist eine gute Frage und ich habe keine Antwort darauf«, gab ich resigniert zurück.

»Bist du denn richtig verliebt in beide?«, wollte sie wissen.

Diese Frage hingegen konnte ich sicher beantworten.

»Eni, verliebt ist gar kein Ausdruck. Ich möchte die beiden jede Minute um mich haben, vermisse sie furchtbar und würde am liebsten für immer hierbleiben. Aber ich habe einen Traum. Ich will für meine Mutter all das erreichen, worüber ich mit ihr immer gesprochen hatte. Und ich möchte sie auf dem Friedhof in Stuttgart nicht zurücklassen.«

»Hat denn jemand von dir verlangt, dass du das Studium abbrechen sollst?«, hakte sie nach.

»Nein, nein. Es ist ganz anders!«, versicherte ich ihr.

»Liebes, wenn dir etwas auf dem Herzen liegt, rede mit mir. Ich war in letzter Zeit häufig mit mir selbst beschäftigt, was mir leidtut, aber ich möchte für dich da sein. Ich versuche zu helfen, wo ich kann. Also? Magst du es mir erzählen?«, redete sie mir gut zu.

Ich nickte. Nichts wollte ich lieber, als endlich meine Sorgen mit jemandem teilen.

»Chris möchte, dass ich mit ihm gemeinsam nach Lüneburg ziehe. Er hat doch dieses Angebot von der Uni dort erhalten und mir vorgeschlagen, dass ich dahin wechseln könnte. Unterstützung würde ich von den Professoren erhalten, aber ich weiß nicht, ob der Schritt zu voreilig wäre.«

»Mal abgesehen davon, wie dein Herz entscheiden wird, wäre ein Wechsel durchaus positiv zu betrachten. Du hättest deine Familie und Freunde viel näher bei dir. Wenn du mal unsere Hilfe bräuchtest, wäre es viel einfacher, dir hier zu helfen als dort, wo du jetzt bist. In Stuttgart hast du zwar Amy, aber eine Freundin ersetzt noch längst keine Familie. Zudem würden dich, wie du sagst, die Professoren unterstützen und du könntest in jedem Falle deinen Traum, Tierärztin zu werden, weiterverfolgen. Was mit Chris und Tom wird, kann dir niemand vorhersagen. Wenn es sich jetzt in diesem Moment als richtig und gut anfühlt, dann ist es das bestimmt auch.«

Ich lauschte aufmerksam ihren Worten und mir ging dabei mehr als ein Licht auf.

»Glaube mir, ich tendiere stark dazu, dieser besonderen Beziehung und der neuen Universität eine Chance zu geben. Aber was ist mit Amy und dem Grab meiner Mutter? Ich will sie beide nicht zurücklassen!«

Von Eni kam daraufhin nur ein »Hm«, was alles hätte bedeuten können … *Du machst dir zu viele Gedanken, Lissy. Stehe dir doch selbst nicht immer im Weg, Lissy. Das sind doch nur faule Ausreden, Lissy.* Meine Tante trank einen Schluck Wein und heftete ihren Blick stumm an das Schwarz der Ferne. Mein Handy leuchtete auf und lenkte meine Aufmerksamkeit auf das farbenfrohe Display.

Eine Nachricht von Chris.

Bin auf dem Weg zurück. Treffen uns in 20 Minuten bei Tom.

»Na? Gute Nachrichten?«, fragte meine Tante und versuchte ihr verschmitztes Grinsen erst gar nicht zu verbergen.

Als ich zehn Minuten später in Enis Auto saß, hatte ich immer noch ein schlechtes Gewissen. Es war ein wundervoller Abend mit ihr gewesen. Dass wir uns so gut unterhalten hatten und ich ihr meine Sorgen anvertrauen konnte, tat unglaublich gut und gab mir Kraft, auch wenn ich immer noch keine Antwort auf die Frage hatte, wie es nach den Semesterferien weitergehen sollte. Doch der Gedanke, dass meine Tante immer noch für mich da sein würde, egal welchen Weg ich wählen würde, erleichterte mich. Mir war durchaus bewusst, dass ich entweder Amy oder die Zwillinge verletzten würde, in jedem Falle aber mich selbst. Warum konnte nicht alles so bleiben, wie es war? Wo ich darüber nachdachte, störte mich der fade Beigeschmack, mir solch eine Entscheidung überhaupt abringen zu wollen. Aber noch war nichts entschieden!

Im Loft erwarteten mich gedämpftes Licht, stimmungsvolle Musik und die wahrscheinlich heißesten Zwillinge auf der Welt. Sie trugen beide nur jeweils eine Jeans, die bis knapp unter die Hüfte reichte. Dieser Anblick schaffte es doch tatsächlich, mich von meinen Sorgen abzulenken. Gemeinsam zogen sie mich zur Mitte des Lofts und begannen mit mir zu tanzen. Küssten mich abwechselnd, dass mir die Luft wegblieb und wie durch Zauberhand hatte ich bei jedem Wechsel ein Teil weniger am Leib. Schließlich war ich splitterfasernackt, sie hingegen nicht. Bei dem Versuch, diesen ungleichen Zustand zu ändern, ergriff Tom meine Handgelenke, die mir sein Bruder mit einem roten Seidentuch zusammenband. Die zwei dabei zu beobachten, wie die Lust in ihnen entflammte, war mir ein inneres Fest. Sie führten mich zum Bett und ließen mich bis ans Kopfende rücken, damit sie meine Arme oberhalb meines Kopfes an einer der Metallstreben festbinden konnten. Oh Gott, das war heiß!

Sie setzten ihre Küsse und Berührungen auf meinem Körper fort. Ich rekelte und wand mich lasziv. Gleichzeitig saugten sie an meinen Brustwarzen und ich spürte deutlich die Feuchtigkeit zwischen den Beinen. Während Chris mit seinen Lippen südwärts wanderte, verfiel ich dem leidenschaftlichen Kuss seines Bruders. Ein erster Zungenschlag traf unvorbereitet auf meine Perle und ich schrie erschrocken auf. Chris leckte zart über meine Schamlippen, um erneut mit seiner Zunge auf meine Klit zu sausen. Wieder schrie ich die Lust, die er in mir entfachte, laut hinaus und wandte mich unter der süßen Folter. Er liebkoste meine Öffnung und drang tief mit seiner Zunge in mich ein. Erst sanft, dann immer schneller und fester. Ich nahm kaum mein eigenes lustvolles Stöhnen wahr, als ich mich die köstlichen Krämpfe durchzuckten. Die Wellen rissen mich einfach fort und ich gab mich diesem unbeschreiblichen Gefühl hin. Mein Körper war übersät von Schweißperlen, als ich die Augen wieder öffnete und an mir hinunterblickte. Tom band meine Arme los, was mich erneut dankbar aufstöhnen ließ.

»Zeit für eine Abkühlung, Baby!«, sprach er und es klang wie ein Befehl mit einer Prise von einem Versprechen auf mehr. Von beiden wurde ich ins Bad geführt und endlich legten sie ihre Jeans ab. Chris stellte die Dusche an und zog mich darunter.

»Ich liebe dich Chris, das war unbeschreiblich schön«, gestand ich ihm und erhielt zur Antwort einen liebevollen Kuss.

»Heb´ dein Bein!«, bat er mich daraufhin. Ich folgte seiner Bitte und legte ein Bein über seinen Arm. Sanft stieß sein hartes Glied gegen meine feuchte Scham und drang leise stöhnend in mich ein. Tom fand zu uns, streichelte über meinen Rücken und gab uns Halt.

»Darf ich dich von hinten nehmen?«, fragte er leise, während er die sensible Haut unter meinem Ohr mit heißen Küssen bedeckte.

Unentschlossen sah ich zu ihm und antwortete nicht gleich, da ich das letzte Mal, als sie gleichzeitig in mir waren, recht lange nachspüren konnte - im unangenehmen Sinne.

»Ich bin vorsichtig und wenn es sich nicht gut anfühlt, dann höre ich sofort auf!«

Na schön, das war in Ordnung. Ich nickte. Tom gab mir einen Kuss und griff nach einer Flasche. Als Nächstes streichelte er meinen Anus und ich fühlte eine angenehme Wärme. Das war vermutlich auf den Inhalt der Flasche zurückzuführen. Ein wärmendes Gleitgel. Tom massierte mich zärtlich mit seinen Fingern und dehnte mich sanft. Es fühlte sich viel besser an, als das letzte Mal. Chris ließ sich Zeit. Seine Bewegungen waren zärtlich und liebevoll. Behutsam drang auch Tom in mich ein. So ungewohnt dies auch für mich war mit zwei Männern gleichzeitig zu schlafen, so intensiv und über die Maße erregend war es. Das Bein, auf dem ich stand, gab langsam unter ihren Stößen nach, aber sie hielten mich. Ich schlang meine Arme um Chris und er hob mich hoch. So war es viel besser. Ich konzentrierte mich auf ihre Stöße und gab mich dem Gefühl des Ausgefülltseins völlig hin. Mein eigenes inneres Rauschen vermischte sich mit dem prasselnden Wasser und dem klatschenden Geräusch unserer Körper. Und letztlich wurde jeder von uns von einem erlösenden Orgasmus belohnt.

Beseelt und völlig erledigt nach diesem Erlebnis, sehnte ich mich nur noch nach Erholung. Chris hielt mich fest im Arm und Tom seifte mich ein.

Nach der Dusche trugen sie mich ins Bett, in dem ich sofort einschlief.

Geweckt wurde ich am nächsten Morgen von einem bereits angezogenen Chris. Schade, gern hätte ich noch etwas mehr Zeit mit ihm gehabt.

»Ich muss gehen, Lissy. Es gibt für mich die kommenden einenhalb Wochen viel zu organisieren. Fahre bitte vorsichtig zurück nach Stuttgart. Ich rufe dich heute Abend an.«

Er küsste mich auf die Stirn.

»Ich liebe dich und du machst mich glücklich!«, lächelte er mir zu und mir wurde warm ums Herz.

»Ich liebe dich auch, Chris Noack. Bis heute Abend.«

Noch ein keuscher Kuss zum Abschied und er war fort. Ich kuschelte mich zurück in die weichen Kissen, die so gut nach ihm rochen und blickte aus dem Fenster in einen wunderschönen wolkenfreien Sommerhimmel.

»Einen Penny für deine Gedanken«, kam es von Tom neben mir. Ich drehte mich zu ihm und zog sein schönes Gesicht mit meinen Fingern nach.

»Sag mir, was ich machen soll«, sprach ich das aus, was mich seit Tagen bewegte. Er zog mich in seine Arme und hielt mich fest umschlungen.

»Die Frage kann ich dir nicht beantworten, Baby! Ich kann dir nur versprechen, dass ich, und Selbes gilt für Chris, möchte, dass du glücklich bist und dich geliebt fühlst. Höre auf dein Herz bei deiner Entscheidung und entscheide für dich - nicht für uns. Wir werden hier sein, so oder so.«

Ich atmete aus. Seine Worte nahmen mir ein wenig von dem Druck, den ich die ganze Zeit verspürte. Dennoch konnte ich mir nicht so recht vorstellen, wie ich diese zwei potenten Männer über diese Entfernung halte sollte. Schließlich bot sich irgendwann doch die Gelegenheit, mit einer willigen

Arielle rumzumachen. Von Jo hätte ich das ja schließlich auch nie erwartet. Noch sind wir frisch verliebt, aber was, wenn das erste Hochgefühl verflogen ist und jeder später in seinem Alltag versank? Fänden wir dann noch genügend Zeit füreinander? Diese furchtbare Option, dass ich doch nur die Gespielin eines Sommers für die beiden war, blitzte erneut auf. Das Festbinden am Bett war zweifelsohne erregend und schließlich hatten sie dabei in erster Linie mich befriedigt, aber was würde noch auf mich zu kommen. Ich hatte bereits davon gelesen, dass es sexuelle Beziehungen gab, die davon geprägt waren, dass ein Partner den anderen dominierte. Wollten sie mich dazu bringen, mich zu unterwerfen? Wollten sie mich etwa auch auspeitschen? Oh nein, diese Gedankengänge führten eindeutig in die falsche Richtung. Ich bemerkte einen ziehenden Schmerz, der sich über meinem linken Ohr zur Schläfe hin ausbreitete. Das war kein gutes Zeichen. Mit geschlossenen Augen ließ ich meine Finger über die pochende Stelle kreisen.

»Baby, jetzt entspanne dich bitte. Das Letzte, was wir wollen, ist dich damit zu belasten. Wir lieben dich und möchten dich einfach bei uns haben. Das mag sich im ersten Moment etwas einseitig anhören, aber wir möchten für dich sorgen und für dich da sein, und das geht nun einmal schlecht, wenn du sechs Stunden von uns entfernt wohnst.«

Ich lächelte schwach.

»Ja, das hat Eni auch schon gemeint. Habt ihr euch etwa abgesprochen?«, stöhnte ich.

»Hm, hat sie das? Eni ist eine kluge Frau. Sie hat mit Sicherheit die gleichen Gründe wie wir«, knurrte er verführerisch an meine Halsbeuge und legte meine Arme um sich. Ich sollte an meiner Einstellung zum Leben arbeiten. Sei nicht so kopflastig Melissa, schalt ich mich. Tom küsste mich und widmete sich dann meinen Brüsten, meinem Bauchnabel, meiner Leiste und schließlich meiner Mitte. Mit jeder seiner sanften Berührungen entspannte ich mich mehr und mehr und versuchte, meine Gedanken auf diesen Moment mit ihm zu lenken. Er liebkoste meine Schamlippen, öffnete sie leicht und leckte mit kreisenden Bewegungen über meine Knospe. Ab da an war mein Kopf gedankenleer und der Schmerz verschwunden. Ich krallte meine Hände ins Laken und presste meinen Kopf vor Erregung in die Kissen. Das war so gut.

»Ich will mit dir kommen«, stöhnte mir Tom entgegen.

Er erhob sich, legte meine Beine über seine Schultern und massierte mit seiner Eichel meine Perle, bevor er in mich stieß.

»Aaaahh Tom«, brachte ich atemlos hervor. In dieser Position traf er unentwegt diesen einen magischen Punkt in mir. Lange hielt ich seinen Stößen nicht mehr stand.

»Tom, ich bin gleich soweit …«, keuchte ich.

Er legte meine Beine ab und zog mich auf seinen Schoß. Eine Hand hielt mich stützend im Rücken und mit der anderen am Po gab er den Rhythmus vor. Ich schlang meine Arme um ihn und küsste ihn voller Leidenschaft, bis ich meinen Kopf zurückwarf und laut stöhnend kam. Davon animiert kam auch er nach wenigen festen Stößen und ergoss sich in mir.

Als sich unser Atem wieder entschleunigt hatte, nahm ich eine kurze Dusche und machte mich auf den Weg zu Eni, nachdem ich von Tom noch einen Schluck Kaffee und einen Kuss bekommen hatte. Meiner Tante hatte ich ein gemeinsames Abschiedsfrühstück versprochen.

Die Fahrt nach Stuttgart dauerte aufgrund einer Vollsperrung zwei Stunden länger als geplant. Somit verpasste ich leider Amy, die mit Steve auf eine Party am *Eckensee* gegangen war. Ich sollte nachkommen, stand auf dem Zettel, den sie mir hinterlassen hatte. Aber auf Party hatte ich nach der achtstündigen Autofahrt so gar keine Lust. Ich packte meine Sachen aus und machte es mir mit meinem Notebook, einem großen Eistee und einem Käsebrot auf dem Sofa gemütlich. Gott sei Dank hatte Amy eingekauft. Mittlerweile waren alle Läden geschlossen. Gespannt suchte ich die Homepage der Uni in Lüneburg und studierte den Lehrplan der kommenden Semester. Die Schwerpunkte unterschieden sich schon in einigen Bereichen, aber ich hatte mich ja auch noch nicht festgelegt. Ich würde Professor Hauser morgen fragen, was er mir empfehlen würde im Falle eines Wechsels.

Mein Handy leuchtete auf.

Chris.

»Hey du«, grinste ich in den Hörer.

»Na, wie war deine Reise?«, fragte er abgespannt.

»Anstrengend. Ich stand im Stau, aber was ist mit dir? Warum klingst du so müde?«

»Ach frag nicht, ich habe heute jemanden von früher getroffen und das Gespräch war nicht gerade erbaulich. Reden wir am besten nicht mehr drüber«, bat er mich.

»Wie du möchtest. Dann ruhe dich lieber noch ein wenig aus. Wir können ja morgen miteinander telefonieren, wenn ich bei Professor Hauser war«, schlug ich vor und wir verabschiedeten uns. Hm. Da war er wieder, der ernste Chris. Tom schickte ich eine Nachricht mit einem Gute-Nacht-Kuss und ging ins Bett.

Es war bereits später Vormittag, als Amy endlich aus den Federn gekrochen kam. Ihrem Gesichtsausdruck nach zu urteilen, hatte sie mindestens Kopfschmerzen. Mitfühlend hielt ich ihr eine Tasse Kaffee hin, die sie dankbar entgegennahm. Schweren Herzens legte ich los.

»Amy, ich gehe gleich zu Professor Hauser«, fing ich an und wurde glatt unterbrochen.

»Oh, willst du deinen Fachbereich endlich mal festlegen?«, knurrte sie.

»Ja, auch … aber nicht nur …«, stammelte ich.

Sie blickte fragend über den Tassenrand zu mir.

»Ach, was denn noch?«

»Ich überlege, an die Uni Lüneburg und damit zu Chris zu wechseln«, sprach ich schnell.

So, jetzt war es endlich raus. Sie sah mich ernst an und schien plötzlich hellwach zu sein. Sichtlich überrannt von dieser unerwarteten Neuigkeit, ließ sie den Kaffeebecher auf den Tisch knallen, dass der Inhalt überschwappte.

»Und wann soll das sein?«

»Eventuell mit Semesterbeginn«, meinte ich kleinlaut und versenkte den Kopf zwischen meinen Schultern.

»Du meinst in knapp einer Woche? Bist du verrückt geworden? Wie soll ich denn so schnell eine neue Mitbewohnerin finden? Ich kann mir diese große Wohnung doch gar nicht allein leisten, nicht mal mit Steve zusammen! Und du kennst Chris seit drei Monaten und willst schon alles stehen und liegen lassen für ihn? Dieses Dreier-Ding hat dich total verändert Melissa. Wenn du mich fragst, ist das ein riesengroßer Fehler«, brüllte sie und stand auf. Sie ließ mich gar nicht zu Wort kommen, sondern ging einfach und knallte ihre Zimmertür hinter sich zu.

Na, das ist ja besser gelaufen, als gedacht Melissa, ärgerte ich mich.

Scheiße!

Traurig griff ich nach meinem Rucksack und machte mich auf den Weg zum Büro von Professor Hauser. Der erwartete mich schon und bat mich, vor seinem Schreibtisch Platz zu nehmen.

»Also Frau Weyl, wie geht es ihnen?«, fragte er vergnügt wie immer.

»Ich weiß es nicht. Ich tue mich schwer mit der Entscheidung zu wechseln«, gab ich zu.

»Hm. Das kann ich gut nachvollziehen. Solche Schnellschüsse können auch schon mal nach hinten losgehen. Haben Sie sich schon Gedanken über ihr Stipendium gemacht?«, fragte er mich.

»Inwiefern? Besteht das innerhalb Deutschlands nicht fort?«, gab ich beunruhigt zurück.

»Nein, das Stipendium müssten sie in Lüneburg neu beantragen«, erklärte er mir und noch einiges mehr, was ich aber nicht mehr wahrnahm. Das einsetzende Ohrenrauschen ließ mich für einen Moment teilnahmslos dasitzen. Das bedeutete, dass damit die Entscheidung gefallen war. Ich konnte mir ein Studium ohne dieses Stipendium einfach nicht leisten. Umsonst der Streit mit Amy. Umsonst gegrübelt. Eine so banale Sache machte mir einen Strich durch die Rechnung. Langsam drang seine Stimme wieder zu mir durch.

»Aufgrund Ihrer Leistung wäre die Zulassung in Lüneburg jedenfalls unproblematisch. Nehmen Sie sich Zeit für diese Entscheidung, Frau Weyl. Sie können in einem Jahr noch einmal einen Wechsel anstreben, sofern Sie das noch wollen. Binnen eines Jahres sollte sich auch die Angelegenheit mit dem Stipendium klären lassen.«

»Danke Professor, Sie haben mir sehr geholfen.«

Ich stand auf und reichte ihm zum Abschied die Hand.

»Moment Frau Weyl, ich habe Sie noch auf meiner Liste stehen, denn ich hoffe, Sie bleiben einem meiner Fachgebiete treu. Kann ich mit Ihnen rechnen? Sonst vergebe ich den Platz an einen der sechzig Studenten auf der Warteliste.«

Ich war etwas überfahren, aber er hatte recht. Ich hätte mich schon längst entscheiden sollen.

»Pathologie«, nickte ich ihm zu.

Er machte einen Haken hinter meinen Namen, lächelte zufrieden und wünschte mir noch einen angenehmen Tag.

Vor dem Gebäude hielt ich kurz inne und atmete tief ein und aus. Jetzt wo mir die Entscheidung abgenommen worden war, fühlte ich vielmehr Enttäuschung als Erleichterung, denn insgeheim hatte ich mich auf einen Neuanfang mit meiner Familie, Tom und Chris gefreut. Endlich fühlte ich mich wieder irgendwo zu Hause.

Ich ging zum Auto und fuhr zum nächsten Blumenladen, um einen Strauß violetter Lilien zu kaufen. Dann fuhr ich zum Friedhof. Dort war ich schon viel zu lange nicht mehr.

»Hallo Mami«, begrüßte ich sie am Grab angekommen. Ich holte frisches Wasser und stellte die Blumen in die Vase inmitten ihres kleinen Grabes. Wenn ich Geld verdiente, sollte es einen schönen Stein und eine Bepflanzung bekommen. Noch ein Grund, keinen Schnellschuss zu wagen, wie der Professor treffend festgestellt hatte. Ich konnte keinen Studienkredit beantragen, den ich danach noch jahrelang abzahlen müsste!

Nachdem ich mich wieder innerlich beruhigt hatte, beschloss ich, die Sache mit Amy zu bereinigen. Ich besorgte auf dem Rückweg Eis und Bier und fuhr nach Hause.

»Amy, bist du da?«, rief ich beim Betreten der Wohnung. Ein mürrisches »Nein« kam aus ihrem Zimmer. Ich musste grinsen. Langsam öffnete ich ihre Tür und zack kam auch schon ein Kissen geflogen.

»Hau ab, du Verräterin«, schimpfte sie. Ich hielt das Eis durch den Spalt.

»Was hast du noch?«, blaffte sie. Ich hielt eine Flasche Bier daneben. »Na schön, komm schon rein, du blöde Ziege«, gab sie freundlich von sich.

»Pathologie!«, sagte ich.

»Was ist mit Pathologie?«, fragte sie und verzog dabei das Gesicht.

»Ich habe Hauser heute meinen Fachbereich mitgeteilt. Pathologie!«, erklärte ich tonlos und erntete eine quiekende Amy-Umarmung.

»Heißt das, du bleibst? Wegen mir etwa? Weil ich heute so gemein war? Nein, was sag ich da? Du warst doch gemein heute Morgen ...«, stammelte sie sich zurecht.

»Nein, ganz anders und ja, tut mir leid, dass ich nicht früher mit dir gesprochen habe. Es ist so, dass ich mein Stipendium verlieren und der Neuantrag in Lüneburg zu lange dauern würde. Daran habe ich überhaupt nicht gedacht. Damit stellt sich die Frage einfach nicht mehr«, erklärte ich ihr.

»Oh ja, das kann ich verstehen. Was sagen die Zwillinge dazu?«, stellte sie die Frage, vor deren Antwort mir bereits graute.

»Hab's ihnen noch nicht erzählt. Ich war vorhin bei meiner Mutter. Musste erst mal in Ruhe darüber nachdenken.«

»Mach dir keinen Kopf, Melissa, die werden das schon verkraften, so verliebt wie die zwei sind ...«, versuchte sie, mir zu zureden. Aber es half nichts. Ich sah bereits die vielen Arielles um sie herumschwirren und Übelkeit stieg in mir auf.

238

»Lust auf Schnaps und Schnulze?«, schlug Amy vor und rette mich somit vor mir selbst.

»Jepp, aber ich bleib beim Bier. Mein Magen ist noch nicht wieder trinkfest.«

Wir schauten zum hundertsten Mal Titanic und heulten um die Wette. Und ausgerechnet an solch einem emotionalen Tiefpunkt rief Chris an. Ich überlegte erst, nicht ranzugehen, aber irgendwann musste ich mit der Sprache rausrücken.

»Hey Chris«, schniefte ich.

»Hey Lissy, alles in Ordnung mit dir?«, hörte ich sogleich meinen ernsten Chris fragen.

»Ja ja, mit fehlt nichts. Amy und ich schauen nur Titanic«, erklärte ich so locker wie möglich.

»Ich habe eine Wohnung für uns gefunden. Direkt neben dem Stadtpark. Das sind nur ein paar Minuten mit dem Rad zur Uni. Ich kann es kaum erwarten sie dir zu zeigen. Wann, meinst du, können wir deine Sachen holen?«, fragte Chris aufgeregt.

Mein Magen verkrampfte sich. Ich flüchtete in mein Zimmer und kauerte mich aufs Bett immer noch nach den richtigen Worten ringend.

»Süße, was ist los?«, hakte er nach, als ich nichts sagte.

»Chris, das wird leider nichts. Ich kann nicht zu dir ziehen. Da gibt es noch viel zu klären und das geht einfach nicht innerhalb einer Woche. Es tut mir leid«, gab ich traurig bekannt und Tränen liefen mir über die Wangen.

Stille.

»Chris, sag doch was, bitte«, schluchzte ich.

»Ich muss auflegen Melissa. Es gibt hier auch noch viel zu tun für mich. Gute Nacht.«

Und damit war das Gespräch beendet. Noch mehr Tränen rollten mir übers Gesicht. Ich konnte gar nicht mehr aufhören. Es fühlte sich an, als hätten wir gerade das letzte Mal miteinander gesprochen. Aber das konnte doch nicht sein. Ich rief ihn noch einmal an, um ihn zu sagen, dass ich ihn liebte und dass wir eine Lösung finden würden. Aber Chris nahm nicht ab. Tom anzurufen war gerade auch keine Option. Ich wollte nicht beide mit der Nachricht verärgern, auch wenn ich davon ausgehen konnte, dass er nicht so reagieren würde wie Chris. Wütend schmiss ich das Handy durch den Raum und fragte mich, warum um mich herum neuerdings immer alles gleich derart eskalieren musste? Was machte ich nur falsch?

Die nächsten Tage passierte gar nichts. Kein Anruf. Nicht eine Nachricht. Das Wochenende verstrich und niemand ließ sich blicken oder meldete sich. Aber ich war einfach zu stolz und zu wütend, um ihnen hinterherzutelefonieren. Mit Amy bin ich das Gespräch oft durchgegangen und jedes Mal endete meine Freundin mit einem Wort »Arschloch«. Erst hielt ich es für meine Schuld, weil ich nicht gleich vom Problem mit dem Stipendium erzählt hatte, aber Amy rückte mir jedes Mal den Kopf zurecht, wenn ich nur in die Nähe dieser selbstzerstörerischen Gedanken kam.

Ich war froh, sie bei mir zu haben. Mir ging es wirklich schlecht. Noch niemals zuvor hatte ich solch einen entsetzlichen Liebeskummer verspürt. Gut, dass noch etwas Zeit blieb, bevor die Vorlesungen wiederbegannen. Denn ich war zu rein gar nichts zu gebrauchen und schon gar nicht wollte ich unter Leute.

Am Montag fuhr ich mit Amy in die Stadt, um unsere Bücher und Schreibmaterial abzuholen. Amy quasselte ununterbrochen, dass gar nicht auffiel, dass ich nicht viel zu sagen hatte.

Dienstag beschlossen wir, unsere Wohnung einmal auf den Kopf zu stellen und einen Putztag einzulegen. Abends telefonierte ich mit Jo, der anrief, um mir mitzuteilen, dass er sich heute mit Chris beim Notar getroffen, hätte um den Kaufvertrag zu unterschreiben. Er war ganz aus dem Häuschen, aber ich konnte mich leider nicht richtig mit ihm freuen. Meine Gedanken kreisten nur um Chris. Er war bei Jo, um mit etwas so Wichtigem abzuschließen und hielt es nicht für nötig, mir davon zu erzählen. Nun kannte ich meinen Stellenwert wenigstens genau.

Nach dem Telefonat mit meinem Vater war ich nervlich am Ende. So sehr hatte ich mich währenddessen zusammenreißen müssen, um nicht in Tränen auszubrechen. Dieses Gespräch ließ mein Gefühlschaos vollends explodieren und mich die kommenden Tage in meinem Zimmer verbarrikadieren. Ich verließ es nur, um nicht zu verdursten oder auf Toilette zu gehen. Was war ich doch für ein naives und dummes Mädchen. Falle auf zwei Kerle rein, die sich einen Sommerspaß erlaubten. Zu blöd, um nicht zu bemerken, wie sie mich für ihre Sexfantasien benutzten. Ich schlug mir immer wieder, ungläubig über meine eigene Dummheit, gegen die Stirn. So konnte es aber nicht mehr weitergehen. In Kürze gingen die Vorlesungen an der Uni weiter und ich sah aus wie ein Gespenst. Also ging ich duschen, um mir die fettigen Haare zu waschen und mir etwas Frisches anzuziehen, was nicht nach Ziegenstall roch. Immerhin ein Anfang. Anschließend fühlte ich mich bereit für die Welt vor der Wohnungstür und schnappte mir die Schmutzwäsche, um in den Waschsalon zu fahren. Dort stopfte ich meine Wäsche in die Trommel und stellte das 30-Minuten-Programm ein. Das Sofa im Wartebereich des Salons war erfreulicherweise frei und ich legte mich der Länge nach darauf. Mit ein wenig Musik meiner Lieblingsband Incubus auf den Ohren fühlte es sich fast wieder an wie früher – vor den Semesterferien. Ich beschloss, mich nur noch auf mein Studium zu konzentrieren! Keine Trauermiene mehr und vor allem keine Männer mehr solange ich das Studium nicht abgeschlossen hatte. Punkt.

Während meiner glorreichen Gedankengänge stupste mir jemand an den Fuß. Erschrocken zog ich die Kopfhörer aus den Ohren.

»Hey du, darf ich mich setzen?«, fragte ein gutaussehender Kerl.

»Oh klar, sorry. Habe dich nicht bemerkt«, entschuldigte ich mich und machte ihm Platz.

»Wir kennen uns doch«, stellte er fest.

Ich sah ihn an und tatsächlich, das war doch der Kassierer aus dem Campus-Mini-Markt. Wie hieß er doch gleich?

»Ähm, ja. Du arbeitest doch in dem Laden bei uns auf dem Campus, oder?«, fragte ich ihn verlegen und eine Erinnerung an mein jämmerliches Äußeres blitzte vor meinem inneren Auge auf.

»Ab und zu helfe ich aus und verdiene mir etwas dazu. Ich bin Eric.«

Genau, Eric hieß er.

»Melissa.«

Ich reichte ihm die Hand. Wir fingen uns an zu unterhalten und fanden uns später in einem kleinen Kaffee wieder. Eric erzählte mir, dass er nun noch drei Semester vor sich hatte. Tja, ich noch fünf.

Er war 25 Jahre, hatte dunkelbraune kurze Haare und große braune Augen. War groß und schlank und erzählte, dass er viel Sport in seiner Freizeit trieb. Eric hatte sich den Pferden verschrieben. Seine Eltern führten einen Reiterhof in der Nähe von Hannover und hatten den Traum, dass sie zukünftig durch ihren Sohn den medizinisch-therapeutischen Bereich abdecken konnten. Seine berufliche Zukunft war jedenfalls gesichert.

Wir erzählten bis weit in die Nacht hinein über das Studium, unsere Praktika und er gab mir jede Menge Tipps. Mir gefiel seine offene und entspannte Art, weshalb ich auch zustimmte, das Treffen gern noch einmal zu wiederholen. Je schneller ich zur Normalität zurückfand, desto besser entschied ich.

Kapitel 16

Die Tage vergingen. Aus Tagen wurden Wochen und bald war bereits der erste Monat des neuen Semesters vorbei. Ich dachte noch viel an Tom und Chris und es schmerzte immer noch sehr. Dass sie mich doch einfach nur benutzt hatten, wollte ich noch immer nicht wahrhaben. Vielleicht konnte ich auch nur nicht zugeben, wie bescheuert ich gewesen war.

Ich kam von der letzten Vorlesung für diesen Tag und holte die Post aus dem Briefkasten. Oben in der Wohnung sortierte ich Amys Post und die Werbung für sie aus. Einer der Briefe war an uns beide adressiert jedoch ohne Absender. Ich wollte ihn aber nicht ohne Amy öffnen, daher musste ich mich gedulden, bis sie nach Hause kam. An diesem Abend kam sie so spät, dass ich bereits eingeschlafen war. Am nächsten Morgen wedelte ich dann mit dem Brief vor ihrer Nase herum.

»Wir haben Post!«

»Wie? Wir beide? Von der Internatsverwaltung? Wollen die mehr Geld?«, fragte Amy und rümpfte die Nase.

»Nein, ich hoffe nicht! Ich mache ihn auf, warte!«

Ich riss den Umschlag auf. Eine Faltkarte mit einem Rahmen aus wunderschönen purpurfarbenen Lilien und einem geblümten Rinderschädel kam zum Vorschein. In geschwungener Schrift war das Wort *Einladung* zu lesen. Meine Freundin riss mir ungeduldig die Karte aus der Hand.

»Es ist eine Einladung zur Eröffnung von Enis Hofladen. In vier Wochen. Wir können dort übernachten und sie würde sich freuen, wenn wir an dem Freitag ganz früh anreisen würden, damit wir ihr noch bei den letzten Vorbereitungen helfen könnten«, übersetzte Amy mir den Inhalt.

»Ich kann da nicht hin!«, stellte ich enttäuscht fest.

»Du spinnst wohl! Natürlich fahren wir da hin. Du und ich! Wegen der zwei Pappnasen wirst du doch deine Tante nicht im Stich lassen! Die haben bestimmt noch nicht einmal den Arsch in der Hose dort aufzukreuzen. Und wenn doch, dann lernen sie mich mal kennen«, sprudelte es auch meiner Freundin heraus.

»Okay, schon gut. Du hast recht. Ich bin ein Waschlappen! Ich rufe Eni an und sage ihr zu!«, willigte ich ein. Aber wohl war mir dabei nicht.

»DAS ist die Melissa, die ich kenne!«, zeigte sie mit ihrem Zeigefinger auf mich und wackelte dabei mit dem Kopf.

Ich musste lachen.

Die vier Wochen bis zur Eröffnung vergingen schneller als gedacht und ich wurde zunehmend nervöser. Es herrschte weiterhin Funkstille zwischen den Zwillingen und mir und ich war ehrlich froh, wenn ich das Wochenende bei Eni endlich hinter mich gebracht hatte. Wir fuhren das letzte Mal mit dem Golf. Ich konnte das Auto nicht länger behalten. Von Tom hatte ich zwar diesbezüglich nichts gehört, aber ich wollte das Auto zurückgeben und mit dem Kapitel abschließen.

Da wir einvernehmlich die Vorlesungen geschwänzt hatten, waren wir bereits Freitag Mittag bei einer völlig aufgedrehten Eni. Das, was bereits fertiggestellt war, sah einfach zauberhaft aus. Im Laden standen schon die Holzregale und Kartons mit der Ware, die Eni verkaufen wollte. Das würden wir heute sicher noch alles einräumen müssen. Gerade war Eni dabei die letzten Blumen in die Zinkbadewanne zu pflanzen. Davor waren bereits Strohballen drapiert, damit auch dort Obst und Gemüse zum Kauf angeboten werden konnte.

»Bevor wir richtig loslegen, machen wir erst einmal Mittagspause. Moni hat Gemüseeintopf gezaubert. Darauf freue ich mich schon den ganzen Tag«, lachte meine Tante und bedeutete uns, ihr ins Haus zu folgen.

Wir saßen kaum am Tisch und wollten mit Essen beginnen, da kam der Pick-up angebraust. Eni sah aus dem Fenster und ging mit den Worten »Prima, die Bierzeltgarnituren sind da. Bin gleich zurück.«, aus der Küche, bedacht darauf, mir nicht in die Augen zusehen. Ich griff nach den Autoschlüsseln und hielt sie Amy hin.

»Kannst du die bitte Tom gleich geben, dann spar ich mir den unangenehmen Auftritt.«

Meine Freundin nahm kopfschüttelnd die Schlüssel an sich und folgte meiner Tante. Sicher würde sie mit ihrer Meinung über das Schauspiel der beiden Männer nicht hinterm Berg halten. Ich konnte nicht aus dem Fenster sehen. Tränen stiegen in mir auf. Nein, fang jetzt bloß nicht an zu heulen, Melissa! Das Thema ist durch, ermahnte ich mich.

Plötzlich flog die Haustür auf und ein wütender Tom bog um die Ecke und raste ungehalten auf mich zu. Ich zuckte erschrocken zurück.

»So, Melissa. Schickst deine Freundin vor, um dich mir nicht stellen zu müssen was? Ich hätte dir ein wenig mehr zugetraut. Wenigstens solltest du mir den nötigen Respekt erweisen und mir persönlich mitteilen können, dass das Ganze ein Riesenspaß für dich war. Erst schickst du meinen Bruder vor und jetzt dieser Kindergarten hier. So hat mich noch niemand behandelt, Fräulein, und ich bin kurz davor, meine gute Kinderstube zu vergessen.«

Wie bitte? Was meinte er denn damit um Gottes willen?

»Genug Tom, sofort raus hier, sonst vergesse ich MEINE gute Kinderstube!«, verkündete Eni energisch neben uns.

»Ach, vergiss es einfach. Ich habe genug von dir«, knurrte er mir entgegen, bevor er das Weite suchte.

Vollkommen perplex schaute ich ihm nach, wie er hektisch aus der Tür verschwand. Ich verstand die Welt nicht mehr.

»Was habe ich denn getan Eni?«, fragte ich hilflos meine Tante von einem beginnenden Heulkrampf geschüttelt.

»Also, das wüsste ich auch gern, Liebes. Ich wundere mich selbst gerade über Tom. Derart aufgebracht habe ich ihn noch nie erlebt. Verrätst du mir, was passiert ist?«, hakte sie nach und setzte sich zu mir, um mich zu trösten.

Amy kam in dem Moment auch wieder zurück und hatte ebenso viele Fragezeichen im Gesicht stehen. So eine gequirlte Scheiße aber auch. Als ich mich beruhigt hatte, erzählte ich Eni meine Version der Geschichte und sie konnte nur fassungslos mit dem Kopf schütteln.

»Diesen beiden Vollidioten gehört mal gehörig der Kopf gewaschen!«, stellte sie wütend fest. »Damit erklärt sich mir die schlechte Laune der beiden in der letzten Zeit. Chris war nicht oft hier. Aber Tom war sehr verschlossen in den letzten Wochen, als er mir mit dem Layout für den Hofladen half. Vielleicht solltet ihr später noch mal in Ruhe miteinander reden, Liebes? Es gibt noch so viel zu tun. Und Beschäftigung ist die beste Therapie bei Liebeskummer«, versuchte sie, mich zu motivieren.

Amy hatte Olaf um Hilfe gebeten. Dieser kam nach Feierabend mit seinen Freunden und sie halfen die Bierbänke und Tische aufzustellen und das ein oder andere aufzubauen, anzuschließen oder zu tragen. Gegen Mitternacht war alles bereit und wir

248

verabschiedeten uns dankbar von den fleißigen Helfern.

Der nächste Morgen begann richtig übel. Ich weiß nicht, ob es der Aufregung um die Eröffnung geschuldet war oder dem Stress um die gestrige Auseinandersetzung mit Tom, aber kaum, dass ich die Augen aufgeschlagen hatte, kam mir schon alles hoch. Ich schaffte es gerade noch zur Toilette.

So ging das den halben Vormittag. Eni hatte schon wieder den Verdacht auf eine Lebensmittelvergiftung, aber ich hatte keine Bauchkrämpfe und auch kein Fieber. Mir war einfach nur schlecht. Moni machte mir einen frischen Ingwertee, der auch sehr bald half. Nach ein paar Bissen Zwieback ging es mir schon deutlich besser. Der Schmerz und die Enttäuschung saßen wohl doch tiefer, als ich es wahrhaben wollte.

Ein Blick aus dem Fenster verriet mir, dass Tom wieder da war. Sein Pick-up stand auf dem Hof. Er wollte das Kassensystem fertig installieren, so Eni. Und Amy hatte mir gestanden, dass sie heute Abend bei Olaf zu übernachtete, aber morgen zur Abfahrt pünktlich da sein wollte. Bis dahin unterstützte sie Eni. Eine Aufgabe, die ich eigentlich übernehmen sollte.

Ich ging also raus und half, die Tische zu dekorieren. Am Nachmittag sollten die ersten Gäste eintreffen, also das halbe Dorf und sicher viele Leute aus der Umgebung. Henk schleppte Unmengen an Bratwürsten an, die er in der neu eingerichteten Käserei in die Kühlung stellte. Die Käserei war das komplette Gegenteil zur vorherigen, alten

Waschküche. Kein altbäuerlicher Unrat mehr. Auch der alte Boden war neu gefliest worden. Edelstahl und ein großer Kupferkessel in der Mitte blitzten nun und verliehen dem einst historischen gewachsenen Wirrwarr eine hygienische und moderne Anmutung. Im hinteren Bereich, wo sich einst ein Teil der Arbeitsküche befand, hatte Eni einen kleinen Kühlraum mauern lassen. Dort lagerten nun auch die Würstchen und der erste Frischkäse, den sie und Moni nach der Hygieneabnahme durch die Kollegen vom Veterinäramt diese Woche frisch zubereitet hatten. Es war alles rechtzeitig fertig geworden und Eni beschloss, noch einmal schnell unter die Dusche zu springen und sich umzuziehen. Amy amüsierte sich währenddessen mit Olaf und Tom war noch im Hofladen und fummelte an der Musikanlage herum.

Mit dem Gefühl etwas überflüssig zu sein, lief ich hinunter zum See und setzte mich in den merklich kühleren Sand. Es war zwar ein schöner Tag, doch es kühlte bereits deutlich ab und die langen Sommertage wichen kürzeren Herbsttagen. Mein dünnes Jeanshemd reichte nicht mehr aus und es fröstelte mich. Schützend zog ich die Beine an und umschloss meine Knie mit den Armen. Wieder überkam mich diese melancholische Stimmung. Es waren doch so wunderschöne Momente diesen Sommer gewesen. Wie konnten Tom und Chris meine Gefühle nur so mit den Füßen treten? Ich wischte mir seufzend die Tränen von den Wangen.

»Ein bisschen spät für Reue, meinst du nicht, Melissa«, tönte es plötzlich von hinten.

Tom stand mit grimmigem Blick und verschränkten Armen hinter mir. Was wollte er noch? Er sollte mich gefälligst in Ruhe lassen!

»Lass mich bitte in Ruhe, Tom«, schniefte ich.

»Ich habe dich doch die ganze Zeit in Ruhe gelassen! Aber ich verdiene wenigsten eine Antwort! Was war das mit uns? Wir hätten alles für dich getan! Und du fährst zurück mit der Ausrede alles klären zu wollen, um dann am Telefon Schluss zu machen. Du hast noch nicht mal den Anstand besessen, es mir persönlich mitzuteilen. Vielleicht waren wir in deinen Augen auch nie zusammen? Ich weiß es nicht. Was war dein Plan? Hm? Verrate es mir bitte. Ich verstehe diese Aktion einfach nicht ...«, brach es aus ihm heraus.

Ich schluckte und versteifte zunehmend bei seinen Worten. ICH hatte mit ihnen Schluss gemacht? Am Telefon? Das war ja nicht zu glauben! Wutentbrannt drehte ich mich zu ihm um.

»Wie bitte Tom? ICH habe Schluss gemacht? Am Telefon? Hat dir das dein Bruder so gesagt? Ich habe Chris erzählt, dass es mit dem Wechsel nicht klappt und war am Boden zerstört, weil ich das alles wollte. Ich hatte sogar Amy darauf vorbereitet zu gehen, die kein Wort mehr mit mir sprach. Aber Chris hatte plötzlich noch etwas zu erledigen und hat sich noch nicht einmal anhören wollen, warum das nicht so einfach ging. Er hat aufgelegt. Ich habe sogar noch einmal angerufen, was er ignoriert hat. Seit diesem Abend habe ich nichts mehr von ihm oder dir gehört. Und du fragst mich allen Ernstes, was mein Plan mit euch war? Geht´s noch? Was war ich denn für euch?

Eine Gespielin für einen Sommer? Was …?«, schrie ich ihn an und sprang wütend auf.

All die aufgestauten Emotionen legte ich in meine Worte. Und dann begann sich die Welt zu drehen und mir wurde schwarz vor Augen …

Ich saß auf einer Schaukel. Meine Mutter stand hinter mir und gab mir Schwung. Ich drehte mich um und sah Jo neben ihr stehen. Sie küssten sich und er legte seine Hände um die Schultern meine Mutter.

»Ich liebe unsere kleine Familie«, sprach er glücklich lächelnd zu ihr.

»Papa, schubs mich an. Ich will noch höher schaukeln … bis in den Himmel!«, rief ich ihm vergnügt zu.

Ich sah hoch zu den Wolken. Doch die verfinsterten sich plötzlich und ein Sturm zog auf. Ich rief nach meinen Eltern, aber sie waren nicht da. Ich drehte mich und fiel von der Schaukel …

In diesem Moment zuckte ich und erwachte. Ich blinzelte und begriff, dass ich auf der Hollywoodschaukel lag und die Ärztin, zu der mich Chris wegen der Lebensmittelvergiftung gebracht hatte, hockte neben mir und fühlte meinen Puls.

Nur ein Traum.

Es war nur ein Traum.

»Na, mein Mädchen? Da hast du meinem Neffen aber einen Schrecken eingejagt«, sprach sie zu mir. So so, Tom und Chris waren also ihre Neffen.

»Mir aber auch!«, schimpfte Eni.

»Du bist wohl zu schnell aufgestanden. Das hat dein Kreislauf nicht verkraftet. Aber komme bitte morgen zu mir in die Praxis. Dann nehme ich sicherheitshalber noch einmal Blut ab. Nicht, dass es doch einen Zusammenhang zu der Listeriose gibt«, bat sie.

Ich nickte nur schlapp.

»Eni, pass auf, dass sie ausreichend trinkt und isst. Die jungen Damen vergessen das gern mal«, wies sie daraufhin meine Tante an.

»Liebes, ich muss mal wieder in den Laden. Amy und Olaf haben gerade übernommen. Es läuft so gut, die Regale sind schon halb leer. Kannst du dir das vorstellen?«, meinte Eni zu mir und strich mir mütterlich über meine Wange.

»Es tut mir leid, dass ich solch einen Ärger mache, Eni. Ich hätte einfach nicht kommen sollen ...«, brachte ich traurig hervor.

»Du spinnst wohl ein bisschen! So was will ich nie wieder hören, verstanden?«, meckerte sie und stemmte dabei ihre Hände in die Hüften.

Ich nickte.

»Gerade jetzt sollte deine Familie für dich da sein. Was, wenn du alleine gewesen wärst? Daran möchte ich gar nicht denken«, sagte sie mit sanfter Stimme. Dann nahm sie mich in den Arm.

»Danke Eni«, seufzte ich.

Sie ging zurück in den Laden und ich lag einfach nur da und starrte in die Ferne zu meinem Hügel. Amy kam mit Olaf und einem Tablett mit Limonade und frischem Holzofenbrot mit selbstgemachter Butter und Kresse.

»Hier meine Liebe, hat Moni dir geschmiert.«

Ich setzte mich auf und Amy stellte mir das Tablett auf den Schoß.

»Sag mal, was war denn das vorhin mit Tom? Nachdem der seine Tante zu dir gebracht hat, hat er jemanden am Telefon zur Schnecke gemacht und ist dann wie ein Wilder vom Hof gedüst. Der war vielleicht sauer«, beschrieb sie mir die Situation.

»Mir egal. Ich bin fertig mit Tom und Chris«, sagte ich lax. Aber in Wirklichkeit wusste ich, was das zu bedeuten hatte. Tom hatte Chris angerufen. Ich hatte nie mit Tom darüber sprechen können, sicher, weil Chris entschieden hatte, dass das der Schlussstrich bedeutete, als ich ihm sagte, ich könne nicht zu ihm ziehen. Er hatte es bestimmt genauso an Tom weitergegeben. Fassungslos schüttelte ich den Kopf. Idiot! Aber ich war daran auch nicht ganz unschuldig. Vielleicht war es falsch von mir, mich nicht bei Tom gemeldet zu haben?

»Ihr könnt euch ruhig amüsieren gehen. Ich komme schon klar!«, gab ich den beiden zu verstehen. Das ließen sie sich nicht zweimal sagen und spazierten Arm in Arm zurück zum Fest. Süß waren die zwei schon, das musste ich zugeben.

Als nur noch ein paar Gäste da waren, traute ich mich, auch wieder aufzustehen und hinüberzuschauen. Der Laden war so gut wie leer gekauft. Eni füllte gerade Sektgläser und ich setzte mich zu den Übriggebliebenen auf die Bank vor dem Hofladen.

»Meine lieben Freunde. Das heute war ein voller Erfolg und das habe ich nur euch zu verdanken. Und Tom und Chris natürlich, die leider gerade nicht hier sind. Ich möchte mich bei euch bedanken für eure Unterstützung. Ihr seid die besten Freunde, die man sich wünschen kann.«

Henning, der neben ihr saß, bekam sogar einen Kuss und alle jubelten.

Wir erzählten noch lange und werteten die Eindrücke und Ideen aus. Einige der Gäste hatten ebenfalls Interesse geäußert, über Enis Hofladen ihre Ware vertreiben zu wollen. Es schien also alles gut zu laufen und Eni war überglücklich.

Mein Blick fiel auf das verwaiste Nebengebäude und mir wurde schwer ums Herz. Eigentlich sollte Chris bald dort seine Praxis haben. Andererseits musste ich ihm somit nicht ständig aus dem Weg gehen, wenn ich hier war.

Am darauffolgenden Morgen war mir wieder unsagbar schlecht. Ich schaffte noch nicht einmal, ein trockenes Brötchen zu essen. Eni meinte bloß, dass es gut sei, dass wir gleich in der Praxis wären.

Ich trank still meinen Ingwertee.

Dr. Marie Selzner, so stand es jedenfalls auf dem Schild an der Tür geschrieben, war sicher schon Mitte sechzig. Eine rüstige, ältere Dame. Ihr silbergraues Haar hatte sie, wie sonst auch zu einem Dutt zusammengebunden. Während sie mir Blut abnahm, tischte ihr Eni prompt auf, dass ich seit zwei Tagen morgens nicht gut drauf war.

»Na schön Melissa, wenn das so ist, würde ich gern noch einen Schnelltest machen. Dafür brauche ich etwas Urin. Du kannst dafür links den Gang hinunter ins Bad gehen. Stelle den Becher dann bitte in die Durchreiche«, wies sie mich an.

Gesagt. Getan.

Ich ging zurück zu Eni ins Besprechungszimmer und wartete auf Marie.

Zehn Minuten später kam sie mit dem Testergebnis zurück.

»Der Schnelltest hat meine Vermutung bestätigt Melissa! Die Ursache für die Übelkeit und wahrscheinlich auch den gestrigen Kreislaufabfall ist eine bestehende Schwangerschaft«, nickte sie mir zu.

Gut, dass ich saß, sonst wäre ich jetzt mit Sicherheit umgekippt.

»Was? Ich bin schwanger?«, wiederholte ich ungläubig ihre Worte. »Aber ich nehme doch die Pille!«, stellte ich zudem fest.

»Du hast nach der Listeriose doch die Antibiotika genommen, die ich dir verschrieben habe, oder?«, fragte sie nach.

»Ja, bis zum Schluss«, bestätigte ich.

»Und währenddessen hast du beim Geschlechtsverkehr nicht zusätzlich ein Kondom benutzt?«

»Nein.«

Nicht einmal daran gedacht habe ich, dass sich die Antibiotika negativ auf die Pille auswirken können.

Oh Gott. Ich war schwanger!

Verstört sah ich verstört zu Eni. Sie beugte sich zu mir rüber und streichelte über meine Hand.

»Liebes, jetzt fahren wir erst einmal nach Hause und dann sehen wir weiter, in Ordnung?«

Ich bekam gar nicht mehr mit, wie wir uns von der Ärztin verabschiedeten und zurückfuhren. Wie ein Film zogen mein Leben und meine Träume an mir vorbei. Noch nicht einmal ansatzweise war ich mit meinem Studium fertig und nun das.

Eni brachte mich hoch in mein Zimmer.

»Du bist ja leichenblass, Liebes. Ich mache dir eine Möhrensuppe, dann geht´s dir bald besser. Ruhe dich aus. Und bitte vergiss nicht, ich bin immer für dich da, gemeinsam schaffen wir das!«

Sie gab mir einen Kuss auf die Schläfe und ließ mich allein.

Mittags aß ich gemeinsam mit Amy und Eni. Aber viel bekam ich nicht runter.

»Ich mache mir ernsthaft Sorgen, Melissa. Seit du vom Arzt zurück bist, sagst du nichts und siehst aus wie eine Kalkwand. Erzähl mir doch, was los ist?«, flüsterte Amy über den Tisch und legte ihre Hand auf meine. Tränen sammelten sich in meinen Augen, als ich zu ihr herübersah.

»Ich bin schwanger, Amy«, gestand ich ihr.

»Oh«, kam es erstaunt von ihr.

Eni blickte uns abwechselnd an.

»Also ihr zwei tut ja so, als wäre das was Schlimmes. Kinder passen sicher nicht in deine aktuelle Lebensplanung, Melissa. Und der erste Schock sitzt mit Sicherheit gerade tief. Aber so ein Kind ist doch nicht das Ende. Es ist ein Anfang! Und ein Studium kann man sehr wohl mit einem Kind abschließen. Kinder sind das wundervollste Geschenk, was man sich nur vorstellen kann. Was würde ich darum geben, jetzt an deiner Stelle zu sein. Sieh es mal von dieser Seite, Melissa.«

Eni stand auf und ging aus der Küche. Ich verstand ihre Ansicht, aber für mich ergab das jetzt gerade alles keinen Sinn. Alleinerziehend ohne Familie, das Studium im Nacken …

»Weißt du denn schon, wie weit du bist?«, wollte Amy wissen.

»Nein, ich werde morgen einen Termin beim Gynäkologen machen.«

»Und wissen es Tom und Chris schon?«

Um Himmelswillen nein. Das fehlte mir gerade noch.

»Nein, ich werde es ihnen nicht sagen. Sie haben sich gegen mich entschieden. Ein Kind sollte daran nichts ändern. Sie sollen sich zu nichts verpflichtet fühlen«, antwortete ich entschlossen.

»Aber du kannst dem Kind doch nicht den Vater vorenthalten«, gab Amy entrüstet von sich.

»Meine Mutter hat das doch auch mit mir gut hinbekommen, oder nicht? Und außerdem ist ja noch gar nicht gesagt, ob ich es behalte. Ich hatte Listeriose und habe drei Wochen Antibiotika eingenommen. Wer weiß, ob mit dem Fötus überhaupt alles in Ordnung ist.«

Das wäre ein Albtraum!

Mein Handy summte.

Tom.

Ich ging schweren Herzens ran.

»Tom, was willst du noch?«

»Wann fährst du zurück«, fragte er atemlos.

258

»Eni bringt uns in einer Stunde zum Bahnhof«, antwortete ich ihm tonlos.

»Ich komme direkt zum Zug. Bis gleich.«

Er klang gehetzt, als rannte er beim Telefonieren. Verblüfft starrte auf mein Display. Was war das denn jetzt? Was wollte er noch? Ich erzählte Amy davon und die grinste nur.

»Klingt nach Reue, wenn du mich fragst. Ich würde ihn zappeln lassen.«

Reue? Nein, das glaubte ich nicht.

Wir packten unsere Sachen und fuhren zum Bahnhof. Ich sah mich nervös um, aber von Tom keine Spur. Was hatte ich auch erwartet? Der Zug fuhr ein, wir verabschiedeten uns von Eni und suchten uns einen netten Platz im Zug. Ich setzte mich ans Fenster, hing meine Jacke an den Haken und ließ meinen Blick noch einmal mit einem kleinen Rest Hoffnung über den Bahnsteig und die quirlige Menschenmenge schweifen. Amy nahm mir gegenüber Platz und begann Witze darüber zu machen, dass wir nun wieder Holzklasse fahren würden, nachdem das Auto bei Eni auf dem Hof stehengeblieben war. Und plötzlich sah ich einen verschwitzten Tom, der sich durch die Menschenmassen kämpfte und völlig außer Atem an den Fenstern des Zuges am Bahnsteig auf und ab rannte. Unsere Blicke trafen sich und er kam an unser Fenster geeilt. Ich zerrte daran, um es zu öffnen, gerade als die Durchsage kam, dass der Zug gleich losfahren würde. Es war unschwer zu erkennen, dass es ihm wichtig war, mir noch etwas mitzuteilen.

»Prinzessin, Gott sei Dank, ich habe dich gefunden. Ich wollte dir persönlich sagen, dass ich alles wiedergutmache. Mein Bruder ist ein Riesenarschloch. Es tut mir so leid, Baby. Ich liebe dich«, rief er und begann neben dem Zug herzulaufen, der sich bereits in Bewegung gesetzt hatte. Dann beschleunigte der Zug und Tom stand atemlos am Gleis und schaute mir traurig hinterher. Die Bahn machte einen Bogen und damit verlor ich ihn endgültig aus den Augen. Benommen schloss ich das Fenster und fiel sprachlos zurück in den Sitz. Amy war genauso platt von der Nummer wie ich.

»Oh-mein-Gott«, kam es abgehackt aus ihr raus. »War das nicht romantisch?«

»Ich bin ehrlich gesagt etwas verwirrt«, gab ich zu. Mein Herz raste und meine Hände zitterten, was auch meiner Freundin nicht entging.

»Oh Melissa, geht´s dir gut? Möchtest du einen Schluck Wasser haben?«, fragte sie besorgt und hielt mir ihre Wasserflasche hin, die ich ihr dankend abnahm.

Zu Hause in Stuttgart half mir Amy, eine Frauenarztpraxis zu finden. Sie wollte unbedingt mitkommen und ich war sehr froh darüber.

Allein überstand ich das alles nicht!

Kapitel 17

Dienstag war es nun soweit. Wir saßen im Wartezimmer einer hochmodernen gynäkologischen Gemeinschaftspraxis. Den Anamnesebogen hatte ich bereits ausgefüllt und abgegeben. Amy blätterte in einem Elternmagazin und kam aus dem Staunen nicht raus. Ich hingegen war kurz vorm Durchdrehen. Ich hatte Angst vor der Gewissheit und vor dem, was sie für Veränderungen mit sich brachte.

»Frau Weyl, bitte«, forderte mich eine freundliche junge Schwester endlich nach vierzig langen Minuten auf. Amy nahm mich an der Hand und führte mich, der Frau im rosa Kittel folgend, in das Untersuchungszimmer.

»Sie können sich schon einmal unten herum freimachen, Frau Weyl. Die Ärztin kommt gleich«, informierte sie mich und öffnete mir die weißen Vorhänge der Umziehkabine. Gut, dass ich einen Rock trug, so verstaute ich nur meinen Slip und die Leggings in meiner Tasche und legte mich auf diesen Höllenstuhl.

Amy musste kichern.

»Das ist überhaupt kein bisschen witzig, Amy«, fuhr ich sie an.

»Bleib mal locker, Melissa, dann mach ich auch kein Foto von dir«, gluckste sie.

»Wage es dir …«, wollte ich schon losschimpfen, aber da kam auch schon die Ärztin.

»Frau Weyl, dann wollen wir mal sehen, wie weit sie sind«, erklärte sie freudestrahlend und zog sich Handschuhe über. »Haben Sie Beschwerden?«

»Nur die morgendliche Übelkeit, die sich leider bis in die Nachmittagsstunden hinzieht.«

»Jeder reagiert anders auf die hormonelle Umstellung. Ich werde den vaginalen Ultraschall bei ihnen durchführen, damit können wir gerade am Anfang den Fötus gut erkennen«, erklärte sie und schob mir ein schmales, langes, dildoähnliches Ding hinein. Das war kalt. Sie bewegte es hin und her.

»Jetzt habe ich etwas gefunden. Schauen Sie mal hier.«

Sie deutete mit dem Finger auf den Monitor und umkreiste eine schwarze Fläche mit einem kleinen weißen Punkt, der immer wieder aufblitzte.

»Das Herz«, kam es ehrfürchtig von Amy, die bald in den Bildschirm kroch.

»Aber schauen Sie doch, da ist noch eins«, stellte meine Freundin plötzlich fest. Die Ärztin bewegte das Ding in mir ein bisschen hin und her.

»Tatsächlich, Sie bekommen Zwillinge. Herzlichen Glückwunsch. Das könnte auch die starke Übelkeit erklären.«

Zwillinge! Um Himmelswillen - Zwillinge. Ich schlug die Hände über dem Kopf zusammen.

»Ich kann nur eine Fruchtblase erkennen. Es sind höchstwahrscheinlich eineiige Zwillinge. Das ist sehr selten«, gab sie anerkennend von sich.

Ach nee, dachte ich. Kannte ich doch rein zufällig eines dieser seltenen Zwillingspaare.

»Ich messe den einen hier mal kurz aus. Moment. 17,2 Millimeter. Das entspricht der neunten bis zehnten Woche. Kommt das ungefähr hin mit ihrer Berechnung?«, fragte sie mich.

Dass unsere letzte gemeinsame Nacht daran schuld gewesen sein musste, hatte ich bereits vermutet.

»Ja, das kommt hin.«

Mit Chris hatte ich vaginalen Verkehr unter der Dusche und mit Tom am nächsten Morgen danach im Bett. Es kamen also beide in Frage.

Na prima!

Zwillinge und kein Vater zuordenbar.

Jackpot Melissa!

Ich bekam eines dieser Schwarzweißbilder und weil ich schon so weit war, den Mutterpass gleich dazu. Amy war total fasziniert und starrte auf das Bild. Wir gingen in unser Lieblingscafé und gönnten uns was Süßes. Nachdem die Ärztin mich aufgeklärt hatte, was ich jetzt am besten nicht mehr zu mir nehmen sollte, war ab sofort nicht mehr so viel Kaffee drin. Also gab es Tee und Schoko-Cookies für mich und die Zwillinge.

»Wirst du sie behalten?«, fragte mich Amy wie aus dem Nichts.

Ich musste erst einmal schlucken.

»Ich habe noch zwei Wochen Amy! In denen werde ich darüber nachdenken. Gerade weiß ich es noch nicht. Ich weiß momentan gar nichts«, gestand ich ihr.

Wir sagten eine Weile nichts.

»Ich ziehe das mit dir durch Melissa, wenn du dich für die beiden entscheidest«, versprach sie und hielt mir feierlich ihren Milchkaffee zum Anstoßen hin und rang mir damit ein Lächeln ab.

Prost.

Am Donnerstag hatten wir lange Unterricht und alle stürmten an die frische Luft, als der Professor endlich den Feierabend einläutete. Ich unterhielt mich mit Amy, Steve und Eric über ein interessantes Unterrichtsthema, als mich meine Freundin plötzlich am Ärmel zog.

»Schau mal, wer da ist Melissa.«

Ich schaute in die Richtung, in die sie blickte und sah Tom. Lässig an die Wand gelehnt und grinste er. Oh nein, er sah viel zu heiß aus und das fiel nicht nur mir auf. Mit klopfendem Herz verabschiedete ich mich von meinen Freunden und ging zu ihm, während er sich von der Hauswand abstieß und mir entgegenkam. In angemessenem Abstand blieb ich vor ihm stehen, aber er rückte sofort auf und küsste mich. Ich hörte die vielen Pfiffe und entsetzten Ausrufe der Frauen und stieß ihn von mir.

»Hey Tom, sollten wir nicht erst einmal miteinander sprechen, bevor wir so etwas hier machen?«, fragte ich mehr überrascht als entsetzt. Sein Kuss hatte leider immer noch die gleiche Wirkung auf mich wie zuvor.

»Sicher Baby, lass uns reden!«, nickte er mir zu und nahm mich an die Hand. Zielgerichtet gingen wir in meine Wohnung und kaum war die Tür geschlossen, fiel er erneut über mich her.

»Tom, hör´ bitte auf damit. Ich will das nicht!«, stieß ich ihn weg. »Was soll das Ganze überhaupt? Ihr könnt mich so nicht behandeln. Erst vögeln, als wenn es keinen Morgen gibt, mir was von Liebe erzählen und dann eiskalt fallen lassen, wenn es nicht nach euren Wünschen geht. So läuft das nicht!«, gab ich ihm wütend zu verstehen.

»Melissa, du hast alles Recht der Welt auf mich sauer zu sein. Ich habe Chris einfach geglaubt, als er sagte, du hättest ihm am Telefon mitgeteilt, dass du nicht zu uns kommst und es aus sei. Ich hätte einfach selbst mit dir sprechen sollen, als auf Chris zu hören. Er kann so ein Arsch sein! Es tut mir wirklich sehr leid und ich bin hier, um dich um Vergebung zu bitten, und hoffe von ganzem Herzen, dass du mir eine zweite Chance gibst! Bitte Melissa, denke darüber nach. Ich will für dich da sein. Diese letzten Wochen waren schrecklich für mich und ich habe jeden einzelnen Tag an dich denken müssen, an diese wundervollen Momente mit dir. Ich liebe dich, daran hat sich nichts geändert. Bitte gib mir diese Chance alles wieder gut zu machen.«

Ich war total baff. Er wollte mich immer noch. Meine Gefühle für ihn waren noch genauso stark wie zuvor und seine Anziehungskraft auf mich enorm. Trotzdem hatte Amy recht, ich musste ihn zappeln lassen. Und außerdem waren ja da noch die zwei Würmchen, die ihn entweder für immer an mich banden oder uns für immer entzweiten. Ich hoffte natürlich Ersteres, aber er sollte um meinetwillen bei mir bleiben und nicht aus Anstand und Pflichtgefühl.

»Gut Tom, gib mir ein wenig Zeit. Ich muss mir Gedanken machen, ob und zu welchen Bedingungen ich eine Beziehung mit dir möchte. Aber ich bin mir ganz sicher, dass nicht nur ich es bin, die Kompromisse eingehen muss. Wenn du mich wirklich willst, dann bitte auch zu ungemütlichen Konditionen. Ein Umzug kommt zum Beispiel für mich nicht in Frage«, stellte ich klar.

Er ließ mich ausreden und nahm mich dann in den Arm.

»Ich habe viele Fehler gemacht, Melissa. Wir haben viel zu viel von dir eingefordert. Wenn du möchtest, werde ich gern jedes Wochenende zu dir kommen. Dann hast du Zeit zum Lernen und ich kann bei dir sein. Wäre das ein Anfang?«, schlug er mir vor.

»Ich denke, das hört sich gut an. Das können wir ja mal versuchen«, grinste ich ihn an.

»Und damit du etwas flexibler unter der Woche bist, habe ich dein Auto wieder mitgebracht. Es gehört jetzt offiziell dir. Ein Geschenk, das du behalten sollst, auch wenn du dich nicht für mich entscheiden solltest, was ich nicht hoffe.«

Er hielt mir freudig die Schlüssel hin und ich nahm sie auch dankbar an, was ich aber mit einer gespielten Widerwilligkeit überdeckte. Er musste ja nicht wissen, wie sehr ich das Auto vermisste.

»Das ist sehr freundlich von dir. Dann haben wir alles geklärt und du darfst jetzt gehen«, erwiderte ich ernst.

Tom war kurz irritiert, aber dann fing er sich und blickte mich bedrohlich und tierisch sexy an.

»Freundlich? Ist das dein Ernst? Du behältst den Golf und schickst mich nach Hause?«

»Jepp.« Ich nickte bestätigend.

»Na schön, ich habe es nicht anders verdient. Bringst du mich dann wenigstens zum Bahnhof? Ich habe Olaf erst am Samstagabend herbestellt. Damit er auch was von seiner Amy hat, wenn du verstehst«, antwortete er geknickt.

»Du meinst wohl von MEINER Amy!«, korrigierte ich ihn. Ich ging zur Tür und bedeutete ihm, mir zu folgen. Als ich dann aber am Bahnhof vorbeifuhr und er es bemerkte, guckte er furchtbar komisch aus der Wäsche.

»Hey, du bist gerade am Bahnhof vorbeigefahren«, stellte er aufmerksam fest.

»Der Chinese in der Stadt ist besser als der am Bahnhof«, erklärte ich ihm locker. »Ich hoffe, du hast dein Portmonee dabei. Ich habe nämlich großen Hunger!«, fügte ich noch hinzu.

»Hast du mich etwa gerade verarscht, Baby?« Tom war völlig fassungslos.

»Was glaubst du, was ich mir anhören kann, wenn Amy mitbekommt, dass ich sie um eine Nacht mir Olaf gebracht habe? Die redet eine Woche nicht mit mir!«

»Heißt das, ich darf bleiben?«, fragte er erwartungsvoll.

»Du kannst auf dem Sofa schlafen«, bot ich ihm an.

»Na dann Chinese und Sofa. Das klingt doch perfekt!«, jubelte er.

Ja, mal sehen, wie lange ich ihm noch Widerstand leisten konnte.

Während des Essens erzählte er mir, was er die letzten zwei Monate so getrieben hatte. Er ließ natürlich nicht aus, dass er sich vor den vielen Frauen, die ihm Avancen gemacht hatten, kaum retten konnte. Schon klar! Aber er erzählte mir auch, dass er Chris auf einen Trip nach Philadelphia und Houston begleitet hatte. Dort hatte Chris tagsüber an Fortbildungsseminaren der hiesigen Universitäten teilgenommen, um sich auf die neuen Herausforderungen im Labor vorzubereiten. Tom hatte die Städte erkundet und nach coolen Ami-Schlitten Ausschau gehalten, die er in Deutschland restaurieren wollte.

»Du glaubst gar nicht, was da für Autos rumstehen. Ich habe leider nur fünf kaufen können. Die Zeit war viel zu kurz. Ein Geschäftspartner kümmert sich derzeit um die Verschiffung. Ich schätze mal, in vier Wochen kann ich sie vom Zoll abholen und dir vorführen. Du wirst staunen«, berichtete er begeistert.

Ich werde dir auch bald etwas vorführen, was dich staunen lässt, dachte ich still bei mir.

Tom fuhr uns zurück, denn ich war zu müde und hatte einfach zu viel gegessen. Er behielt auch brav seine Hände bei sich am Lenkrad. Galant hielt er mir die Türen auf und ich gab ihm später einen Gute-Nacht-Kuss auf die Wange. Es war schwer für mich, nicht einzuknicken und über ihn herzufallen, aber er sollte spüren, dass sich etwas verändert hatte und wir nicht da weitermachen konnten, wo wir aufgehört hatten.

Nach meiner Vorlesung am darauffolgenden Tag holte mich Tom wieder ab. Es war ein sonniger Herbsttag und wir gingen in den Park. Er erzählte in alter Tom-Manier wilde Männergeschichten, die er erlebt hatte, und ich hatte in regelmäßigen Abständen Lachkrämpfe, dass meine Muskeln schmerzten. Es tat gut, wieder Spaß zu haben und sich nicht alleine zu fühlen. Als ich etwas ins Auge bekam und er mir Erste Hilfe leisten musste, konnte ich jedoch nicht mehr widerstehen. Sein Gesicht war meinem so nah, dass ich ihn schließlich zu mir zog und ihn einfach küsste. Er küsste mich vorsichtig zurück, doch als meine Zunge seine Lippen berührte, konnte auch er nicht mehr an sich halten und wir fielen übereinander her wie zwei Ertrinkende. Atemlos und etwas beschämt hielten wir inne, als uns wieder bewusst wurde, wo wir uns befanden.

Amy rief pünktlich zur Abendbrotzeit an. Sie und Steve hatten Pizza gebacken und wir sollten gefälligst unsere süßen Ärsche nach Hause bewegen. Ich musste lachen. Es war zu schön, um wahr zu sein. Irgendwie hielt mich dieses Gefühl davon ab, ihm von der Schwangerschaft zu erzählen. Ich wollte, dass dieses bisschen Glück noch einen Moment anhielt. Doch wenn ich mich für die zwei kleinen Wesen dort in mir entschied, blieb mir gar nichts anderes übrig, als irgendwann mit der Wahrheit herauszurücken. In ein paar Wochen würde ich es nicht einmal mehr verstecken können. Schließlich würden wir uns nackt sehen, also je nachdem, wie es hier mit uns weiterging.

Nach der Pizza spielten wir Monopoly und ich zockte alle ab. Vielleicht lag es daran, dass alle fleißig Bier tranken und nur ich gezwungenermaßen trocken blieb und den Überblick behielt. Amy erklärte meine Abstinenz mit einem nervösen Magen seit der Listeriose. Ich nickte nur bestätigend und das Thema war erledigt. Steve wusste ebenfalls noch nichts. Nur Eni, Amy und ich und wenn es nach mir ginge, sollte das möglichst lange so bleiben. Zumindest so lange bis ich meine Entscheidung getroffen hatte.

Samstag früh ging es mir wieder extrem schlecht. Ich ließ die Dusche laufen, damit Tom nichts davon mitbekam. Amy kochte mir Ingwertee, aber so sehr ich es auch versuchte zu verbergen, es gelang mir nicht. Mittags sprach mich Tom darauf an.

»Du warst doch bei Marie. Was hat sie gesagt? Ist es wegen der Lebensmittelvergiftung?«

Mist! Wie kam ich da jetzt raus?

»Deine Tante hat mir Blut abgenommen, aber ich habe die Ergebnisse noch nicht«, antwortete ich wahrheitsgemäß. Und dann zückte Tom sein Handy und rief jemanden an. Ich erstarrte.

Er würde doch nicht …

»Hallo Lieblingstante«, grinste er in den Hörer. Sie antworte etwas, was ich aber nicht verstehen konnte.

»Nein, bei uns ist alles gut. Sag mal, Melissa geht es immer noch schlecht. Ich wollte mal fragen, ob die Ergebnisse ihrer Blutuntersuchung schon da sind.«

Er sah mich an, als seine Tante ihm antwortete.

»Schweigepflicht? Dein Ernst? … Ja, mache ich!«, hörte ich ihn sagen und er hielt mir das Handy hin.

»Sie möchte mit dir persönlich sprechen.«

Oh nein. Auch das noch. Ich nahm sein Smartphone und stand auf, um in mein Zimmer zu gehen.

»Hallo?«, fragte ich angespannt.

Sie antwortete freundlich.

»Hallo Melissa, ich habe deine Blutwerte aus dem Labor zurück. Es ist alles okay, aber dein Hb-Wert ist zu niedrig. Lasse dir bitte noch ein Eisenpräparat verschreiben. Du solltest auch die Schwangerschaftsvitamine nehmen. Am besten lässt du dich in der Apotheke beraten. Warst du bereits beim Frauenarzt?«

»Ja, war ich. Ich bin in der zehnten Woche und es sind Zwillinge«, fasste ich zusammen.

»Na, das ist ja eine Überraschung. Wenn da nicht einer meiner Neffen seine Finger im Spiel hatte«, scherzte sie. »Oh, entschuldige Melissa. Ich weiß, du hast es gerade nicht leicht. Chris hat mich gestern angerufen und mir alles erzählt. Es tut ihm furchtbar leid. Ich habe ihm gleich gesagt, dass man Eintopf nicht aufwärmt, aber er hat sich von seiner Frau mal wieder einwickeln lassen. Doch er weiß, dass er zu dir gehört, glaube mir. Ihm geht es wirklich schlecht.«

Wie bitte? Er war wieder mit Theresa zusammen? Mein Herz setzte aus.

»Weiß Chris von der Schwangerschaft?«, fragte ich entsetzt nach.

»Nein, von mir nicht. Ich bin an die Schweigepflicht gebunden. Das gilt selbstverständlich auch für die Familie«, erklärte sie.

»Gut, er ist nämlich nicht der Vater. Es ist Tom«, erwiderte ich schnell und schlug mir gegen die Stirn kaum, dass ich es ausgesprochen hatte. Was dachte ich mir nur dabei? So eine verdammte Scheiße aber auch.

»In Ordnung Melissa, es geht mich ja auch nichts an. Wenn du ärztlichen Rat brauchst oder auch sonst mit jemanden reden möchtest, dann rufe mich gern an«, sprach sie mir zu.

»Danke, das werde ich machen. Tschüss.«

Ich schmiss mich aufs Bett und fing an zu heulen. Chris war also wieder mit seiner Frau zusammen. Zumindest wusste ich jetzt, wie viel ich ihm wirklich bedeutet hatte. Nichts! Diese Erkenntnis schmerzte. Ich dachte, ich wäre über ihn hinweg, aber scheinbar log ich mir da selbst etwas vor.

Die Tür ging auf, Tom kam rein und machte ein erschrockenes Gesicht.

»Oh Melissa, was ist denn los? Sind die Werte nicht in Ordnung? Was hat Marie gesagt?«

Er nahm mich in den Arm.

»Tom, ich muss dir was sagen«, schluchzte ich.

»Das ist nicht leicht für mich«, druckste ich rum.

»Mein Gott jetzt sag schon, ich bekomme gleich einen Herzinfarkt vor Angst um dich!«, flüsterte er.

»Ich bin schwanger, Tom«, platzte es aus mir raus.

Stille.

Stille. Keine Reaktion. Und plötzlich begann sein Körper zu beben und es ertönte ein herzhaftes Lachen. Ich verstand gar nichts mehr.

»Das ist kein Scherz! Hör bitte auf zu lachen!«, forderte ich ihn auf.

Er sah mir in die Augen.

»Melissa, ich habe schon gedacht, dich in wenigen Wochen an eine tödliche Krankheit verlieren zu müssen. Wir bekommen ein Baby! Das ist doch der Wahnsinn!« Er nahm mich in den Arm und küsste mich überall im Gesicht. Wie ein Geisteskranker.

»Zwei«, sprach ich dann ganz leise.

»Was zwei?«, fragte er irritiert.

»Es sind zwei Babys. Zwillinge. Du und Chris, ihr kommt beide als Vater infrage.«

Er sprang auf und schrie »Yeeeha« und führte einen Freudentanz auf.

»Ich bekomme Zwillinge. Das ist ja einfach unglaublich.«

Und es kam noch schlimmer. Er drückte mich zurück in die Kissen, schob den Pullover hoch und begann mit meinem Bauch zu sprechen.

»Hey ihr zwei Racker. Hier spricht euer Papi. Ich hoffe, ihr habt es im Bauch eurer wunderschönen Mami schön gemütlich. Hört aber bitte auf eure Mama zu ärgern. Keine Kotzattacken mehr, okay?«

Ich schlug die Hände über dem Gesicht zusammen. Der Wahnsinn hatte einen Namen: Tom! Er kletterte aufs Bett und kuschelte sich an mich.

»Dachtest du etwa, ich würde dich hiermit allein lassen? Ich meinte es ernst, als ich sagte, dass ich dich liebe, Baby. Ich bin für dich da - für euch!«

Er unterstrich seine Worte damit, dass er seine Hand auf meinen Bauch legte.

»Danke Tom«, sagte ich nur und gab ihm einen zarten Kuss auf den Mund. »Wenn du das alles hier wirklich willst, dann sollten wir es noch einmal miteinander versuchen.«

»Ich will dich Prinzessin, mit allen Konsequenzen«, bestätigte er mir.

»Gut, dann ist das hier kein Vernunftsding?«, hakte ich noch einmal nach.

Er lachte.

»Nein, auf sowas stehe ich nicht. Ich will dich, weil du wunderschön und schlau bist. Genauso wie ich mir die Frau an meiner Seite immer gewünscht habe. Und dass wir bald Kinder bekommen werden, ist die absolute Krönung. Ich liebe dich und ich will das hier unbedingt! Ist das jetzt klar?«

Er hob mein Kinn und suchte meinen Blick. Ich nickte leicht und er küsste mich sanft. Aus dem Kuss wurde schnell mehr und bald fand ich mich nackt unter seinem schönen Körper wieder und er zeigte mir, wie sehr er mich liebte und wollte.

»Ich habe noch nie mit einer Schwangeren geschlafen«, stellte er lachend fest.

»Bist du dir da ganz sicher?«, fragte ich ihn. Als ob das jeder auf der Stirn geschrieben stehen würde.

»Gut, du hast recht. Das kann ich gar nicht wissen, aber das eben mit dir war etwas ganz Besonderes, das werde ich mein restliches Leben nicht mehr vergessen.«

Mein Tom!

»Das hast du schön gesagt!«, gab ich zu und umarmte ihn.

Sein Telefon klingelte. Er sah auf das Display und ich erkannte aus dem Augenwinkel, dass es Chris war.

»Da muss ich rangehen.«

Er warf mir einen entschuldigenden Blick zu und zog sich schnell seine Hose an, bevor er aus dem Zimmer verschwand. Die Sache mit Chris und seiner Frau ging mir nicht mehr aus dem Kopf. Ob es bei dem Gespräch darum ging? Ich zog mich an und ging auf die Toilette. Dabei hörte ich Wortfetzen wie »… es ist jetzt alles ganz anders …« und »… bring deinen Scheiß erst mal in Ordnung…«. Bevor ich ihn aber darauf ansprechen konnte, klingelte es an der Tür. Ich stürmte aus dem Bad und öffnete - tata - dem Olaf.

»Guten Tag schöne Frau. Ich wollte gern zu Amy«, sagte er gut gelaunt.

»Ich bin hier, Honey«, schnurrte Amy halb aus ihrem Zimmer hervorguckend. Sie verschwanden beide in ihrem Zimmer und waren nicht mehr zu sehen - nur zu hören.

Ich ging zu Tom, der nachdenklich aus dem Fenster sah und schmiegte mich an seinen Rücken.

»Alles in Ordnung mit Chris?«, fragte ich vorsichtig nach.

»Ihr solltet miteinander sprechen, Melissa. Chris geht es nicht gut«, sprach er sorgenvoll. Ja, das hatte Marie auch schon gesagt.

»Tom, was sollte das bringen? Er ist doch wieder mit Theresa zusammen. Hat mich einfach ausgetauscht, als ich zu unbequem wurde und ist zu seiner Frau zurück!«, gab ich verletzt zur Antwort. Er drehte sich zu mir und legte seine Hände an meine Wangen. »Ich habe dir schon einmal gesagt, dass nicht immer alles so ist, wie es den Anschein haben mag. So einfach ist das nicht. Chris kämpft gerade wie ein Verrückter, um wieder bei dir sein zu können. Er würde dir gern alles persönlich erklären, aber es haben sich leider ein paar Dinge ergeben, die ihn davon abhalten. Aber bitte glaube mir, DU bist alles, was er will. Er liebt dich. Das hat er immer!«

Was erzählte er denn da?

»Tom, für wie naiv hältst du mich eigentlich? Ich gebe dir eine Chance, weil du nichts dafürkannst, dass dein Bruder dich belogen hat. Das heißt aber noch lange nicht, dass ich ihn wieder in mein Leben lasse. Und das kannst du ihm gern genauso ausrichten!«, klärte ich ihn wütend auf.

»Er hat mich nicht belogen. Er hat etwas Falsches in deine Worte interpretiert. Chris ist ein sehr sensibler Mensch. Viel mehr als ich es bin. Und er mauert sofort, wenn er vermutet, dass er nur ansatzweise verletzt werden könnte. Mein Bruder hat Rot gesehen, Melissa!«, rechtfertigte Tom stellvertretend.

Was war das nur für eine verzwickte Situation. Ich wollte im Moment einfach nur meine Ruhe.

»Tom, ich weiß, er ist dein Bruder und ihr habt ein besonderes Verhältnis zueinander. Aber ich will das alles jetzt nicht. Ich kann noch mehr Chaos momentan nicht gebrauchen! Gerade jetzt möchte ich Vertrauen und Stabilität in meinem Leben. Wenn ich diese zwei Kinder wirklich bekommen werde, dann möchte ich das unbelastet. Ich weiß so schon nicht, wie das alles funktionieren soll. Sei einfach für mich da. Lass uns eine ganz normale Familie sein. Nur du und ich. Bitte Tom, einen anderen Weg sehe ich gerade nicht«, bat ich ihn und hoffte, dass er mich verstand.

»Ich verspreche dir Baby, dass ich immer für dich und die Kinder da sein werde. Ab heute bis ans Ende unserer Tage.«

Ich weinte.

Er hielt mich.

Kapitel 18

Ich war nun in der 15. Woche. Die morgendliche Übelkeit hatte nachgelassen - Gott sei Dank! Mein Bauch hatte sich unmerklich nach vorn gewölbt. Wenn man es nicht besser wusste, hätte man es auch für ein Stück Pizza zu viel halten können.

Die Schwangerschaft hatte jedoch unglaubliche Effekte auf meine Libido. Einmal kam ich nur dadurch, als Tom meine Nippel mit seinen Lippen verwöhnte, was für ihn aber auch für mich überraschend war. Ich bedauerte durchaus, dass er unter der Woche nicht bei mir sein konnte. Nachts hatte ich heiße Träume und an den Wochenenden fiel ich ausgehungert über Tom her. Der fand seine lüsterne Freundin richtig geil. Ich hingegen schämte mich nach dem Sex ein wenig und wischte mir sozusagen den Schaum vom Mund. Wer hätte das gedacht? Wenn sich unter der Woche zu viel Druck aufbaute, musste ich tatsächlich auf meinen Zauberstab zurückgreifen. Dieses kleine Geschenk hatte mir Tom gemacht. Auch das war mir anfangs äußerst unangenehm, doch nachdem Tom mir gezeigt hatte, was dieses Teil so draufhat, waren wir sofort *best friends forever.*

Seitdem er mir versprochen hatte, für mich und die Kleinen zu sorgen, konnte ich mich in Ruhe dem Thema stellen. Er ließ mich mit Engelsgeduld über Vor- und Nachteile der Schwangerschaft und dem, was da wohl später auf uns zukäme, sinnieren. Immer wenn ich Zweifel hatte, rief ich ihn an und er nahm sich die Zeit, mir zuzuhören. Nicht ein einziges Mal versuchte Tom mir den Gedanken, die Kinder zu bekommen, auszureden. Genauso wenig verurteilte er mich, wenn ich mit der Absicht spielte, doch einen Abbruch in Betracht zu ziehen und mir die Idee von meinem selbstbestimmten Leben wieder lebhaft ausmalte. Er war einfach für mich da, hörte zu, räumte Bedenken aus, bestätigte anzunehmende Schwierigkeiten und ließ mir trotzdem allen Raum, die Entscheidung als meine Entscheidung zu treffen.

Am ersten Tag der dreizehnten Woche rief er mich morgens an und jubelte.

»Baby, wir werden Eltern! Ich bin so glücklich. Mache bitte den nächsten Termin beim Arzt an einem Freitag oder Montag. Ich will meine Kinder sehen.«

Gute zwei Wochen nach seinem Anruf saßen wir bei der Frauenärztin im Untersuchungszimmer. Ich nahm die Hand meines Freundes, als ich sein nervöses Zappeln nicht mehr ertragen konnte. Der Ultraschall zeigte uns dann endlich die zwei Würmchen und Toms Augen wurden feucht. Ich war so gerührt von dieser Geste, dass auch mir die Tränen kamen. Der werdende Vater erhielt sein eigenes Foto von der

Ärztin, was er sich sogleich in sein Portmonee steckte. Auf dem Rückweg sprach er fremde Leute an und erzählte, dass WIR schwanger waren. Ich schämte mich kein bisschen. Ich dachte nur, genauso sollte es sein! Und ich wünschte, dass meine Mutter dies alles mit meinem Vater gemeinsam erleben hätte können. Was die Vorstellung, selbst Mutter zu werden, anging, machte ich mir nichts vor. Ich hatte richtig Angst. Mir war auch klar, dass ich mit dem Studium wenigstens ein Jahr pausieren musste. Würde ich wieder reinfinden? Wie funktionierte das überhaupt - studieren mit Kindern? Da gab es noch einiges zu klären.

Wie so häufig in letzter Zeit, wachte ich auch in dieser Nacht wieder schweißgebadet auf. Fühlte die Wellen des Orgasmus' gerade abebben und keuchte. Der Blick auf den Wecker verriet mir, dass es erst 3:26 Uhr war. Viel zu früh zum Aufstehen. In diesen Sexträumen war es jedes Mal Chris, der mich bis zum Höhepunkt trieb. Er schlich sich immer häufiger in meine Träume und auch tagsüber bekam ich diese Bilder nicht mehr aus dem Kopf. In grünes Neonlicht getauchte heiße Szenen in einem Labor. Wenn seine Kollegen Feierabend gemacht hatten, schlich ich an seinen Arbeitsplatz. Immer derselbe schlichte Ablauf. Kaum, dass sich unsere Blicke trafen, verschlangen wir uns auch schon. Wir sprachen kein einziges Wort. Nur purer Sex. Wild und hemmungslos. Mal hart und schnell. Mal durch die sanften Berührungen unserer Lippen auf unserem Geschlecht.

Vor ein paar Tagen hatte ich Tom davon erzählt und er war der Ansicht, dass es ein guter Zeitpunkt wäre, Chris anzurufen. Man musste nicht Freud studiert haben, um zu ahnen, dass mein Unterbewusstsein mit dem Thema Chris längst noch nicht abgeschlossen hatte. Das Gegenteil war der Fall! Je mehr ich ihn tagsüber verdrängte, desto intensiver verfolgte er mich im Schlaf.

Zitternd nahm ich das Handy vom Nachttisch und wählte seinen Kontakt. Ich rang mit mir, ob ich ihn wirklich anrufen sollte. Was wollte ich überhaupt sagen? Ich träume ständig von uns, wie wir uns heiß und innig lieben? Sicher nicht! Ich schrieb ihm eine Nachricht.

Bist Du zufällig auch wach? Würde gern reden …

Minutenlang saß ich da und starrte auf das schwarze Display.

Nichts. Nada.

Wütend über mich selbst, stapfte ich in die Küche und nahm mir eine kleine Flasche Wasser aus dem Kühlschrank und trank sie aus. Dann stieg ich wieder in mein Bett und versuchte einzuschlafen. Um 5:47 Uhr war ich immer noch wach und war es leid, mich von einer Seite auf die andere zu wälzen. Also beschloss ich, duschen zu gehen.

Zurück in meinem Zimmer setzte ich mich in mein Handtuch gehüllt auf mein Bett und begann die feuchten Haare zu kämmen. Da hörte ich mein Handy auf dem Nachttisch summen.

Chris.

Vor Aufregung griff ich unkoordiniert danach und strich über das Display, um dann das Handy schließlich wie in Zeitlupe an mein Ohr zu führen. Doch kam kein einziges Wort über meine Lippen, die sich nur stumm öffneten und wieder schlossen. Stattdessen begann er zu sprechen. Diese vertraute, samtige Stimme drang in mein Ohr und setzte in jeder Zelle meines Körpers ein Feuerwerk an Hormonen frei.

»Melissa. Ich bin froh, dass du dich gemeldet hast. Es ist gerade kein guter Zeitpunkt für ein Telefonat und ich möchte dir auch lieber alles persönlich erklären. In zwei Tagen bin ich zurück und komme vorbei. Mach´s gut.«

Aufgelegt.

Paralysiert starrte ich auf das Handy, welches stumm in meiner zitternden Hand lag. Mit wenigen Worten schaffte er es, mich völlig aus dem Gleichgewicht zu bringen. Ich konnte nicht mehr klar denken, nicht einmal sprechen.

Mir war gar nicht bewusst, wie stark er mir gefehlt hatte. Viel zu sehr war ich mit dem Verdrängen beschäftigt gewesen. Zu sehr hatte mich sein Verhalten verletzt und zu sehr schmerzte die Vorstellung, er würde sich mit seiner Frau in den Laken wälzen und Händchen halten. Auch jetzt wurde mir noch von der Vorstellung übel.

Erst einmal sollte ich mir anhören, was er zu sagen hatte. Es bestand ebenso die Möglichkeit, dass ich ihn nach dem bevorstehenden Gespräch nie wiedersehen wollte. Wie so oft schüttelte ich diese schmerzhaften Gedanken fort und machte mich für die Uni fertig. Eine Abhandlung, die erfreulicherweise automatisch verlief, denn mein Hirn befand sich weiterhin im Error-Modus.

Die Vorlesungen flogen an mir vorbei, so sehr hing ich in meiner Gedankenwelt fest. Was würde er mir erklären wollen? Wollte ich das alles überhaupt noch wissen?

»Hey, was ist los mit dir Melissa«, stupste mich Amy an. »Du hast heute noch nicht ein Wort mitgeschrieben. Geht es dir nicht gut?«, fragte sie mit besorgtem Blick.

Ich schüttelte den Kopf.

»Nein, Amy. Mir geht es nicht gut. Chris hat sich gemeldet. Er will mit mir sprechen«, flüsterte ich ihr zu.

»Was? Der traut sich was!«, schimpfte sie wenig verständnisvoll.

»So ist es nicht, Amy. Ich habe ihm eine Nachricht geschrieben. Daraufhin hat er angerufen«, erklärte ich ihr.

»DU hast dich gemeldet? Aber wieso?«

Amy blickte mich fragend an.

»Kann ich den Damen da oben bei der Klärung ihrer Fragen behilflich sein?«, tönte der Professor plötzlich von unten.

Ich wurde rot wie eine Tomate. Vierhundert Augenpaare ruhten auf uns und waren ebenso gespannt auf unsere Ausführungen wie der Professor. Na wunderbar!

»Nein danke, Professor Hauser. Melissa hat mir schon alles erklärt. Entschuldigen Sie bitte«, antwortete Amy spontan, wie sie war, und grinste in die Runde. Ihren Mut wollte ich haben!

Sie funkelte mich an und mir war klar, dass sie in dieser Sache nicht lockerlassen würde. Somit fuhren wir nach der Vorlesung zum Café und ich erzählte ihr von meinen Träumen und dass Tom mir geraten hatte, mich bei Chris zu melden.

»Und ich dachte, du hättest daraus gelernt, Melissa. Wie oft willst du dich denn noch verarschen lassen?«

Sie schüttelte fassungslos den Kopf.

»Das sind die Hormone. Anders kann ich mir dein seltsames Verhalten nicht erklären«, stellte sie fest und machte keinen Hehl daraus, dass sie sich über mich ärgerte.

»Amy, mag sein. Ich weiß auch nicht, was richtig oder falsch ist. Aber ich will mit der Sache abschließen. Mich interessiert wirklich, warum er sich so verhalten hat und vor allem, weshalb er wieder zu seiner Frau zurückgegangen ist. Aber das Schlimmste ist, dass ich immer noch starke Gefühle für ihn habe …«, gestand ich meiner Freundin leise.

»Aber, du und Tom, ihr seid jetzt ein richtiges Paar. Ich meine so ein ganz normales Paar. Ein Mann, eine Frau. Stell dir doch mal vor, ihr seid wieder glücklich zu dritt vereint. Wie willst du das in dieser borniertem Gesellschaft im Alltag umsetzen? Was willst du deinen Kindern erzählen? Anfangs mag das alles noch funktionieren, aber was ist, wenn die Kinder beginnen Fragen zu stellen oder bemerken, dass sie wegen ihrer zwei Väter gehänselt werden?«

Damit stellte Amy genau die Fragen, die ich die ganze Zeit verdrängte. Aber warum sollte ich diejenige sein, die auf alles eine Antwort haben musste?

»Ich weiß es nicht, Amy.«

Niedergeschlagen seufzte ich und meine Freundin griff über den Tisch nach meiner Hand.

»Süße, es tut mir leid. Ich will nicht, dass du traurig bist. Wir finden schon eine Lösung.«

Ich lächelte sie dankbar an, auch wenn ich wusste, dass sie mir nicht wirklich helfen konnte, die richtigen Entscheidungen zu treffen. Die Lösung kannte ich selbst nicht und außerdem traute ich mir und meinen wankelmütigen Hormonen nicht über den Weg.

Amy hatte sich für das Wochenende den Golf geliehen, um damit Olaf zu besuchen. Sie hielt es für das Beste, wenn ich mit Chris alles in Ruhe klären konnte. Tom hatte mir zugesagt zu kommen, wenn das Gespräch mit seinem Bruder nicht gut laufen würde. Aber er meinte ebenfalls, dass mir ein wenig Zeit für mich selbst nicht schaden könnte. Und damit hatte Tom recht. Ständig war jemand um mich und ich musste schon allein durch den Park schlendern, wenn ich meine Ruhe haben wollte.

Gerade fiel die Tür nach Amys rauschendem Abgang in ein Liebeswochenende mit Olaf ins Schloss, da klingelte es erneut. Sicher hatte sie etwas liegengelassen. Ich machte lachend die Tür auf und wollte gerade fragen, was sie vergessen hatte, weil sie gedanklich bereits bei Olaf im Bett lag, da stand Chris vor mir. Zumindest eine Version von dem Chris, wie ich ihn in Erinnerung hatte. Seine Wangen waren eingefallen und dunkle Augenringe ließen ihn müde erscheinen. Die Kleidung an ihm wirkte viel zu groß. Es war nicht zu übersehen, dass es ihm nicht gut ging.

Er lächelte sanft.

»Hey du, hier bin ich. Darf ich reinkommen?«, kam es über seine schönen Lippen.

Innerlich zerrissen mich meine Gefühle derart, dass es mir schwerfiel, nach außen hin die Fassung zu wahren. Ich schaffte es nicht, ihm zu antworten, aber bedeutete ihm durch ein schwaches Nicken einzutreten. Er ging in die Küche und nahm am Tisch Platz. Ihn hier vor mir zu sehen, zum Greifen nah, seinen Duft in der Nase, ließ mich fast ohnmächtig werden. Ich schloss die Wohnungstür, presste meine Stirn gegen das kühle Türblatt, um mich kurz zu sammeln.

Atme, Melissa!

Das wird schon.

Nachdem ich uns Tee eingeschenkt hatte, begann er zu erzählen.

»Ich weiß gar nicht, wo ich anfangen soll. Es tut gut, dich wiederzusehen, Melissa. Ich wünschte, ich könnte alles ungeschehen machen. Ich war so ein Idiot und du sollst wissen, dass mir das alles unendlich leidtut.«

Er machte eine Pause und ich sah Tränen in seinen Augen. Es fehlte nicht viel und ich hätte ihn in den Arm genommen und gesagt, dass alles wieder gut werden würde. Aber ich klammerte mich an meiner Tasse fest und kämpfte. So schnell wollte ich ihm nicht entgegenkommen. Erst einmal musste ich wissen, weshalb er mich so sehr verletzt hatte.

»Kannst du dich noch daran erinnern, als ich einmal beim Telefonieren sagte, dass ich jemanden altes Bekanntes getroffen hatte?«, fragte er mich.

Ich nickte. An das Telefonat konnte ich mich erinnern. Er hatte damals nicht weiter darüber reden wollen.

»Das war Theresa. Sie suchte mich in der Uni in Lüneburg auf und erzählte mir, dass sie zurück in die Stadt gezogen sei und sich von Jo getrennt hätte. Zurzeit hatte sie ihre Sachen bei einem ehemaligen Freund unterstellen können und würde dort vorerst auch bleiben, bis sie was Neues gefunden hätte. Du musst wissen, dass dieser Freund derjenige war, mit dem ich sie beim Vögeln erwischt hatte. Aus diesem Grund sind wir damals aufs Land gezogen. Ich wusste, dass sie ihre geliebte Stadt nur aufgeben würde, wenn es ihr ernst mit mir war. Wie sich herausstellte, hielt sie es nur solange durch, weil sie sich anderweitig vergnügte.«

Mit anderweitig meinte er dann wohl die Affäre mit Jo.

»Mir das zu erzählen, bewirkte also nichts Gutes in mir und ich bat Theresa, mich in Ruhe zu lassen und gefälligst zu verschwinden. Dann aber holte sie ihren Trumpf raus, der mich völlig aus der Bahn warf. Sie hielt mir ein Ultraschallbild hin und sagte mir, sie sei schwanger und ich käme als Vater in Betracht. Ich hätte mich fast übergeben. Die ganze Zeit wollte ich so sehr ein Kind mit Theresa und jetzt, wo ich endlich mit ihr abgeschlossen hatte, wedelte sie mir mit diesem Bild vor der Nase rum und erzählte mir allen Ernstes, dass ich vielleicht Vater werde. Auf dem Bild konnte man schon alles erkennen. Sie war bereits im fünften Monat und hatte es selbst erst gemerkt, als ihre Designer-Klamotten zu eng wurden. Ich war fix und fertig. Wenn ich wirklich der Vater wäre, würde mich das auf ewig an diese Frau binden und somit unsere Beziehung belasten, Lissy. Das war einfach zu viel in dem Moment. Sie ließ nicht locker und schickte mir die Termine vom Frauenarzt und Fotos von ihrem Bauch.«

Seufzend schüttelte er den Kopf und fuhr sich mit den Händen durch seine Haare. Es war unschwer zu erkennen, wie er litt.

»Wir hatten an dem Tag noch einmal telefoniert und du sagtest, dass du nicht zu mir kommen kannst. Ich hatte einen totalen Black-out. War nicht mehr Herr meiner Sinne und ich habe angenommen, dass du mir nur durch die Blume sagen wolltest, dass du mich und Tom nicht willst. Daraufhin betrank ich mich und rief im Suff Theresa an. Sie sollte mich von der Bar abholen und mich nach Hause bringen. Das tat sie, selbstlos wie sie nun mal ist, nur allzu gern und am nächsten Tag lag sie neben mir im Bett. Mehr Details möchte ich dir ersparen. Sie hatte von sich und mir Fotos gemacht. Eines davon schickte sie mir mit den Worten *Danke für die wundervolle Nacht. Ich liebe dich.* Im Hintergrund sah man auf dem Nachttisch meinen Wecker, auf dem das Datum zu lesen war. Was immer in dieser Nacht auch passiert ist, niemand hätte mir dann noch geglaubt, wenn ich das abgestritten hätte. Sie hatte mich reingelegt. Aber ich war ja selbst schuld. Warum musste ich ausgerechnet sie anrufen, um mich abzuholen? Ich hätte genauso gut ein Taxi

288

nehmen können. Jedenfalls habe ich mir geschworen, nie wieder einen Schluck Alkohol anzurühren.«

Ich war völlig fertig von dem, was er mir da erzählte. Er bekam vielleicht ein Kind mit dieser Person! Was auch immer ich erwartet hatte, was er mir in diesem Gespräch erklären wollte, DAS übertraf alles.

»Was ist, wenn sich herausstellt, dass es nicht dein Kind ist?«, fragte ich ihn. Ich wollte so gern, dass für uns noch ein Fünkchen Hoffnung bestand.

»Melissa, das ist ja das Problem. Wir sind immer noch verheiratet und ich werde von Rechtswegen der Vater dieses Kindes sein. Ich habe mir den Kopf zermartert, wie ich da rauskomme, aber bevor das Kind nicht auf der Welt ist, kann ein Vaterschaftstest nicht stattfinden. Ich möchte daraus keine gerichtliche Schlammschlacht machen. Wenn es mein Kind ist, wird sie es als Druckmittel einsetzen. Das will ich nicht. Wenn es meins ist, möchte ich der beste Vater für dieses Kind sein. Theresa wird dem Kind sicher nicht viel Zuneigung schenken können. Sie ist ein egoistisches kaltherziges Biest und mein Kind mit solch einer Frau alleine zusammenleben lassen, kann ich nicht. Ich wünschte, es wäre anders. Bitte verzeih mir.«

Wie konnte ich nach dieser Horrorgeschichte noch länger auf ihn böse sein? Das Schicksal hatte mir einmal mehr einen Strich durch die Rechnung gemacht, stellte ich resigniert fest. In seinen Augen spiegelte sich Verzweiflung und Trauer wieder. So stand ich schließlich auf und gab den inneren Kampf gegen ihn auf. Ich setzte mich auf seinen Schoß und drückte seinen Kopf sanft an meine Brust. Meine Nase vergrub ich in sein Haar, was so wunderbar nach ihm roch. Tief sog ich diesen Duft ein und schloss die Augen.

»Ich habe dich nie verlassen, Chris«, flüsterte ich ihm zu. Verzweifelt sah er zu mir auf und nickte unmerklich.

»Es tut mir leid. Ich würde alles so gern ungeschehen machen.«

Meine Finger folgten dem Weg über seine Schläfen und Wangenknochen bis hin zu seinen schönen Lippen. Er öffnete sie leicht und ich konnte diesem stillen Angebot nicht länger widerstehen und senkte meinen Mund auf seinen. Es war ein Kuss, der einen winzigen Moment alles vergessen ließ.

Eine kurze Unterbrechung, ein abwartendes *Willst du?* in seinem Blick und das stumme *Ja!* auf meine Lippen. Mehr brauchte es nicht und er stand mit mir auf und trug mich ins Schlafzimmer auf mein Bett. Behutsam zog er mich aus und betrachtete meinen Körper, als wolle er sich alles genau einprägen. Ich genoss seine Berührungen und Küsse. Wie sehr hatte ich mich danach gesehnt. Er liebkoste meine Nippel. Ganz zart. Selbst das war fast zu viel für mich. Als er dann aber begann an ihnen fest zu saugen und zu knabbern, kam ich ohne Umwege laut und heftig.

»Oh Lissy, wie habe ich diese Leidenschaft vermisst. Mir war gar nicht bewusst, zu was ich alles im Stande bin«,

stellte er staunend fest und ließ mich auflachen. Einen kurzen Moment später hatte er sich auf mich gelegt und drang gefühlvoll in mich. Ich schlang Arme und Beine um seinen bebenden Körper und schwor mir, ihn nie wieder aus dieser Umarmung zu entlassen. Leise Liebesbekundungen gemischt mit seinem heißen Atem an meinem Ohr ließen mich schließlich erneut um ihn verkrampfen. Erschöpft legte er sich neben mich und wir schmiegten uns vertraut aneinander, als hätte es diese alles verändernde Zäsur zwischen uns nie gegeben. Wir bestellten Pizza, als uns schließlich der Hunger überkam. Der Lieferdienst meldete eine Stunde Wartezeit an und somit hatten wir noch Zeit, um duschen zu gehen. Amüsiert über das Déjà-vu, das uns an einen gemeinsamen Abend in der Dienstwohnung der Praxis erinnerte, machten wir uns auf dem Sofa über die Pizza Hawaii her. Ich berichtete ihm vom Studium und was sonst zwischenzeitlich in meinem Leben ohne ihn geschehen war. Doch die Schwangerschaft ließ ich dabei unerwähnt.

Tom hatte gesagt, ich solle selbst bestimmen, ob ich es ihm erzählen wollte. Er überließ es mir auch die Entscheidung, ihm zu sagen, dass er als Vater infrage käme. Doch dieser Moment sollte nur Chris und mir gehören. Er hatte derzeit genug Chaos in seinem Leben, da brauchte er nicht noch eine Schwangere, die eventuell seine Kinder austrug. Chris erzählte mir, wie seine Forschungsarbeiten angelaufen waren, und dass er bereits drei Mal in den Staaten gewesen war.

»Auch jetzt komme ich gerade vom Flughafen. Ich habe den Rückflug vorverlegt, damit ich Zeit für dich habe. Theresa weiß also nicht, dass ich hier bin«, erklärte er.

Er schien sich wahrhaftig zu sorgen darüber, was ihn erwartete, wenn seine Frau herausfand, dass er bei mir war.

»Wie soll es jetzt weitergehen, Chris? Wenn deine Frau nicht wissen darf, dass wir uns treffen, wie wollen wir das zukünftig machen? Ich möchte keine geheime Beziehung mit dir!«, stellte ich klar.

»Das weiß ich. Ich will einen Rosenkrieg mit Theresa in jedem Falle vermeiden. Deswegen ist es das Beste, dass wir keinen Kontakt haben, bis die Vaterschaftsfrage geklärt ist. In zwei Monaten wird sie entbinden, dann wissen wir mehr«, antwortete er frustriert.

»Wir dürfen uns zwei Monate nicht sehen, hören oder sonst was? Ist das dein Ernst?«, fragte ich fassungslos.

»Mag sein, dass ich übertreibe, aber ich will dich da nicht mit reinziehen. Wer weiß, zu was diese impertinente Person noch imstande ist. Wir bleiben über Tom in Kontakt. Bei ihm weiß ich dich in den besten Händen«, erklärte er schließlich.

Nachdem wir uns gerade so verhalten hatten, als wäre nie etwas passiert, fühlten sich seine Worte wie ein Schlag ins Gesicht an. Warum schlief er mit mir, wenn er vermutete, dass es für uns höchstwahrscheinlich keine Chance mehr gab jemals zusammenzukommen?

»Das bedeutet also, dass du hergekommen bist, um dein Gewissen zu erleichtern und noch ein letztes Mal mit mir zu schlafen?«, fasste ich seine Absichten zusammen.

»Um Himmelswillen, nein Melissa! Ich liebe dich und ich werde alles versuchen, um eine Lösung zu finden. Ich wünsche mir nichts sehnlicher, als mit dir zusammen zu sein. Bitte glaube mir. Es liegt mir nichts ferner, als dich zu verletzen. Du sollst einfach nicht in dieses Chaos hineingeraten. Die Situation, wie sie jetzt ist, ist bereits verfahren genug.«

Auch wenn ich mir gern mehr Zuversicht von ihm erhofft hatte, musste ich mich vorerst damit zufriedengeben. Es brachte nichts, ihn zusätzlich unter Druck zu setzen, indem ich ihn um heimliche Treffen bat. Nicht wenn es gruselige Auswirkungen im Hinblick auf Theresa haben könnte.

Noch in der Nacht trennten wir uns wieder, denn er musste zurück zum Flughafen nach Hannover, um rechtzeitig vor Theresa dort zu sein, die ihn unbedingt abholen wollte. Mit einem wehmütigen Gefühl, aber etwas Hoffnung tief in mir, ließ ich ihn gehen. Vielleicht würde uns das Schicksal einen Weg aus der Misere zeigen? Ich sah ihm durch das Fenster nach. Sah, wie seine langen Schatten unter dem orangefarbenen Laternenschein schließlich in der Dunkelheit verschwanden. Ein Gefühl der Einsamkeit stülpte sich über mich und ich blickte hilfesuchend in den schwarzen Himmel und hoffte, dass meine Mutter verstand.

Kapitel 19

Die Weihnachtsferien standen vor der Tür. Passend zur Jahreszeit herrschte seit Tagen außerhalb der Wohnung eisiges Schneetreiben und ließ jeden Gang zu einem rutschigen Wagnis werden. Die Schneeballmunition übermütiger Studenten schien nicht ausgehen zu wollen und ließ mich jedes Mal auflachen, wenn ein erschrockener Ausruf einem Treffer folgte. Doch entzweite mich ein unsichtbarer Graben Tag für Tag ein wenig mehr von diesen unbeschwerten jungen Männern und Frauen. Sie waren die zukünftigen Veterinäre und ihnen standen alle Türen offen. Noch vor ein paar Wochen gehörte ich dazu. Die Vision von mir in einer eigenen Praxis schien zu verblassen, je mehr ich mir einredete, das alles schon irgendwie zu schaffen. Ich hasste jeden dieser Tage, die mich an den Rand der Verzweiflung brachten. Es waren dieselben grauen Tage, die mich nicht nur innerlich erkalten ließen, sondern mir Nasenspitze und Fingerkuppen abfrieren wollten. Ständig war ich auf der Suche nach Heißgetränken, um mich am Leben zu halten, wenn die äußere Hülle trotz all der Textilschichten den kalten Temperaturen nicht mehr standhalten wollte. Von der inneren Hitze, die eine Schwangerschaft mit sich bringen konnte, war bei mir nichts zu spüren.

Ich fror pausenlos.

»Bist du bald fertig mit Kofferpacken? Mein Zug fährt in einer halben Stunde!«, tönte Amy aufgeregt vor meinem Zimmer, die sich bereits seelisch und moralisch darauf vorbereitete, der neuen Freundin ihres Vaters zu begegnen. Sobald ich endlich diesen Koffer vor mir mit ausreichend warmer Kleidung gefüllt hatte, sollte es auch für mich losgehen. Auf die Zeit in Lüneburg freute ich mich schon seit Wochen.

»Ich kann mich einfach nicht entscheiden. Soll ich lieber nur diese sexy Umstandshosen einpacken oder auch eines dieser süßen Kleider?«, fragte ich laut zurück, um durch die geschlossene Tür zu meiner Freundin vorzudringen.

Amy kam in mein Zimmer gestürmt und riss mir die Kleidungsstücke aus den Händen, die ich gerade noch unentschieden betrachtete, um sie unwirsch in den Koffer zu stopfen und abschließend den Deckel zu zuklappen.

»Meine Güte Melissa, jetzt packe doch einfach alles ein. Ich komme zu spät!«

»Amy? Wenn ich es nicht besser wüsste, würde ich glauben, dass du es kaum erwarten kannst, mit deiner neuen Stiefmutter Urlaub zu machen«, zog ich sie auf.

»Sie ist die Freundin meines Vaters, nicht meine Stiefmutter. Leider ist das jedes Jahr die einzige Chance auf einen bezahlten Urlaub, daher möchte ich das unter keinen Umständen verpassen. Außerdem liebe ich Zermatt. Können wir jetzt los? Du willst doch sicher auch nach Hause?«

Ja, das wollte ich in der Tat. Nach Hause. Aber es war nicht mehr dasselbe Zuhause. Seit Chris in jener Nacht aus meinem Leben verschwand, war nichts mehr wie zuvor. Die Ungewissheit, wie es nach der Geburt des Kindes, welches Theresa erwartete, weitergehen sollte, nagte an meinem Seelenheil. Dass ich mit Amy und Tom über meine Sorgen sprechen konnte, war wohl der einzige Grund, weshalb ich nicht bereits wahnsinnig geworden war.

Als ich einige Stunden später endlich auf dem Schrottplatz einbog, war ich unendlich froh darüber, angekommen zu sein, da ich dringend auf Toilette musste und zudem war mir auf den letzten Metern auch noch das Spritzwasser ausgegangen. Ich konnte kaum noch etwas durch die versalzene Frontscheibe sehen.

So schnell es eben ging, lief ich die Metalltreppe hinauf und wurde bereits von meinem strahlenden Freund an der Tür empfangen. Die ausführliche Begrüßung musste jedoch noch warten.

»Lass mich schnell rein, ich muss ganz dringend.«, schlängelte ich mich an ihm vorbei.

Sein schönes Lachen ertönte, als mein lautes Stöhnen, was meine Erleichterung ausdrückte, das Bad beschallte. Ich sollte mir wirklich überlegen, während der Schwangerschaft wieder aufs Bahnfahren umzusteigen. So kann ich zumindest jederzeit auf Toilette gehen, sinnierte ich. Während ich meine Hände wusch, erlaubte ich mir einen Moment, die blasse Frau im Spiegel zu betrachten. Dunkle

Augenringe zierten nach wie vor mein Gesicht. Auch wenn ich versuchte, für alle die glückliche Schwangere zu mimen, konnte mein Äußeres nicht über die wahre Stimmung in mir hinwegtäuschen.

»Na Baby, wie war die Fahrt?«, fragte er noch sichtlich amüsiert.

»Ehrlich gesagt, bin ich froh, endlich angekommen zu sein. Ich musste unterwegs zwei Mal auf eine dieser Ekeltoiletten und dann ist mir auch noch das Spritzwasser ausgegangen. Aber die Weihnachtssongs im Radio und mein neues Hörbuch haben mir die Fahrt versüßt«, grinste ich und gab ihm einen Kuss.

»Das Scheibenwasser fülle ich auf, bevor wir fahren. Wir sind nämlich heute Abend bei Marie zum Essen eingeladen. Zieh dir was Hübsches an«, raunte er in mein Ohr, dass ich Gänsehaut bekam.

»Wann müssen wir denn da sein?«, fragte ich müde. Nach den fast sieben Stunden im Auto, hatte ich mich bereits darauf eingestellt, mich nach einer ausgiebigen Dusche zu Tom ins Bett zu kuscheln.

»In etwa zwei Stunden. Was hältst du davon, wenn ich dir einen Tee mache und du dich noch ein wenig ausruhst? Die Fahrt war sicher anstrengend.«

Tom nickte in Richtung des Bettes hinter uns und ich war ihm in diesem Moment einfach nur dankbar für sein Entgegenkommen. Erschöpft ließ ich mich in die weichen Kissen sinken, deren betörender Duft mich so gleich ins Land der Träume geleitete.

Es war kalt und dunkel. Der eisige Wind peitschte mir schmerzhaft ins Gesicht und ich stemmte mich ihm mit aller Kraft entgegen. Nur noch wenige Schritte bis zum Licht. Vor mir sah ich ein Haus. Ich kannte es. Kannte den Weg unter den hohen Tannen hindurch. Schutzsuchend verharrte ich unter den tiefhängenden Zweigen. Meine Augen folgten dem Lichtschein. Ein gleißendes Licht, das immer heller zu werden schien, dass ich meine Hände schützend vor die Augen hielt. In dem hellen Raum stand nur ein Tisch. Der große Eichentisch. Ich erstarrte vor Schreck, als ich erkannte, dass Theresa nackt auf diesem Tisch gekettet lag. An der Stirnseite des Tisches hatte sie die langen gespreizten Beine durchgesteckt und schwer atmend ihren Oberkörper flach auf die Platte gelegt. Ein Mann betrat den Raum und stellte sich hinter Theresa an die Stirnseite. Plötzlich schlug er ihr fest auf die Pobacken. Ihr Schrei wurde zu meinem. Entsetzt folgte ich dem Muskelspiel des Mannes, der Schlag für Schlag offensichtlich seiner Gespielin gleichermaßen wie sich selbst ungeheure Lust bereitete. Ihr Gesicht war vielmehr eine wollüstige Fratze. Und seins war ... war ... oh Gott ... es war Chris.

»Chris, nein. Hör auf. Ich bin doch hier. Nicht.«, hörte ich mich schreien. Doch er sah auf, grinste diabolisch und stieß seine Härte in sie.

»Es ist vorbei. Wach endlich auf Melissa. Es ist vorbei. Wach auf ...«

»... Melissa wach auf. Wach auf«, drängte sich eine immer lauter werdende Stimme in mein Bewusstsein vor. Ich blinzelte. Ich konnte nicht einmal genau sagen, wo ich mich in diesem wirren Moment befand.

Noch ein Blinzeln.

»Hey Prinzessin, du hast schlecht geträumt. Nur ein Traum«, hörte ich Tom leise flüstern.

Oh Gott. Es war nur ein Traum.

Unendliche Erleichterung überkam mich. Ich versank in seiner Umarmung und unterdrückte die heißen Tränen, die in mir aufstiegen.

»Wollen wir lieber hierbleiben, dann rufe ich Marie an«. Besorgnis lag in seiner Stimme.

»Nein Tom, es geht schon wieder. Das sind nur die Hormone. Lass mich kurz durchatmen und etwas frisch machen und dann können wir los. Ein wenig Ablenkung wird mir guttun«, wiegelte ich sein Vorhaben ab und gab mir damit keine weitere Gelegenheit über diesen Alptraum nachzudenken.

Die Verdrängung war mir eine liebgewonnene Freundin geworden. Mich mit all dem Chaos in mir auseinanderzusetzen, bedurfte mehr Mut, Kraft und Ausdauer, als ich momentan aufbringen konnte.

Es war nur ein Traum!

Marie hatte ein wundervolles kleines Backsteinhaus mit einem Erker über der Eingangstür. Ein Netz aus braunen zarten Verzweigungen spannte sich über das gesamte Mauerwerk. Wilder Wein. Im Sommer sicher das pure Idyll. Wie sie mir später erzählte, hatte ihr verstorbener Mann das Haus in den Siebzigern gebaut. Seit ein paar Jahren lebte sie dort mit Peter zusammen. Er war ein passionierter Kunstliebhaber, äußerst intelligent und charmant. Bis vor Kurzem führte er ein kleines Antiquariat in Lüneburg. Doch als er ins Rentenalter kam, gab er das Geschäft auf und war gänzlich zu Marie gezogen. Peter unterhielt uns mit lustigen Anekdoten aus seinem Leben, während uns Toms Tante kulinarisch verwöhnte.

Ich fiel gerade über das dritte Dessert her, als ich plötzlich eine Bewegung in mir spürte und innehielt.

»Oh Gott«, stieß ich erschrocken aus. Diese kleine Bewegung in mir hätte nach dem vielen Essen auch ein überforderter Magen sein können. Tom war sofort bei mir.

»Was ist Prinzessin? Tut dir was weh?«, fragte er besorgt.

»Nein, nein Tom, ich glaube, ich kann die Kinder spüren. Ich habe sie gerade bemerkt im Bauch«, erklärte ich ihm fasziniert.

Marie klatschte in die Hände und lachte.

»Ich wollte gerade schon loslaufen und den Arztkoffer holen.«

Tom küsste mich und streichelte mir aufgeregt über den Bauch.

»Wie fühlt es sich an?«, wollte er wissen.

»Es ist ein tolles Gefühl, aber auch seltsam. Da wachsen zwei kleine Menschen in mir. Bislang haben wir ja immer nur die Bilder gesehen, aber jetzt merke ich sie tatsächlich!«, gab ich zu.

Marie stand auf und lächelte herzlich.

»Ich denke, es war ein langer Abend. Bring deine Frau nach Hause Tom und genießt die Zweisamkeit noch ein bisschen.«

Deine Frau. Hm. Das klang ziemlich gut, dachte ich bei mir. Wir bedankten uns, fuhren nach Hause und freuten uns auf ein paar Kuscheleinheiten. Kein hemmungsloser Sex. Nur wir. Engumschlungen mit seiner Hand auf dieser kleinen faszinierenden Wölbung.

Gern kam ich Enis Einladung nach Heilig Abend mit ihr, Henning, Moni und Henk zu verbringen. Seit ich denken kann, trafen wir uns bereits vormittags im Elternhaus meiner Mutter und ihrer Schwester, um das Festessen zu zubereiten. Nachts hatte es erneut geschneit und die Welt mit einer feinen weißen Schicht bedeckt. Hier oben im Norden lag lange nicht so viel Schnee wie in Stuttgart, was ich sehr begrüßte. Doch diese Winterlandschaft war wunderschön anzusehen. Die allgegenwärtigen Geräusche wirkten wesentlich gedämpfter als sonst. Tief über dem Horizont hing die kalte Wintersonne und hatte gerade noch so viel Kraft durch den Winterdunst hindurch zu strahlen, um viele kleine Eiskristalle auf den Feldern, Wiesen und Bäumen glitzern zu lassen. Der Hof war wie immer weihnachtlich dekoriert und auch Enis Hofladen war vom Weihnachtsfieber meiner Tante nicht verschont geblieben. Den Kitsch der letzten Jahre hatte sie jedoch zu meiner Freude gegen dezente Lichterketten und ein paar wenige Dekoelemente aus Metall und Keramik getauscht. Am eindrucksvollsten war jedoch die große Nordmanntanne vor dem Laden. Da es noch hell war, konnte ich nur viele bunte Anhänger und Kugeln erkennen. Am Abend würde er sicher atemberaubend aussehen, wenn die Lichter hellerleuchtet brannten.

Die quietschende Eingangstür verriet mich wie so oft und Eni kam mir vor Freude strahlend entgegengelaufen.

»Liebes, da bist du ja endlich. Ich habe gerade zu Moni gesagt, dass ich dich gleich anrufen werde, um zu fragen, wann du kommst.«, lachte sie aufgeregt.

»Hallo Eni, Tom hat mich länger schlafen lassen. Die Fahrt gestern war anstrengend und dann sind wir erst spät von Marie und Peter gekommen …«, erklärte ich mein Zuspätkommen.

»Ach, komm erst einmal mit in die Küche. Wir haben dir die Klöße übriggelassen. Der Rest köchelt schon.«

Ich liebte diese Kartoffelklöße. Der Teig bestand aus zerdrückten gekochten Kartoffeln, Eiern, Kartoffelstärke und Salz. Aber die wichtigste Zutat war Muskatnuss. Ein wunderbarer Geschmack. Selbst jetzt lief mir das Wasser im Mund zusammen, wenn ich nur daran dachte, dass ich mir heute Abend mindestens drei davon einverleiben würde. Dafür ließ ich sogar die Gans weg.

Nachdem mich alle Anwesenden herzlich begrüßten und mir die Schüssel Kloßteig vor die Nase gestellt worden war, verbrachten wir mindestens zwei Stunden nur mit Klönen, Naschen und Lachen. Henning entpuppte sich als talentierter Alleinunterhalter, der unserer Bauchmuskulatur alles abverlangte. Zwischendurch gingen Eni und ich noch eine Runde spazieren.

»Und Tom konnte wirklich nicht mitkommen?«, fragte meine Tante vorsichtig.

»Leider nein. Er will Chris mit dessen Frau nicht allein lassen. Marie und Peter fahren auch mit, damit es nicht komisch wird«, erklärte ich Eni gelassener, als ich es für möglich gehalten hatte. Natürlich hatte ich mit dieser Frage gerechnet.

»Kommst du einigermaßen mit der Situation zurecht, Liebes?« Besorgt sah meine Tante mich an und hakte sich bei mir unter.

»Nicht wirklich. Es fühlt sich gerade alles so fremd an. Als warte ich nur darauf, was bei diesem Gentest herauskommen wird, um dann endlich weiterleben zu können.«

»Und wenn Chris nun doch der Vater von Theresas Kind ist?«

»Allein der Gedanke daran lässt mich fast verrückt werden. Ich bete jeden verdammten Tag, dass es nicht so kommen wird«, fluchte ich verbittert und stieß dabei wütend mit dem Stiefel gegen einen abgebrochenen Zweig auf dem Boden.

»Aber du hast immer noch Tom oder ist er nur die zweite Wahl«, erwiderte Eni leise.

»Eni! Wie kommst du denn darauf, dass Tom nur zweite Wahl ist? Ich liebe sie doch beide. Das habe ich immer. Es geht nicht darum, ob ich einen der beiden mehr liebe. Ich fühle mich einfach nicht komplett ohne Chris. Es waren immer wir drei. Nie ging es darum, mich entscheiden zu müssen. Und jetzt, jetzt darf ich nicht einmal kämpfen. Nicht, ohne Chris zu schaden. Dabei will ich ihn nur wieder zurück. Ihn und Tom.«

Verzweifelt versuchte ich, meiner Tante zu erklären, dass es sich doch gänzlich anders verhielt, als sie vermutete. Dennoch schockierte mich ihre Sicht auf die Beziehung von Tom und mir. Wann hatte ich Tom eigentlich das letzte Mal gesagt, dass ich ihn liebte oder wie dankbar ich für seine Fürsorge war? Wie geborgen ich mich fühlte und wie glücklich er mich machte? Vor lauter Trauer um eine Situation, die ich sowieso nicht ändern konnte, hatte ich den wichtigsten Menschen als gegeben angenommen. Oh Melissa!

»Danke Eni.«, sagte ich nach einer Weile, in der wir still nebeneinander hergingen und lächelte ihr schwach zu. Zur Antwort bekam ich ein leichtes Kopfnicken. Manchmal braucht es eben nur einen kleinen Anstoß, um die Dinge wieder zum Laufen zu bringen. Da war er, der Weg aus meiner depressiven Stagnation.

Tom!

Wir gingen nach dem Tee in die Kirche und aßen anschließend das beste Weihnachtsmenü aller Zeiten. Geschenke tauschten wir keine aus. Eni meinte, dass es Geschenk genug sei, dass alle gesund und munter sind und wir hier in trauter Runde zusammensitzen konnten. Auf dem Rückweg setzte ich Moni und Henk zu Hause ab, um im Loft angekommen, erschöpft ins Bett zu fallen. Ab morgen wirst du eine bessere Freundin sein und dem wundervollen Mann an deiner Seite all die Aufmerksamkeit schenken, die er verdient, trug ich mir auf, bevor ich selig einschlief.

Am nächsten Morgen wachte ich mit einem unguten Bauchgefühl auf. Suchend blickte ich um mich und schien immer noch allein zu sein. Seltsam. Ich stand auf und nahm mein Handy vom Küchentisch, um Tom anzurufen. Mailbox. Auch wenn das keine gute Idee war, rief ich anschließend Chris an, aber auch seine Mailbox war das Einzige, was ich zu hören bekam. Besorgt zog ich mich an und entschied, mich auf die Suche nach ihm zu machen. Marie und Peter hatten ganz bestimmt nicht in Lüneburg übernachtet, die würde ich fragen können.

Ich frühstückte nebenbei eine Banane und wollte gerade das Loft verlassen, als es an der Tür klopfte. Als ich öffnete und sah Marie und ihren Lebensgefährten vor mir stehen.

»Guten Morgen Melissa, Tom schickt uns. Wir sollen dir Bescheid geben, dass er erst einmal bei Chris bleibt«, sagte sie.

Okay, damit hatte ich jetzt nicht gerechnet. Aber zumindest ging es allen gut. Doch merkte ich, dass da noch mehr war.

»Kommt doch bitte rein. Ich mache Kaffee«, schlug ich vor. Aber Marie winkte ab.

»Das ist lieb von dir. Aber wir waren die ganze Nacht auf und wollen jetzt nur noch ins Bett. Tom ruft dich bald an und erklärt dir alles. Wir wollten dir nur kurz Bescheid geben, damit du dir keine Sorgen machen musst. Wir sehen uns sicher bald.«

Sie umarmten mich, wünschten mir frohe Weihnachten und verschwanden. Ich schloss die Tür hinter mir und fragte mich, was wohl passiert war. Zudem waren wir zum Kaffee bei Jo eingeladen.

Kurz nach zwei rief Tom endlich an.

»Hey Prinzessin, bitte entschuldige, dass ich mich nicht früher gemeldet habe. Ich hatte das Telefon aus. Als wir ankamen, ging es ihr gar nicht gut und Marie entschied, es sei das Beste, wenn wir sie ins Krankenhaus bringen würden. In der Nacht baute sie so stark ab, dass die Ärzte sich für einen Notkaiserschnitt entschieden haben. Es ist ein Junge und Chris ist jetzt bei ihm auf der Kinderstation. Ich würde gern noch bei ihm bleiben. Das war ganz schön viel für ihn heute. Grüße Jo von mir. Ich liebe dich.«

»In Ordnung. Verstehe. Dann pass bitte gut auf euch auf. Und Tom … ich liebe dich und du fehlst mir«, stammelte ich völlig durch den Wind.

»Mach ich Baby.«

Er legte auf. Eine alles verschlingende Leere machte sich in mir breit. Chris hatte jetzt ein Kind. Er schien unendlich weit weg von mir, geradezu unerreichbar für mich zu sein. Ich bekam Angst. Wenn das Kind jetzt wirklich sein Sohn war, was bedeutete es für uns? Würden wir uns jemals wieder nahe sein können? Oder hatte ich ihn für immer verloren? Zusammengekauert lag ich auf dem Bett und starrte minutenlang in die Luft. Völlig bewegungsunfähig. Unfähig einen klaren Gedanken zu fassen. In der Ferne hörte ich den Glockenschlag der Kirchturmuhr. Drei Uhr. Jo. Ich hatte keine Kraft mehr für einen Besuch bei ihm und rief an, um abzusagen. Doch ließ er sich nicht abwimmeln und somit bestellte ich ihn ins Loft.

Als er kurz darauf mit einem Korb und einem Weihnachtsstern vor mir stand, waren meine Augen vom Weinen gerötet und stark geschwollen.

»Frohe Weihnachten, Lissy«, wünschte er mir.

Ich ließ ihn rein und er breitete sich in der Küche aus.

»Wenn du schon nicht zu mir kommen kannst, dann komme ich eben zu dir.«

Er zog meine widerstandslosen Körper in eine wohltuende Umarmung und tätschelte etwas unbeholfen meinen Hinterkopf.

»Liebes, jetzt erzähle deinem Vater erst einmal, was dich so unglücklich macht.«

Und als ich mir die Nase geputzt hatte, fing ich an, ihm die ganze lange Geschichte von mir und Tom und Chris zu erzählen. Wie Tom mich auf der Straße aufgegabelt hatte, wie ich mich nach der Geburtstagsparty der Brüder zwischen keinem mehr entscheiden konnte und es auch bald nicht mehr musste, weil diese unorthodoxe Beziehung für alle möglich schien. Dann kam Theresa und zog die Schwangerschaftskarte. Ich verriet ihm auch, dass er als Vater des Neugeborenen infrage kam. Als ich meine Schilderung beendet hatte, saßen wir uns eine Weile sprachlos in der Küche gegenüber. Schließlich stand Jo auf und köpfte den Wein, den er mitgebracht hatte. Er schenkte sich ein Glas ein und trank es aus.

»Willst du auch, Lissy?«, hielt mir die Flasche entgegen.

»Nein Jo, ich darf nicht. Weißt du, da wäre noch eine Kleinigkeit …«, ich schluckte meine Nervosität hinunter. Wie konnte man seinem Vater nur schonend beibringen, dass man schwanger war? Von zwei Männern. Wobei ich den Gedanken nicht weiter vertiefen sollte, dass einer davon in direkter Konkurrenz mit Jos Vaterschaft stand.

»… Jo, setzt dich bitte«, bat ich ihn.

»Meine Güte Lissy, jetzt mach es nicht so spannend. Was ist mit dir?«, fragte er sichtlich aufgebracht, nahm dann aber doch Platz.

»Ich bin schwanger. So, nun ist es endlich raus.«

Ich atmete aus.

»DU bist auch schwanger?«, wiederholte er entrüstet, dass ich im ersten Moment nicht recht wusste, was oder ob ich darauf antworten sollte.

»Lissy, aber was ist mit dem Studium. Was hast du dir nur dabei gedacht? Hat dich jemand dazu gedrängt? Chris etwa?«, fuhr er ungehalten fort.

»Jo! Nein! Wie kommst du denn darauf? Es ist passiert, als ich die Antibiotika nach dieser schrecklichen Lebensmittelvergiftung nehmen musste. Niemand hat es darauf angelegt, dass ich schwanger werde. Schon gar nicht ich. Was denkst du nur von mir? Glaubst du etwa, ich bin begeistert davon, mit meinem Studium zu pausieren? Geschweige denn das Studium im Anschluss zu wuppen, wenn die Kinder da sind! Es wäre sicher nicht zu viel verlangt, wenn du mich dabei etwas unterstützen anbieten könntest, anstatt mir Vorhaltungen zu machen«, schnaubte ich verärgert.

»Kinder? Oh Gott, wie viele sind es denn?«

Jo saß zusammengesunken auf seinem Stuhl und starrte mich an. Stimmt, das hatte ich ihm ja noch nicht gesagt.

»Es sind Zwillinge«, gestand ich kleinlaut. Spätestens bei der Geburt wäre es ja eh herausgekommen. Jetzt konnte die Stimmung jedenfalls nicht noch tiefer sinken. Daher war dieser Moment ideal für derartige Hiobsbotschaften.

»Zwillinge«, wiederholte er und zog dabei finster die Augenbrauen zusammen. »Zwillinge wie Tom und Chris?«

Die Richtung, die dieses Gespräch nahm, gefiel mir gar nicht. Reflexartig spannte ich abwehrend jeden Muskel in meinem Körper an.

»Ja, genauso! Einer der beiden ist der Vater und bevor du jetzt den Moralapostel mimst, behalte deine Meinung bitte für dich!«, zischte ich ihm entgegen.

»Du warst mit beiden zusammen?«, traute er sich, dennoch zu hinterfragen.

»Nein, ich BIN mit beiden zusammen! Also eigentlich. Ach, es ist alles so kompliziert …«, antwortete ich und vertraute ihm schließlich doch das Hin und Her zwischen den Brüdern und mir an.

»… und deshalb bin ich jetzt hier bei Tom und Chris bei Theresa.«

»Was für ein seltsamer Tag. Ich bin vielleicht noch einmal Vater geworden und ganz sicher werde ich Opa. Weißt du, das ist doch verrückt. Immer stellen mich alle vor vollendete Tatsachen. Erst deine Mutter und jetzt auch noch du«, sinnierte er und genehmigte sich noch einen Schluck.

»Es tut mir leid, Jo. Ich wollte nicht, dass du es so erfährst«, entschuldigte ich mich bei ihm.

»Schon gut Lissy, du kannst nichts dafür. Es gibt für solche Gespräche wohl nie den richtigen Zeitpunkt. Und was Theresa angeht, hätte sie es mir auch einfach sagen können und ich hätte damals um dich und Sarah kämpfen müssen. Manchmal hat man die Wahl und entscheidet sich falsch. Was nicht viel besser ist, als keine Wahl zu haben … So, was machen wir jetzt?«, fragte er leicht angeschwipst. »Wir können uns den Abend davon richtig schön versauen lassen oder wir essen das tolle Mahl, was ich uns bereitet habe und lassen es uns gut gehen, bevor uns das Leben wieder einholt. Was meinst du?«

Ich lachte ein verhaltenes Lachen. Nachdem ich schon befürchtet hatte an diesem Tag dazu gar nicht in der Lage sein zu können, fühlte es sich doch ganz gut an. Ich war sogar erleichtert, dass ich Jo mehr oder weniger mein Herz ausschütten konnte.

»Ich bin für dein Essen!«

So wischte ich mir die Tränen aus dem Gesicht und deckte gemeinsam mit meinem Vater den Tisch. Es gab Gemüseauflauf und zum Nachtisch Rote Grütze mit Vanille-Sauce.

Zum Abend hin konnten wir beide schon wieder lachen und das Leben war gar nicht mehr so grau und schwer wie am Nachmittag.

Jo wollte nicht, dass ich nach diesem aufreibenden Tag alleine blieb und brachte mich zu Eni. Dort verbrachte ich die nächsten Tage, in einem Gemisch aus Warten und Ablenkungen aller Art. Ich half meiner Tante im Hofladen und sie umsorgte mich. Am Silvestermorgen bat mich Tom endlich, ihn abzuholen. Wir verabredeten, uns gegen Mittag im Krankenhaus zu treffen, und Jo begleitete mich nur allzu gern dorthin. Nicht zuletzt um sich auf der Kinderstation genauer umsehen zu wollen. Selbstverständlich war ich genauso neugierig, blieb jedoch Chris zu Liebe in der Cafeteria sitzen und wartete. Eine Viertelstunde später konnte ich Tom dann endlich wieder in die Arme schließen.

»Du hast mir gefehlt, Tom. Habe ich dich jetzt für mich oder musst du wieder herfahren?«

310

»Nicht, wenn es sich vermeiden lässt. Ich will die nächsten Tage nur noch mit dir zusammen verbringen und alles nachholen, was wir verpasst haben. Lasst uns nach Hause fahren.«

Er küsste mich sanft und lächelte. Seine Finger verschränkten sich mit meinen und wir machten uns auf den Heimweg. Tom berichtete uns während der Autofahrt von den letzten Tagen und hielt sich dabei an die Fakten. Ich fragte mich, was er dabei alles ausließ, um weder mich noch Jo zu verletzen. So sehr ich seine rücksichtsvolle Art an ihm schätzte, so sehr hätte ich mir in diesem Moment gewünscht, er würde mir einmal alles anvertrauen. Nicht immer dieser vorgefilterte Schongang. Aber ich würde zu stolz sein, später noch einmal nachzuhaken, und hoffte, dass Jo die Fragen stellte, die ich unterdrückte. Aber das tat er nicht. Entweder interessierte es ihn nicht mehr und er hatte mit Theresa abgeschlossen. Oder auch er nahm Rücksicht auf mich. Jedenfalls hatte sich Theresa ganz gut erholt und konnte bald entlassen werden. Das Baby musste jedoch noch eine Weile unter Beobachtung bleiben, da es nicht unter den besten Voraussetzungen zur Welt gekommen war. Im Beisein von Chris und Tom hatte Theresa versprochen, sich, sobald sie entlassen war, um den Vaterschaftstest zu kümmern. Ich fragte mich, warum sie ihr dafür noch so viel Zeit ließen. Das Kind war auf der Welt. Wo war das Problem, endlich diesen verdammten Test machen zu lassen?

Ich wäre am liebsten sofort umgedreht und hätte es gleich selbst erledigt, wollte jedoch nicht noch mehr

Unruhe stiften. Also biss ich mir auf die Zunge und sagte nichts.

Aufgrund der Ereignisse hatte niemand Bedarf an einer Silvesterparty am Abend. Ich rief Amy an, die mittlerweile bei Olaf eingetroffen war, und erklärte ihr grob, was ich die letzten Tage, während sie in Zermatt ihren Spaß hatte, durchleben durfte. Sie meinte, sie würde sich mit Olaf schon amüsieren und ich solle mich lieber ausruhen.

»Was hältst du von einem kleinen Ausflug, Prinzessin?«, kam Tom fragend auf mich zu.

Eigentlich hatte ich keine Lust, aber mein letztes Silvester ohne Kinder zu Hause zu verbringen, war auch keine Option. Wir zogen uns warm an und setzten uns in den Pick-up. Tom fuhr zum kleinen Wasserfall und ich freute mich über seinen romantischen Einfall. Er schnappte sich einen Seesack von der Ladefläche und ich nahm den Korb mit dem Tee und etwas zu essen mit. Es war nicht mehr so kalt, wie an den vergangenen Tagen, daher fürchtete ich auch nicht, einen Erfrierungstod sterben zu müssen. Doch am Wasserfall war es deutlich kühler und die Luft feucht. Bevor ich intervenieren konnte, hatte Tom bereits ein paar Decken aus dem Seesack gezogen und diese auf zwei Isomatten ausgebreitet.

»Setz dich, ich mache uns ein kleines Feuerchen und kuschle mich gleich zu dir. Du wirst schon nicht erfrieren«, grinste er vor sich hin.

Mittlerweile hatte ich eher Angst davor mir eine Blasenentzündung zu holen. Das war schon unschwanger kaum zu ertragen.

»Nur kurz, in Ordnung? Ich möchte nicht krank werden, Tom.«

»Es ist gleich Mitternacht, lass uns solange noch hierbleiben, okay?«

»Na schön.«

Ich setze mich auf das Deckenlager und ließ mich, nachdem er ein kleines Feuer gemacht hatte, von ihm in zwei weitere Wolldecken hüllen. Vor mir flackerten niedliche Flämmchen, deren Wärme leider auf dem Weg zu mir verloren ging. Von hinten umschlang mich ein unglaublich heißer Mann. Und das meinte ich wortwörtlich. Schneller als vermutet wurde mir wohlig warm.

»Hast du gar keine Angst, nachts im Wald herumzuschleichen?«, fragte er mich, aber ich merkte an seiner Stimmlage, dass er mich nur aufziehen wollte.

»Erstens ist das mein Wald und hier gibt es nichts, wovor ich mich fürchten müsste und zweitens wirst du schon auf mich aufpassen. Oder etwa nicht?«

Hätte ich gewusst, was er vorhatte, hätte ich mit Sicherheit das heimische Bett vorgezogen. Solch eine gruselige Bemerkung war da fast ein wenig unpassend.

»Natürlich passe ich auf dich auf! Habe extra das Taschenmesser eingepackt.«

»Ach wirklich? Ein Taschenmesser? Wolltest du dem Wolf noch ein paar Apfelspalten reichen, bevor er uns zum Hauptgang verspeist?«

Wir mussten lachen. Er gab die Sitzposition auf und legte sich auf die Decken, um mich sogleich hinterherzuziehen. Eng aneinander gekuschelt betrachteten wir die Sterne über uns. Da war er wieder, dieser magische Tom-Moment, wenn auch ein verdammt kalter. Ich vergrub meine unterkühlte Nasenspitze in seiner Halsbeuge und inhalierte seinen betörenden Duft.

»Ich liebe dich, Tom Noack, weißt du das?«, raunte ich ihm zu.

»Ja Prinzessin, das weiß ich und ich danke Gott jeden Tag dafür«, sprach er ehrfürchtig.

»Das hast du schön gesagt.«

Diesen Moment hätte ich mit Chris gänzlich anders erlebt. Tom fand immer die richtigen Worte, teilte meine Gedanken häufig. Chris hingegen musste man jedes Wort aus der Nase ziehen und verstanden hatte ich die vielen Beweggründe für sein Handeln bis heute nicht. Vielleicht war es seine undurchdringliche Art oder die Unberechenbarkeit, die mich auf eine verquere Weise anzogen.

Tom hingegen war verständnisvoll, flexibel und warmherzig. Ein verlässlicher Partner. Das Gegenteil seines Bruders. Zwei widersetzliche Spiegelbilder. Wenn man den Theorien Glauben schenken mochte, teilten sich Zwillinge ein Ich. Bei den beiden hier schien der eine das Ying und der andere das Yang abbekommen zu haben. Sie sahen sich so ähnlich, aber waren doch so verschieden.

Ich streichelte sein Gesicht und küsste ihn sanft. Die Küsse wurden stürmischer und irgendwann schienen wir verschmolzen. Versuchten, trotz der vielen Kleiderschichten unsere Körper zu verwöhnen. Wie von selbst wanderte meine Hand zu seinem Hosenknopf und öffnete ihn. Seine Augen funkelten.

»Miss Unersättlich«, scherzte er.

Ich grinste.

»Tom, ich glaube, ich möchte jetzt mit dir Liebe machen. Mir ist egal, wenn wir erfrieren.«

Hatte ich das wirklich gerade gesagt?

Ich war von Sinnen!

»Glaub mir, du bist so heiß, wir können gar nicht erfrieren, Baby.«

Ich ließ meine Hand gezielt abwärts in seine Hose gleiten, ohne unseren Augenkontakt zu unterbrechen, und umschloss seine Härte. Er stöhnte. Seine Hand wanderte unter meinen Pullover. Seine kalten Finger ließen mich kurz aufschreien. Doch als sie auf meine heiße Mitte trafen, war es allein der Temperaturunterschied, der mich fast kommen ließ.

»Ich will mehr«, forderte ich und musste nicht lang auf seine Antwort warten. Er drehte mich um, so dass ich mich auf allen vieren vor ihm wiederfand. Meine Hose zog er nur soweit hinunter wie nötig und begann mich mit kreisenden Bewegungen zu streicheln. Sanft drückte er meinen Kopf auf die Decken. Diese devote Haltung entsprach nicht unbedingt meinem Naturell, musste es in diesem Moment jedoch auch nicht. Getrieben von der eigenen Lust hätte ich wahrscheinlich jedem seiner Wünsche nachgegeben. Zielgerichtet platzierte Tom seine Spitze zwischen meinen Schamlippen. Quälend langsam füllte er mich immer mehr aus. Vollends versenkt stieß er schließlich härter zu und massierte mit leichtem Druck meinen Anus. Oh ja, das fühlte sich gut an. Ein Finger weitete diese empfindliche Öffnung, dann zwei. Ich stöhnte und wand mich unter ihm. Ich konnte bereits spüren, wie sich der Orgasmus in mir aufbaute.

»Ich komme gleich, ich komme gleich«, rief ich noch, bevor ich mich dem Höhepunkt ergab. Tom ließ mir einen kurzen Moment Zeit, um mich zu sammeln, bevor er sich mir entzog und mit seinem Glied vorsichtig begann meinen Anus zu weiten. Jedem Stoß entlockte ihm ein tiefes animalisches Grollen. Als er ganz in mir war, zog er mich zu sich auf den Schoß und ich bewegte mich sanft auf und ab.

»Küss mich Baby«, hauchte er mir ins Ohr.

Unsere Zungen tanzten umeinander, unsere Bewegungen beschleunigten sich, seine Hände fest um meine Hüften. Seine Lustschreie hallten von den Felswänden wider, als er sich erlösend in mir ergoss. Zeitgleich läutete ein Feuerwerk in der Ferne das neue Jahr ein.

»Frohes Neues Jahr«, brachte ich atemlos hervor. »Das war mit Abstand die schönste Silvesternacht.«

»Geht mir genauso, Baby! Frohes Neues Jahr«, keuchte er mir ins Ohr und löste sich von mir, damit wir unsere freigelegten Körperstellen schnell wieder bedecken konnten.

Ich machte mich schon daran, die Decken zusammenzulegen, um den Rückweg anzutreten, als ich merkte, wie Tom neben mir hockte und innehielt. Fragend schaute ich zu ihm.

»Ich will dich zur Frau, Melissa Weyl«, sagte er plötzlich. »Ich will mit dir bis ans Ende meiner Tage glücklich sein. Bitte werde meine Frau.«

Er fasste in seine Jackentasche und holte eine kleine Schachtel raus. Ich traute meinen Augen kaum. Er

316

wollte mich heiraten? Als er die Schachtel öffnete, steckte inmitten des dunklen Samtes ein silberner Ring mit einem blauen, ovalen Stein. Ich hielt mir reflexartig die Hand vor den Mund.

»Melissa Weyl, möchtest du mich heiraten?«

Das kleine Feuer neben uns, streute noch gerade so viel Licht, dass ich das Glitzern in seinen Augen erkennen konnte. Kleine Tränenseen standen auf seinen Augenlidern und sein wunderschönes Lächeln verwandelte sich in einen hoffnungsvollen Blick. Damit hätte ich niemals gerechnet und schon gar nicht hatte ich diesen Schritt erwartet, aber ja! Ja, ich wollte diesen Mann heiraten.

»Ja Tom, das möchte ich. Ich möchte deine Frau werden. Ich liebe dich.«

Ich küsste ihn, doch er unterbrach den Kuss.

»Moment, nicht so stürmisch Prinzessin. Erst der Ring.«

Er holte ihn aus der Schachtel und steckte ihn mir auf den Finger. Er passte.

»Er ist wunderschön«, sprach ich ehrfürchtig.

»Der Ring ist von unserer Mutter. Ich habe mir einen Ring von dir stibitzt um diesen hier anpassen zu lassen. Chris hat ihn mir vor ein paar Tagen gegeben. Mein Bruder hatte ihn damals von Vater zur Verlobung bekommen. Aber irgendwas hatte ihn davon abgehalten, Theresa den Ring anzustecken. Du bist die Richtige, hat er gemeint. Du weißt, Chris und ich sind nicht immer einer Meinung, aber was dich angeht, waren wir uns von Anfang an einig.«

Chris dachte also nach wie vor an mich und wollte mich weiter in seinem Leben wissen, sonst hätte er sicher nicht forciert, dass ich die Frau seines Bruders würde. In den Augen der beiden war ich es also, die den Ring ihrer Mutter tragen sollte. Dieses Wissen machte mich unendlich glücklich. Plötzlich hatte ich den Mut mich allen Unwägbarkeiten, die auf mich zukommen würden, zu stellen. Für mich war Licht am Ende des Tunnels zu sehen und ich schickte ein Stoßgebet gen Himmel, dass sich auch für Chris alles fügen würde. Wenn wir schon nicht zusammen sein konnten, sollte auch er wenigsten glücklich sein.

Kapitel 20

Meine letzte Woche vor dem Mutterschutz brach an. Ich war unendlich traurig darüber, dass ich mit dem Studium pausieren musste. Auf den letzten Metern unterstützte mich Professor Hauser mehr, als ich erwartet hatte. Wahrscheinlich hatte Chris seine Beziehungen spielen lassen. Mein Professor setzte sich dafür ein, dass ich noch die notwendigen Scheine machen konnte, um nicht alles wiederholen zu müssen. Dafür musste ich einige Prüfungen vorziehen. Ich legte noch einmal meine Energie in zusätzliche Lernstunden und war umso erleichterter, als mein Professor mir freudestrahlend die Ergebnisse mitteilte. Für die Zeit während meines Auszugs fanden Amy und ich ein sympathisches Mädchen, die das Jahr, in dem ich pausierte, zur Untermiete bei Amy wohnte. Seit das mit Olaf zu etwas Regelmäßigem geworden war, man hätte es durchaus als Beziehung bezeichnen können, hatten wir uns beide damit arrangiert, dass sich unsere Freundschaft während der Babypause auf die Wochenenden, unendlich viele Telefonate und Besuche während der vorlesungsfreien Zeit beschränken würde. Ich packte gerade die letzten Umzugskartons, als mich das Klingeln meines Telefons aus den Gedanken riss.

Chris.

»Ja?«, sprach ich versucht gefasst und dennoch aufgeregt ins Telefon. Er war so lange schon so unglaublich weit weg von mir, dass ich mich nach jedem noch so kleinen Lebenszeichen von ihm verzerrte. Die Vorstellung, gleich seine Stimme zu hören, ließ mich angespannt den Atem anhalten.

»Hi Melissa«, antwortete er ruhig aber traurig.

Oh nein.

Ich kannte diese Stimmlage, die meistens schlechte Nachrichten mit sich brachte. Der Knoten in meinem Bauch zog sich fest zusammen.

»Ich mach es kurz. Das Ergebnis vom Vaterschaftstest ist heute gekommen. Ich bin der Vater. Max ist mein Sohn. Du weißt, was das heißt, ich werde mich um diesen kleinen Mann jetzt kümmern müssen. Wir können uns nicht mehr sehen. Nicht so, wie wir es gern möchten«, erklärte er sachlich.

Aber ich konnte die unterdrückten Tränen in seiner Stimme deutlich heraushören. Das Rauschen in meinen Ohren setzte ein, als hätte es nur darauf gewartet, die zarte Mauer hart erkämpfter Gelassenheit und Zukunftsfreuden zu zerstören.

»Ist gut, Chris, ich verstehe«, antwortete ich tränenerstickt. Was konnte ich schon darauf sagen?

»Du weißt, dass ich mir eine Zukunft gemeinsam mit dir gewünscht hätte, Lissy. Aber die Dinge stehen jetzt anders. Ich werde meinem Sohn ein guter Vater sein.«

»Das wirst du!«, bestätigte ich ihm und die Tränen rannen in Strömen über mein Gesicht. Jetzt war es soweit. Der Moment war gekommen, mich von der Vorstellung, mit Chris und Tom an meiner Seite eine Familie zu haben, zu verabschieden.

Erneut zerriss mein Herz.

»Ich liebe dich, Melissa. Leb wohl.«

»Ich liebe dich auch, Chris.«

Er legte auf.

Es war vorbei. Ich nahm kaum meinen eigenen verzerrten Schrei wahr, so gefangen war ich in diesem schmerzlichen Augenblick. Eine unbändige Wut stieg in mir auf und ließ mich Wecker und Bücher vom Nachtisch fegen. Wahllos prügelte ich auf die Kissen ein, die unschuldig auf meinem Bett drapiert lagen. Als die Welle des Zorns ihren Kanal gefunden hatte und mir körperlich einige Anstrengung abverlangt hatte, ließ ich mich keuchend auf den Boden sinken, um stumm und innerlich leer in die Luft zu starren.

Heftige Bewegungen der Zwillinge in mir holten mich wieder zurück in die Realität. Mein Bauch vollzog eine schmerzhafte Linksdrehung, gefolgt von einem Tritt in die Rippen. Autsch. Ich schob den Pulli nach oben und betrachtete die schiefe Halbkugel an mir. Die Kinder hatten kaum noch Platz und jede ihrer Turnübungen bereitete mir mittlerweile Schmerzen. Zweifelsohne haben sie mitbekommen, wie ich mich gerade fühlte. Schließlich teilte ich jedes meiner Hormone mit ihnen. Reflexartig begann ich meinen Bauch zu streicheln und sang das Schlaflied, das mir meine Mutter oft vorgesungen hatte und dessen Melodie mich jedes Mal beruhigend einschlafen ließ.

Dat du min Leevsten büst,
dat du woll weeß,
Kumm bi de Nacht,
kumm bi de Nacht,
segg wo du heeßt …

Eine Woche später war ich offiziell bei Tom eingezogen und Chris hatte Theresa und Max bei sich aufgenommen - einen Umstand, den ich weder nachvollziehen noch verarbeiten konnte. Es war eine schrecklich surreale Entwicklung, die ich untätig ertragen musste.

Fünf Wochen später

Ich wartete darauf, zu platzen. In einem der Magazine für Eltern in der Frauenarztpraxis hatte ich gelesen, dass Zwillinge in der Regel früher auf die Welt kamen. Aber diesen Termin hatte ich vor drei Tagen überschritten. Ich sah aus, als hätte ich die oft zitierte Wassermelone verschluckt und körperlich forderte mir diese Schwangerschaft einiges ab. Mehr als einen kurzen Spaziergang am Tag schaffte ich kaum noch. Und die Treppen zum Loft waren jedes Mal die Krönung. Ich pustete wie eine alte Dampflok, wenn ich endlich oben angekommen war und mich schwer atmend gegen die rote Metalltür lehnte, bevor ich zitternd den Schlüssel in das kleine Loch manövrierte.

Tom hatte mir einen Termin beim Friseur gemacht, damit ich schön aussah, wenn sich die beiden auf den Weg machten.

Sehr komisch.

Sollte er auf die Idee kommen, Fotos von mir nach der Entbindung machen zu wollen, würde ich ihn umbringen.

Ein Kinderzimmer gab es nicht. Jo hatte uns ein Bettchen geschenkt und es mit Tom aufgebaut. Ich machte ab und zu die Spieluhr an und hielt sie an den runden Bauch. Das gefiel den zwei Würmchen und mir natürlich auch, da sie währenddessen aufhörten zu strampeln. Eni hatte mir geholfen, eine Kommode mit Kinderkleidung und Windeln zu füllen. Ich hatte überhaupt gar keine Ahnung, was Babys brauchten. Meine Tante hingegen schon, was mir hin und wieder Fragezeichen ins Gesicht zauberte. Sie brachte regelmäßig Dinge wie Schnuller und Cremes vorbei, die mir in meiner Sammlung noch fehlten. Der werdende Vater hatte eine Wickelkommode aus der Kommode im Bad gezimmert und einen Heizstrahler darüber angebracht. Das war es auch schon an Vorbereitungen für die Kinder. Okay, das Wochenende zuvor war ich mit Tom noch zu einem Geburtsvorbereitungskurs gegangen. Aber auch nur, weil er darauf bestanden hatte. Ich hätte mir gern diese Peinlichkeit auf dem großen Gummiball sowie die diversen Hechelübungen erspart.

So machte ich mich an einem milden Wintertag auf den Weg und watschelte zum nahe gelegenen Friseur. Das typische Glöckchenklingeln, das hier auf dem Land in scheinbar jedem Ladenlokal Kundschaft ankündigte, ertönte, als ich die Glastür aufstemmte. Auf der Suche nach der Frisörin, die laut der Reklame über dem Laden Barbara hieß, ließ ich meinen Blick durch den Laden wandern, um zu meiner Überraschung an einem bekannten Gesicht hängen zu bleiben. Marie saß im hinteren Teil des Ladens bei den Frisiertischen und reichte gesprächig Fotos an eine Frau mit Lockenwicklern zu ihrer Linken weiter.

»Das ist Chris mit Max«, erklärte sie stolz. Sie hatte mich über ihren Austausch hinweg nicht kommen sehen.

»Hallo Marie, schön dich zu sehen?«, begrüßte ich sie freundlich.

Ihr überraschender Blick, das erschreckende Zusammenzucken und der Versuch, die viel zu großen Fotos unbemerkt unter ihrer kleinen Hand verschwinden zu lassen, verschmolzen zu einer einzigen Bewegung.

»Melissa«, antwortet sie erstaunt. »Wie geht es dir, es ist doch sicher bald soweit?«

»Mir geht es gut. Ich bin nicht mehr so schnell und beweglich, aber in spätestens drei Wochen, habe ich meinen Körper wieder für mich«, scherzte ich, um die Stimmung etwas zu entspannen.

Marie stellte mich ihrer Sitznachbarin vor und versuchte, sichtlich nervös die Fotos unsichtbar zu machen. Aber so gemein es in diesem Moment auch schien, wollte ich endlich sehen, was mir aus lauter

Rücksicht auf meinen Zustand leider bislang verwehrt geblieben war.

»Darf ich auch mal sehen?«

Marie nickte schließlich ergeben mit Blick auf meinen Bauch. Es war deutlich zu sehen, wie unwohl sie sich dabei fühlte. Aber was sollte sie auch sagen, solang ihre Bekannte neben ihr saß und jedes Wort mitbekam.

Ich nahm das Bild an mich, was sie mir reichte. Nun bemerkte ich die prophezeite Anspannung und ein unangenehmes Ziehen durchzog mich. Die Bauchdecke wurde hart, wie so häufig in den letzten Tagen. Mit der flachen Hand auf dem Bauch, tief atmend und dem Foto in der anderen Hand, versuchte ich, der Situation Herr zu werden. Die Aufnahme zeigte Chris mit seinem Sohn. Mein Chris. Er wirkte glücklich mit dem Kleinen auf dem Arm. Am liebsten hätte ich tausende Küsse auf dieses Bild gepflanzt. Neugierig betrachtete ich den kleinen Jungen. Ein süßes Kind. Er kann ja nichts dafür, sagte ich mir und unterdrückte die Gefühle, die von Wut bis Eifersucht reichten. Dann aber wanderte mein Blick zum Arm des Jungen und kaum erkennbar nahm ich ein kleines Muttermal wahr. Ein Mal, das mir nur allzu bekannt vorkam, denn an meinem Arm befand sich das Gleiche. Ich brauchte einen Moment, bis mir aufging, dass das nur eines bedeuten konnte … dieses Miststück! Aus dem Laden stürzend griff ich nach meinem Handy und rief Tom an. Marie rief mir noch besorgt hinterher, aber nichts konnte mich jetzt noch aufhalten. Ich erklärte Tom alles und er fluchte wie die Kesselflicker. Keine fünf Minuten später hatte er mich beim Friseur abgeholt und wir fuhren in die Stadt zur Wohnung seines Bruders. Mein Herz schlug mir bis zum Hals und es zog immer heftiger im Rücken. Doch meine Gedanken waren nur auf eine Sache fokussiert. Mir fielen tausende nicht jugendfreie Ausdrücke ein, die ich dieser Frau ins Gesicht schreien wollte. Ich war unendlich wütend. Diese vielen Wochen, die ich mich zusammenreißen musste, kamen nun geballt zutage. Tom drückte aufs Gas. Wir benötigten gerade einmal zwanzig Minuten bis wir bei Chris waren. Entschlossen platzierte ich meinen Daumen auf dem weißen Klingelknopf und schwor erst dann loszulassen, wenn sich die Tür öffnete. Aus der Gegensprechanlage tönte Theresas zickige Stimme.

»Hallo, wer ist denn da?«

»Tom. Mach bitte auf«, sprach er so gefasst wie möglich. So schnell ich konnte, kämpfte ich mich die Treppen hinauf in den zweiten Stock bis zu jener Wohnung, in der ich hätte wohnen sollen und nicht diese Schlange. Die Rückenschmerzen traten immer häufiger und intensiver auf und ich musste mehrmals verschnaufen, bis ich endlich die letzte Stufe erklommen hatte. Theresa empfing uns abwehrend an der Wohnungstür.

»Was will die denn hier?«, fragte sie Tom angewidert und reckte das Kinn in meine Richtung. Bevor er jedoch antworten konnte, hatte ich mich schnaufend vor sie gestellt, hob die Hand und verpasste ihr eine schallende Ohrfeige, die sie zurücktaumeln ließ.

»Ich hole den Vater meiner Kinder ab, du blöde Kuh.«

326

Sie schaute entsetzt zu Tom und hielt sich die Wange. Doch der schien ebenso verblüfft zu sein, fing sich dann aber wieder und meinte stolz: »Meine Prinzessin!«.

Auf der Suche nach Chris ging ich in die Wohnung und rief mehrfach seinen Namen. Eine der drei weißen Türen, die vom Flur abgingen, öffnete sich und mit dem Jungen auf dem Arm kam er aus einem Nebenzimmer zu uns. Äußerst verwirrt sah er an mir auf und ab.

»Melissa? Was machst du hier? Tom? Was soll das?«

Erneut krümmte ich mich vor Schmerzen und hielt mich an der Garderobe fest.

»Baby, du solltest sagen, was du zu sagen hast und dann fahren wir ins Krankenhaus. Ich befürchte, deine Schmerzen sind Wehen«, stellte Tom besorgt fest und hielt mich stützend am Arm.

Wehen! Das konnte sein.

Ich nickte.

»Wehen? Melissa du bist schwanger?«

Vor lauter Wegatmen konnte ich darauf keine Antwort geben, fühlte mich aber nicht gerade geschmeichelt, dass Chris diese überdimensionale Beule unter meinem Pullover scheinbar nicht in Verbindung mit einer Schwangerschaft brachte.

Er machte indes so große Augen, dass ich befürchtete, sie fielen gleich aus seinem schönen Gesicht.

Als die Schmerzen abebbten, zeigte ihm das Mal auf meinem Unterarm.

»Kommt dir das bekannt vor, Chris?«

Er sah auf das Mal auf meiner Haut, ließ seinen Blick zu Max wandern und nickte unmerklich. Chris begann das Ausmaß dieser widerlichen Lüge zu begreifen und sah finster zu Theresa rüber, die aschfahl an der Wand gelehnt stand und mucksmäuschenstill war. Dann gab er Tom das Baby und wollte sich auf Theresa stürzen, was ich gerade noch verhindern konnte, indem ich mich ihm in den Weg stellte. In dem Moment brach eine schlimme Wehe über mich hinein und ich schrie entsetzt auf. Chris stützte mich reflexartig.

»Wir fahren jetzt ins Krankenhaus, Lissy«, sprach er ruhig zu mir. Und dann knurrte es in einem entsetzlich bösen Ton in Theresas Richtung.

»Und du intrigantes Miststück verschwindest so schnell wie möglich aus meinem Leben. Wenn du mir noch einmal unter die Augen kommst, Gnade dir Gott, dann weiß ich nicht, ob ich mich zurückhalten kann.«

Theresa schluchzte, aber sagte nichts mehr. Tom legte den Kleinen in sein Laufgitter im Wohnzimmer und wir gingen.

Eine halbe Stunde später lag ich am Wehenschreiber und die Abstände der Wehen wurden immer kürzer. Ich hörte die Brüder vor dem Zimmer durch die offene Tür reden. Tom erzählte Chris von meiner Schwangerschaft und erklärte ihm, warum ich nichts sagen wollte. Jetzt, wo ich wusste, dass mein Chris von Theresa auf so perfide Art und Weise hintergangen wurde, tat es mir unheimlich leid, dass ich ihn nicht an meiner Schwangerschaft teilhaben ließ. Ich erinnerte mich an Jos Worte, dass man ihn ständig vor vollendete Tatsachen stellte, und biss mir auf die Unterlippe, als ich die Parallelen erkannte. Es gab einiges wieder gut zu machen und es würde gewiss nicht einfach werden. Doch nun waren beide bei mir, um mir durch das Schwerste überhaupt zu helfen, die Geburt. Gott sei Dank war es noch nicht zu spät für eine Periduralanästhesie. Die Wehen zerrissen mich förmlich und mit dieser Unterleibsbetäubung, die mir der Anästhesist vor einer Stunde gelegt hatte, waren die Schmerzen etwas erträglicher. Abwechselnd kümmerten sich die beiden darum, dass der Waschlappen auf meiner Stirn kühl war, was das ein oder andere Fragezeichen auf den Gesichtern der Hebammen und Ärzte verursachte. Aber das war mir sowas von egal. Ich wollte nur die Kinder aus mir rauspressen. Als der Wehenschreiber dann die erhofften Presswehen anzeigte, biss ich noch einmal die Zähne zusammen und brachte kurze Zeit darauf unseren ersten Sohn zur Welt. Zwanzig Minuten später war auch Nummer zwei geboren und wir drei weinten vor Glück und ich auch vor Erschöpfung.

Chris war von den Ereignissen sichtlich mitgenommen. Wenn er nicht still in dem Stuhl in der Ecke des Stationszimmers saß und unentwegt das zarte Leben in seinem Arm wiegte und liebevoll betrachte, tauschten wir alles sagende Blicke aus. Blicke, in denen sich so viele Emotionen widerspiegelten. Stumm teilte ich die Enttäuschung, dass wir keine Möglichkeit hatten, uns gemeinsam darauf vorzubereiten, Eltern zu werden. Trauerten um die Zeit, die uns gestohlen wurde und um die vielen

Stunden, die wir den anderen vermissten, anstatt zusammen zu sein. Und ich verstand, dass er den liebgewonnenen Sohn, der sich nun als Kuckucksei entpuppte, vermisste und auch deswegen nicht euphorisch auf die spontane Vaterschaft reagierte, die ihn nun so unerwartet ereilt hatte.

»Heute habe ich einen Sohn verloren und zwei Söhne bekommen. Das war der schlimmste und der schönste Tag in meinem Leben«, waren seine Worte nachts an meinem Bett. Und er weinte bittere Tränen.

Die zwei Männer kümmerten sich die erste Nacht rührend um ihre Söhne und ließen mich ein wenig ausruhen. Vorher bat ich Tom, meinen Vater zu informieren, dass er Opa und Vater zugleich geworden war, und er versprach, Eni und Amy anzurufen, um sie auf den neusten Stand zu bringen.

Am darauffolgenden Tag waren sie dann alle da. Das kleine Zimmer war ausgefüllt mit den Menschen, die mir alles bedeuteten.

Ich war glücklich!

Endlich.

Kapitel 21

Ein gutes Jahr später

Nervös stehe ich vor dem großen Spiegel in Enis altem Schlafzimmer, was seit einem halben Jahr unser Familienzimmer ist, und zupfe mein wunderschönes Hochzeitskleid zurecht. Eine Komposition aus weichfließender weißer Seide und zarter Spitze, die sich wohlwollend um meine Kurven schmiegt. Meine Haare hat Friseurin Barbara zu einer kunstvollen Frisur hochgesteckt und viele weiße Blüten eingebunden.

»Schlicht und doch atemberaubend«, flüstert Chris hinter mir stehend ins Ohr und streicht mir über den Bauch.

»Danke mein Schatz«, lächele ich ihm über das Spiegelbild zu. »Und du hältst es immer noch für eine gute Idee, dass ich Tom heute heirate und nicht dich?«

»Es ist doch nur ein formeller Verwaltungsakt, Lissy. Du weißt, dass ich dir gehöre. Für immer und ewig. Und wenn wir in Vegas sind, dann stehe ich neben dir vor dem Altar, wie abgemacht. Und jetzt wird es Zeit, dass du endlich eine Noack wirst«, lacht er und gibt mir einen Klaps auf dem Po. Vor der Tür höre ich unsere Kinder rumtoben, als Chris aus dem Zimmer geht, was mich lächeln lässt.

Gleich werde ich die Frau von Thomas Noack sein, sage ich mir erneut, weil ich es immer noch nicht begreife, wie sich letztlich doch alles zu Guten gewendet hat. Von all den schlimmen Ereignissen vor einem Jahr haben wir uns alle Gott sei Dank erholt. Einige Zeit nach der Geburt unserer Söhne wirkte Chris immer noch zurückgezogen und verschlossen. Ich befürchtete schon, dass er sich irgendwann ganz und gar von unserer besonderen Verbindung lossagen würde. Doch eines Tages setzte er sich an den Frühstückstisch im Loft und verkündete, dass es an der Zeit wäre die Hochzeit zu planen. Tom und ich schauten uns fragend an und stürzten uns auf Chris, unendlich froh über seinen Sinneswandel.

Mutter zu sein fällt mir leichter als vermutet, auch wenn ich an das erste halbe Jahr kaum Erinnerungen habe. Zurückblickend war ich immer nur müde und mit Wickeln, Waschen oder Füttern beschäftigt.

Was meine Söhne betrifft, sind sie das Ebenbild ihrer Väter. Der immer gut gelaunte Samuel, den alle nur Sam nennen und mein sensibler Joris, der viel Zuwendung und Zuspruch braucht. Tom und Chris ist es egal, wer von ihnen der Vater ist. Normale Gentests würden das sowieso nie unterscheiden können, da eineiige Zwillinge eine identische DNA aufweisen. Mittlerweile gibt es zwar einen Test, der dies preisgibt, aber wir leben alle sehr gut damit, dass beide die Väter sind. Punkt.

Apropos Gentest. Zu diesem Thema taten sich in den vergangenen Monaten vor dem Familiengericht wahre Abgründe auf. Theresa hatte zugegeben, dass sie Chris einen gefälschten Test vorgelegt hatte. Eine Ausfertigung des Originals hatte Jos Rechtsanwalt beim Labor angefordert. Dieses Dokument bestätigte, dass Chris als Vater nicht infrage kam. Ein zweiter Test, welches das Gericht wiederum anordnete, stellte dann zu 99,8% eine Übereinstimmung mit Jos DNA fest. Mit ihren Möglichkeiten als Grafikerin hatte Theresa den Originalbericht des Labors bearbeitet und mit falschen Daten versehen. Nach langem Hin und Her wurde Jo vor Kurzem das alleinige Sorgerecht für den kleinen Max zugesprochen. Theresa macht seit der Urteilsverkündung von ihrem Besuchsrecht kaum Gebrauch. Aber Jo bekommt das ziemlich gut hin. Vor zwei Tagen wurden Chris und Theresa rechtskräftig geschieden. Damit ist auch dieses Kapitel endgültig abgeschlossen.

Solange der Umbau des Hauses hier auf dem Hof noch andauert, ist Eni bei Henning eingezogen und überlässt uns den derzeit bewohnbaren Südflügel. Die andere Hälfte des Hauses lässt Henning nach unseren Wünschen umbauen. Wenn in drei Monaten alles fertiggestellt ist, können wir fünf Zimmer und ein großes Bad im Obergeschoss sowie ein großes Wohnzimmer mit offener Küche, ein Arbeitszimmer und ein kleineres Badezimmer im Erdgeschoss unser Eigen nennen. Anschließend möchten Eni und Henning die andere Haushälfte zu einem kleinen *Bed*

& Breakfast umgestalten. Die Geschäftsideen der beiden scheinen nicht zu versiegen und ich fürchte mich bereits vor dem nächsten Familienfest, die sich in letzter Zeit stets als Quell ihrer Inspirationen entpuppten. Ich bin mehr als gespannt, was allein diese Hochzeit für Nachwehen mit sich bringen wird … Hochzeitscatering in Bioqualität? Wer weiß das schon?

Ein wenig Sorge bereitet mir allerdings unsere Hochzeitsreise nach Las Vegas. Eine Woche ohne die Kinder. Das war Enis Idee beziehungsweise ihr Hochzeitsgeschenk an uns. Mir war schon vor der Geburt klar, dass Eni die beste Patentante der Welt sein wird. Die Jungs lieben sie und ich habe auch keine Bedenken, dass die Kinder nicht ohne ihre Eltern klarkommen werden. Eher zweifle ich an mir und ihren Vätern und sehe uns bereits nach fünf Tagen vor lauter Sehnsucht zurückfliegen. Dennoch freue ich mich auf die Zeit zu dritt, die für meinen Geschmack immer zu kurz kommt. Wenn meine Babypause in ein paar Wochen endet und ich das Studium wieder aufnehme, wird der Alltag uns auch noch die letzten wenigen Stunden in der Woche rauben und neben Haushalt und Erziehung die kostbare Zeit auch in die Karriere investiert. Chris hat in weiser Voraussicht bereits einen Familienkalender besorgt, auf dem ich mich schon Kreuze für die besonderen Nächte machen sehe.

Doch! Wo ich darüber nachdenke, scheint Vegas genau das Richtige zu sein und ich habe noch einige

Gutscheine in Liebesdingen, die ich definitiv einlösen werde!

Mein Vater hat mir jedoch das schönste Geschenk gemacht. Nachdem klar war, dass ich nicht mehr nach Stuttgart zurückgehen werde, hat er klammheimlich die Umbettung des Grabes meiner Mutter veranlasst. Gemeinsam mit Eni hat er unseren Hügel mit dem kleinen Wäldchen zum Friedwald ernennen lassen und das Geheimnis an meinem Geburtstag beim gemeinsamen Picknick auf dem Hügel gelüftet.

Spätestens wenn ich mit Amy die Hofpraxis in drei Jahren übernehmen werde, habe ich all meine Lieben um mich vereint.

Und nun warte ich darauf, dass Jo mich holen kommt, um mich hinaus in den wundervoll geschmückten Garten unter der Trauerweide zum Altar zu führen.

Es klopft.

Es ist so weit.

Ich bin bereit.

Ende